KB157622

삶이 글이 되는 순간

삶이 글이 되는 순간

초판인쇄 2022년 10월 13일
초판발행 2022년 10월 18일

지은이 허지영
발행인 조현수
펴낸곳 도서출판 더로드
기획 조용재
마케팅 최관호 최문섭
편집 이승득
디자인 토 닥

주소 경기도 고양시 일산동구 백석2동 1301-2
넥스빌오피스텔 704호
전화 031-925-5366~7
팩스 031-925-5368
이메일 provence70@naver.com
등록번호 제2015-000135호
등록 2015년 6월 18일
ISBN 979-11-6338-315-4 03810

정가 16,800원

삶이 글이 되는 순간

허지영 지음

도서출판 더로드
The Road Books

prologue

나 자신으로 살아남는 법

요즘 즐겨 듣는 노래가 있다. 영화 〈헤어질 결심〉의 OST로 삽입된, 송창식과 정훈희가 듀엣으로 부른 '안개'라는 노래다. 영화와 잘 어울리는 노래여서 그런지 영화가 끝난 뒤에도 머릿속에서 떠나지 않는다. 노래를 들으며 생각한다. 안개 속을 홀로 쓸쓸히 걸어가더라도 사랑하는 사람을 추억할 수 있는 사람은 행복한 사람이라고.

힘든 상황에서도 자신의 감정을 소중하게 여기는 사람은 타인을 진심으로 사랑할 수 있는 사람이다. 자신을 지킬 줄 아는 사람은 자신으로 인해 사랑하는 사람이 무너지는 것을 원치 않는다. 사랑도 일도 나 자신이 아닌 모습으로는 한계를 넘어설 수 없다. 살다보면 남들은 모두 만족스러워 보이는데 유독 나만 불행하다 느끼는 순간들이 있다. 그럴 때마다 자신을 이끌어줄 누군가를 찾고 다른 사람에게서 위안을 얻으려 애쓴다. 우리는 내면이 아닌 외부에서 늘 답을 찾으려하고 방황하고 또 방황하며 지치고 절망한다. 자신의 내면에 집중해 스스로 가야할 길을 찾을 수 있다고 믿지 않는다.

마음을 가라앉히기 위해 명상을 하지 않아도, 정신적인 멘토가 존재하지 않아도 스스로를 단련하는 방법이 있다는 것을 나는 이 책에서 말하려한다. 과거의 삶과 지금의 삶, 앞으로의 삶에 대해 몰입해서 글을 쓰는 순간 우리는 두려움을 넘어서는 힘을 가질 수 있다. 절망의 끝에서 자신을 구하고 최악의 상황에서도 희망을 발견할 수 있는 유일한 방법은 바로 글쓰기다.

사랑하는 아들은 매일 글을 쓰는 엄마를 보면서 자연스럽게 글쓰기를 좋아한다. 평소에 많은 이야기를 나누지만 아들의 진짜 속마음은 글을 통해 알게 된다, 아들의 글 노트를 가끔 들여다보며 요즘은 어떤 생각을 하고 있는지 알게 된다. 아들이 어렸을 때부터 내가 일할 수 있도록 오랜 기간 도와주셨던 아주머니는 1년 전에 돌아가셨다. 그때 아들은 큰 충격을 받았고 이제는 괜찮다고 생각했는데 아들이 쓴 글을 읽으며 지금도 할머니에 대한 그리움을 견디며 살아가고 있음을 알게 되었다. 아들은 할머니가 보고 싶어서 그동안 혼자 있을 때 많이 울었다고 한다. 자신을 친손자보다 더 사랑했던 할머니가 돌아가신 후 느꼈던 아픔과 그리움을 글에 담았다.

할머니가 돌아가시기 전에 생각 없이 던졌던 한 마디 말을 곱씹으며 후회하고 있었다. '시간을 돌이킬 수 있다면 그런 말을 절대 하지 않았을 텐데.' 하는 생각에 힘들었다고 한다.

아들은 글을 통해 할머니를 추억하고 지난 시간을 반성하고 있었다. 나는 아들의 글을 읽으며 진심으로 아들을 이해할 수 있었다. 내게 표현하지 못하는 수많은 감정이 존재함을 알았고 아들의 깊은 마음을 알게 되면서 사랑한다고 해서 전부를 안다는 것은 결코 쉽지 않다는 것을 깨닫는다. 얼굴을 마주보고 이야기를 나누지 않아도 우리는 글로써 상대방을 깊이 이해할 수 있다. 나를 자주 보더라도 내 글을 읽지 않는 사람보다 나를 보지 못했어도 내 글을 읽은 사람이 나에 대해 더 잘 아는 것처럼.

사람들은 가끔 지금의 내 모습을 보고 긍정적이고 열정적인 에너지를 타고난 사람이라고 생각한다. 나는 그동안 많은 우여곡절을 겪으며 진짜 내 모습을 찾기 위해 부단히 노력했다. 나를 일깨워줄 책을 찾아다녔고 내면의 목소리에 귀 기울여 내 안에 존재하는 또 나른 내가 나에게 답을 알려줄 때까지 글을 썼다. 실망스러울 정도로 후회되는 경험도 많았지만 그 경험마저도 헛되지 않았음을 깨달았다. 우리는 겉으로 보이는 우리의 모습과 행동, 타인이 우리에게 기대하는 것에 몰입한 나머지 내면의 목소리를 외면하며 살아간다. 현실을 벗어나기 위해 여행을 떠나고 사랑하는 사람과 시간을 보내도 혼자 있는 시간으로 돌아오면 근원적인 문제는 자신을 떠나지 않았음을 알게 된다.

살아가면서 우리를 유혹하는 것은 수만 가지다. 돈과 지위, 존경받는 직업, 유명세 등 원하고 또 원해도 끝이 없는 욕망이 우리를 흔든다. 내가 원하는 길에 도달하기 위해 소중한 시간을 희생하며 달려가다가도 어느 순간 진정한 내 모습에서 오히려 멀어지고 있음을 깨달을 때가 있다. 우리가 그토록 원했던 것들이 행복을 가져다주지 않음을 알게 될 때 절망한다. 우리는 무엇을 위해 살아가는가. 우리의 삶은 우리에게 무엇을 가르쳐주는 걸까.

열심히 살아가고 있는데 이 삶이 지겹다고 하소연하는 사람들, 쏟았던 에너지만큼 지쳐버린 사람들을 본다. 그들에게 나는 읽고 쓰기를 권한다. 대부분의 사람들은 당장의 삶에 읽고 쓰는 것이 얼마나 힘이 될까를 의심한다. 자신이 어떤 존재인지를 알지 못한 채 지금의 상황과 기분에 매몰되어 진짜 원인을 찾지 않으려는 사람들이 많다.

우리는 두려움을 넘어서지 못해서 앞으로 나아가지 못하며 스스로를 부족하다 여기며 지금의 삶을 하찮게 만든다. 창피했던 경험, 비참했던 순간, 가슴 아팠던 경험 등 우리의 생각과 감정을 글로 써보면 내가 인식했던 내 모습이 전부가 아니라는 것을 깨닫게 된다.

나는 그동안 꾸준히 책을 읽고 글을 쓰면서 인생에 대해 많은 것을 배웠다. 읽을수록 나의 무지를 깨닫고 얕은 생각에서 깊은 생각으로 나아간다. 글을 쓰면서 내 삶을 스스로 증명하며 내가 익히고 배우고 깨달은 것들을 더 깊이 이해하고 타인과 나누려한다. 쓰면서 정리된 생각은 말을 할 때 설득력을 가지며 자신의 삶에 확신을 더해준다. 살아있는 한 읽고 쓰고 말하기를 멈추지 않아야겠다고 다짐한다.

나는 언제나 나 자신의 모습으로 지금의 삶을 창조하기 위해 노력하고 있다. 나보다 잘난 수많은 사람들 속에서 흔들리지 않고 내 길을 갈 수 있는 힘이 내 안에 있다고 믿는다. 나의 생각, 태도, 행동을 들여다보고 무엇이 부족한지, 어떤 개선의 노력이 필요한지 고민한다. 타인의 기대에 부응하기 위해, 타인이 정한 기준에 맞춰 살아가고 싶지 않다. 나의 진정한 모습을 찾고 가꿈으로써 그런 내 모습으로 당당하게 인생을 살아가고 싶은 거다.

TV프로그램 〈집사부일체〉에서 가수 송창식 선생님은 이런 말을 했다.

"나는 최고의 가수가 될 수 없어요. 절대로. 나는 최고의 송창식이에요."

우리는 최고의 무언가가 될 필요가 없다. 자신의 진짜 모습으로,

나다운 모습으로 최선을 다해 살아가면 된다. 그러기 위해 자신이 어떤 존재인지 글을 쓰면서 깨달아갔으면 좋겠다. 부러워하는 존재를 닮아가기 위해 애쓰지 않아도 있는 그대로의 자신을 사랑하는 마음으로 당당하게 홀로설 수 있기를, 한계를 넘어설 수 있기를 바란다. 당신은 자신의 삶을 선택할 권리가 있다. 누군가의 허락 따위는 필요하지 않다. 그저 자신을 그렇게 믿어주기로 마음먹으면 된다.

삶이 글이 되는 순간, 인생은 빛이 난다. 영원히 벗어날 수 없을 것만 같았던 두려움에서 벗어날 수 있다. 글은 불안과 자기 의심에서 멀어지게 만들며 내가 가야할 길을 자연스럽게 알려주기 때문이다. 상실과 이별의 아픔, 겪었던 수많은 경험에 대해 글을 써보라. 마음 깊숙이 내려가 진짜 내 마음을 알 때까지 멈추지 말고 써보라. 그토록 찾아 헤맸던 것은 바로 자기 자신이었음을 깨닫게 될 것이다.

차 례

Part 2 자율적인 존재로 살아가기

Part 3 글 쓰는 사람으로 홀로서기

Part 4 글쓰기로 자신의 한계를 넘어서기

Part 1

나의 정체성 찾기

01

길을 잃어야만 보이는 나

길을 잃는다는 것은 꼭 나쁜 일만은 아닌 것 같다. 길을 잃고 헤매다 보면 비로소 내가 그토록 찾았던 것이 무엇이었는지 깨닫게 되기 때문이다. 방황하는 인간만이 제 삶을 살아갈 수 있다고 나는 굳게 믿는다. 헨리 데이빗 소로우는 《월든》에서 이런 말을 한다.

> "길을 잃고 나서야, 다시 말하면 세상을 잃어버리고 나서야 비로소 우리는 자기 자신을 발견하기 시작하며, 우리의 위치와 우리의 관계의 무한한 범위를 깨닫기 시작한다."

소로우는 1845년 월든 호숫가의 숲속에 들어가 2년간 자급자족하는 생활을 하면서 숲 생활을 기록했다. 또 자연을 예찬하고 문명 사회를 비판하며, 인간의 독립적인 삶에 관해 이야기한다. 대부분의 사람들이 육체를 위한 자양분이나 육체적인 질병에는 비용을 아끼지 않으면서 정신적 자양분은 등한시하는 것을 비판하고, 사색과 독서가 함께 이루어지는 지혜롭고 소박한 삶을 살라고 말한다. '자신의 길을 빼놓고는 모두 운명의 길이니, 자신의 길에서 벗어나지 않도록 하라.'고 값진 조언을 해준다.

우리는 외로우면 당장 외로움을 해결하려 하고, 마음이 허전하면 그 마음을 채우려는데 급급하다. 가만히 멈추어 있는 것에 익숙하지 않고 그런 방식을 배운 적도 없다. 잃어버린 것을 되찾기 위해 노력하지만, 생각처럼 쉽지 않아 절망한다. 살아오면서 얻은 것도 많지만 잃은 것도 참 많다. 취업 때문에 고향을 떠나고, 10년간 다닌 회사를 떠나면서 친했던 동료들마저 멀어져 헛헛함이 늘 있었다.

내 인생을 다시 찾아보겠다며 새로운 도전을 하고, 미친 듯이 몰입하며 보낸 시간에서 친구들과 뜸한 연락마저 못 하고 살았다. 나는 외로움을 견디고자 책을 펼치고 글을 쓴다. 덕분에 어제 몰랐던 사람들과 오늘 글로써 대화를 나누기도 한다. 생각해보면 주위에 사람들이 있을 때도 나는 외로웠던 것 같다. 설명할 수 없는 끝도 없는 외로움이 한 번씩 밀려올 때면 '인생은 다 그래!'라는 말로 자신을 위로한다. 이렇게 글을 쓸 때면 외로움이 그렇게 나쁘지만은 않다는 생각이 든다. 외롭지 않고 주위에 사람이 많았다면 '나는 과연 글을 쓰고 있을까?' 하는 생각이 들기 때문이다. 지금의 나에게 고독은 가장 친한 친구다.

살면서 우리에게 상처를 주는 사람은 대체로 가까운 사람이다. 사랑했던 사람, 친한 친구, 가족 등 친밀한 관계 속에서 상처 입고 고통을 당한다. 나를 잘 알지 못하는 사람이 나에게 상처를 주기란 쉽지 않다. 나를 잘 알기에 나의 약점을 공격하고, 가깝지만 내 마음을 잘 모른다는 부분에서 큰 상처를 입는다. 가벼운 관계라면 험한 말을 듣더라도 그리 오래 가지 않지만, 가까운 사람이 준 상처는 뼛속까지 남아 쉽게 지워지지 않는다. 이렇게 원치 않은 감정에 빠졌을 때 우리가 탈출하는 방법은 바로 '글쓰기'다. 무엇보다 나는 글쓰기가 아니면 이 삶을 잘 살아낼 자신이 없어서 글을 쓴다.

살아오면서 나를 잃었던 때는 수없이 많았다. 사랑하며 나를 잃어보았고, 아이를 키우며 나를 버렸고, 힘든 순간이 올 때면 이전의 내 모습으로 살아갈 수 없다는 것이 절망적이고 슬펐다. 물론 그런 시간 속에서 나를 잃기만 한 것은 아니다. 하나씩 버리면서 새로운 나로 거듭나기를 반복한다. 이전과 다른 이유로 눈물을 흘리며, 다른 이유로 분노한다. 나는 끊임없이 생각하는 사람이며 현재의 사고에 멈추어 있지 않다. 그래서 지금 살아있는 내가, 뜨거운 피가 흐르는 내가 좋다. 희망을 안고 살아가는 나를 데리고 사는 게 행복하다. 손에 쥐고 있을 땐 행복인 줄 몰랐던 사소한 것들이 주는 감사함을 느끼며 살아간다. 우리는 가질 때보다 잃을 때 더 많은 것을 깨닫는 존재다. 움켜쥐기만 할 것이 아니라 버리고 잃으면서 배우며 성숙한 인간이 되어간다.

'글쓰기' 하면 대부분의 사람들은 부담스러워한다. 잘하고 싶지만 어렵게만 느껴지기도 하고, '내가 살아온 삶이 글로 쓸 수 있을 만큼 가치 있는 삶이었나?' 의심스럽다. 우리는 자신에 대해 생각하는 시간이 부족하다. 그러니 내가 어떤 사람인지 정의 내릴 수 있는 사람이 드문 것이다. 글쓰기를 통해 나를 찾았고, 내 인생을 변화시키며 살아가는 나는 특히 많은 사람들이 단지 글을 잘 쓰기 위해서 글쓰기를 배우는 것이 아니라 잘 살아가기 위해 글쓰기를 배우고 글을 쓰며 살아가길 원한다. 우리가 우리 자신의 모습으로 당당하게 살아가기 위해 꼭 필요한 것, 우리를 도와줄 수 있는 것이 '글쓰기'라고 말하고 싶다. 이 책을 통해서 잊고 있었던 나를 들여다보고 나의 정체성을 찾아 자신을 변화시킬 힘을 키울 수 있다면 나의 목적은 이룬 것이다.

언젠가 글로 꼭 남기고 싶은 인생이 있다. 순이(가명) 할머니는 평생 김밥 장사를 하면서 아들딸 공부시키고 사업자금까지 마련해 주며 일만 하면서 살았다. 음식으로 장난치는 사람들을 가장 싫어했던 할머니는 좋은 쌀, 신선한 재료로 손님들에게 매일 최고의 김밥을 팔았다. 할머니의 가게는 파리 한 마리 없이 청결했고, 멀리서 할머니의 김밥을 먹기 위해 찾아오는 손님들도 많았다. 평생소원은 장사하는 건물을 사서 월세 걱정 없이 김밥을 파는 것이었다.

하루도 쉬지 않고 일하며 여행 한 번 제대로 가지 못하고 살았던 순이 할머니는 매일 서서 일을 한 탓에 무릎관절이 아프기 시작해 수술까지 해야 하는 상황에 이르렀다. 하지만 가게를 쉬면서 수술을 하고 싶지 않아 간간이 치료만 받으러 다녔다. 아들딸은 늘 아쉬울 때만 찾아와 돈을 가져갔고, 엄마의 건강 상태에는 관심이 없었다. 결국 다리 상태가 나빠져 병원에 입원할 수밖에 없어 가게를 정리했다.

아들은 사업자금 마련을 위해 엄마가 살고 있는 집을 담보로 대출을 받았고, 사업의 실패로 쫓겨 다니는 신세가 되었다. 순이 할머니는 병원비 때문에 억지로 퇴원을 하고 집에서도 나와야 했다. 오갈 데 없고, 가진 돈도 없던 순이 할머니는 아는 사람의 도움으로 지방에 위치한 저렴한 요양원으로 들어가게 되었다. 국가 지원금으로 운영되는 요양원이라 가족도, 돌봐주는 사람도 없는 노인들이 찾아오는 열악한 곳이었다.

순이 할머니는 요양원에서 생각했다. '내가 어쩌다 이 지경까지 오게 되었을까?' 할머니는 평생 자신을 먼저 챙긴 적이 없었다. 가족을 위해 희생만 하다 결국 가족으로부터 버림받고 처량한 신세가 된 것이다. 처음에는 살고 싶지 않아 식사를 거부했다. 하지만 어느 날 이렇게 죽으면 너무 억울하다는 생각이 들었다. 요양원에서 빨리 나가야겠다는 생각에 식사도 꼬박꼬박 챙기고, 악착같이 운동하며 건강이 회복되기를 바랐다. 요양원에서 멀지 않은 친척 동생과 연락이 닿아 동생이 한 번씩 요양원에 찾아와 챙겨주었다.

순이 할머니는 건강이 어느 정도 회복되자 요양원을 나왔고, 친척 동생이 있는 마을에 비어있는 허름하고 작은 집으로 들어갔다. 집에 필요한 것들을 하나씩 얻어 잠을 자고, 음식을 만들어 먹을 수 있는 환경으로 만들었다. 집 앞에 있는 텃밭을 손질해서 가꾸고, 채소를 키워서 반찬을 만들어서 시장에 내다 팔아 생계를 이어갔다. 버려진 개 네 마리를 데려다 키우며 외롭지 않게 살아가고 있다. 요양원에서 굶어 죽든, 아파서 죽든 둘 중 하나뿐일 거라고 생각했던 순이 할머니의 인생은 살아야겠다는 한번의 결심으로 다시 태어나듯 삶을 시작하고 있었던 것이다. 가족을 위해 무조건적인 희생이 아닌, 자신만의 삶을 처음 살기 시작한 순이 할머니는 오히려 지금이 마음 편하다고 한다. 순이 할머니의 삶을 전해 들으며 '인생은 공평하지 않지만 삶은 공평하다.'는 말에 공감하게 된다. 언젠가 순이 할머니와 함께 시간을 보내며 인생 이야기를 듣고, 글로 쓰고 싶다. 할머니가 살아온 삶은 수많은 인생을 구해줄 거라는 확신이 있기 때문이다.

사람은 모든 것을 잃었을 때 '나'라는 존재가 선명하게 보인다.

타인을 위한 삶을 살았더라도 자신을 사랑하는 마음이 남아 있다면 결국엔 나를 찾게 되는 것이 인생이 아닐까. 죽을 만큼 힘든 순간에도 마음먹기에 따라 인생은 얼마든지 달라질 수 있다는 것을 스스로 증명한 순이 할머니처럼 말이다.

자신에 대해 알고 싶다면 글을 써보라. 행복했던 순간뿐 아니라 가슴 아팠던 경험도 글이 되는 순간 빛이 난다. 잃어버린, 아니 어쩌면 처음부터 생각하지 못했던 나의 정체성을 찾기 위해 자신을 바라보는 연습이 필요하다. 자신을 바라보고 내가 어떤 사람인지 아는 것이 글쓰기를 위한 첫걸음이자 진짜 내 인생을 살기 위한 시작점이다.

02

사랑하면 알게 되는 것들

요즘은 연애도 결혼도 포기했다는 말을 자주 듣는다. 연애를 하느라 시간 낭비, 돈 낭비, 에너지 낭비를 하고 싶지 않다고. 결혼을 통해 스스로를 옭아매지 않고 자유롭게 살고 싶다고 한다. 현명하다는 생각이 들다가도 한편으로는 씁쓸하다. 원치 않지만 현실과 상황에 굴복한다는 느낌을 지울 수 없기 때문이다.

우리는 사람들과의 관계 속에서 자신을 더 잘 알 수 있다. 나의 결핍이 무엇인지, 어떤 성격의 소유자인지 말이다. 우리는 '사랑'에 대한 기대치가 높아 쉽게 좌절한다. 누구나 외롭고 힘들 때 기대고 싶은 사람이 있었으면 하지만, 막상 상처받을 것이 두렵고 같은 실수를 반복할까 겁낸다. 사랑에 실패하더라도 사랑하는 과정에서 '나'라는 사람이 어떤 사람인지 명확하게 알게 된다. 결국 내가 가진 것들이 모든 관계를 결정한다는 것을 깨닫게 된다.

'사랑'에 대한 두려움을 안고 살아가더라도 우리의 삶을 견디게 해주는 것 또한 사랑이라는 것에 공감할 것이다. 얼마 전 공황장애로 고통을 호소하는 유명 연예인이 전문가에게 상담을 받는 방송을 봤다. 그는 남부럽지 않을 정도로 유명세를 펼치며 활발하게 활동하고 있는 사람이다. 바쁜 일상에서는 아무렇지 않다가 가만히 집에 있는 날이면 고통스러워서 견딜 수 없다고 했다. 그에게 소중한 존재가 있냐고 질문하자 그는 답을 하지 못했다. 자신에게 의미 있는 존재가 없기 때문에 느끼는 공허함은 인생을 고통스럽게 만든다는 것을 알 수 있었다. 어쩌면 우리를 살게 만드는 것은 부와 명예, 이런 것들이 아니라 의미 있는 존재, 사랑하는 사람이 아닐까. 알베르 카뮈의 말처럼 '삶의 의미야말로 인간에게 가장 절박한 질문'이다.

사랑은 감정도 대상도 다양하다. 가족, 연인, 친구, 동료 등 우리는 마음만 먹으면 그 누구라도 사랑할 수 있다. 조건 없는 사랑은 빛이 난다. 그래서 누구나 이 빛을 발견하는 것은 아니다. 우리는 상대방에게 해준 만큼 받고 싶어 하며 불리할 때 '사랑'이라는 말로 원하는 것을 얻으려 하기 때문이다.

우리가 흔히 말하는 사랑의 유효기간은 짧다. 사랑이 영원하길 바라지만 어디에도 영원한 것은 없고, 사랑의 약속을 믿지만 상황이 변하듯 사랑도 변하는 것이라는 말이 돌아온다. 영원한 사랑은 오직 자식을 향한 부모의 사랑뿐인가 하는 생각이 든다. 가끔은 보이지 않는 사랑의 힘이 나를 지켜준다고 느낄 때도 있다. 눈에 보이는 사랑보다 보이지 않는 사랑의 힘을 믿을 때가 있다. 지금은 존재하지 않는, 사랑했던 사람들을 꿈속에서 만날 때면, 보이지 않는 사랑의 힘을 강하게 느낀다. 어쩌면 영원한 것은 우리 마음속에서만 존재하는 것일지도 모르겠다.

사람은 외로울 때 누군가가 곁에서 자신을 위로해 주길 바란다. 남에게 기대지 않고 외로움을 견딜 수 있는 사람은 강한 사람이다. 나는 글을 쓰기 시작하면서 내가 가진 외로움과 친하게 지내는 법을 터득했다. 사람들과 함께 있다고 해서 외로움이 해소되지 않는다는 것을 알았기 때문이다. 외로움은 타인에 의해 사라지지 않는다. 자신을 사랑하는 마음이 충분하지 않을 때 우리는 사랑의 참된 의미를 종종 잊어버린다.

사랑은 달콤하지만, 인생에서 독이 되기도 한다. 내가 내 마음을 잘 다스리지 못한다면 말이다. 나를 잃고 얻는 사랑은 의미가 없다. 상대방에게 의존하는 사랑은 자신을 파괴하는 행위다. 자신만의 기준 없이 상대방에게 끌려다니는 연애는 위험하다. 내가 상대방을 사랑하는 마음에만 집중해서는 옳고 그름을 판단할 수 없다. 스스로를 자괴감에 빠지게 만드는 관계는 스스로를 파괴하는 사랑으로 치닫게 만든다. 외로움과 자유는 동시에 충족시킬 수 없다. 자신의 존재를 부정하면서 사랑할 필요는 없는 것이다.

가끔은 지금 내가 살아있다는 사실만으로도 감격스러울 때가 있다. 지금까지 이렇게 살아서 온 것에 감사한다. 지나온 시간 속에서 얼마나 많은 위험이 존재했던가. 내가 살아남아 이렇게 글을 쓰고 있다는 것은 기적에 가깝다는 생각이 든다. 어릴 때 나는 다소곳한 아이는 아니었다. 여기저기 돌아다니며 호기심을 채우기 바빴다. 산을 오르다 절벽에 떨어질 뻔한 적도 있었고, 차에 치여 죽을 뻔한 적도 있었다. 주위의 도움이 없었다면 봉변을 당할 뻔했던 일들이 수없이 많다. 그래서 지금 이렇게 살아남아 하고 싶은 일을 할 수 있다는 사실에 감사하다.

대학을 졸업하고 타지에서 사회생활을 시작한 후 느낀 외로움은 누군가에게 사랑받고 싶다는 마음을 내 안에서 사라지지 않게 만들었다. 내 안의 모든 외로움과 쓸쓸함을 송두리째 날려버릴 수 있을 만큼 나를 끔찍이 사랑하는 사람을 갈구했다. 혼자 힘으로는 도저히 내 마음을 안아줄 수 없다고 생각했을까. 만남과 헤어짐을 반복하며 완벽한 사랑을 꿈꿨다. 사랑에 대한 환상이 지나쳐 상대방의 사소한 결점이라도 발견할 때면, 하늘이 무너지는 기분이었다. 완전하고 완벽하게 나를 사랑해 줄 사람을 끊임없이 원했다. 사랑하는 사람의 기준이 대한민국 보통 남성의 기준으로 볼 때 지나치게 상회했다. 지금 생각해보면 그야말로 환상 속에서 살았던 것이 아닐까 싶다. 누구를 만나도 내면의 결핍을 채울 수 없었다는 사실이 증명한다. 너무 많은 기대는 자연스럽게 실망으로 이어지고, 완전한 사랑을 찾지 못한 절망감은 오히려 자신을 원망하는 마음으로 이어졌다.

지나친 기대와 환상은 오히려 사람 보는 눈을 멀게 만들었으며, 그 대가로 사람 때문에 상처받고 힘든 시간을 보내야만 했다. 사람에 대해 갖는 환상은 지금도 여전히 남아 있어 종종 상처받으며 다시 회복하는 삶을 살아간다. 관계와 무관한 삶을 살아갈 수는 없기 때문에. 그래서 이렇게 혼자 글을 쓰는 시간이 오히려 마음이 편하다. 누군가를 만나지 않고 혼자 작업하는 시간은 에너지 소모가 적으며, 오롯이 나에게 집중할 수 있는 시간이기 때문이다.

어쩌면 심리적 결함은 내가 어릴 때부터 이미 형성되고 있었는지도 모르겠다. 나는 아들이 아니라서 아쉬운 둘째 딸이었고, 맏딸이 아니어서 조금은 소외된 아이였으니까. 조금만 혼이 나도 내가 많이 부족하다는 생각이 들었고, 고민이 있어도 속 시원하게 하소연하지 못했다. 늘 혼자라는 생각이 들었고, 그러다 보니 자연스럽게 친구 관계에서도 의존적인 마음을 가지고 살았던 것이 아닐까 싶다. 결국 친구를 통한 애착 관계도 그리 성공적이진 않았다. 그 누구도 나의 허전한 마음을 채워 줄 수 없다는 것을 깨닫는데 30년이란 세월이 필요했다. 하지만 앞으로 살아갈 날을 생각했을 때 결코 긴 시간이라고 생각하지 않는다.

글을 쓰고 있는 지금은 외롭지 않다. 예전이었다면 누군가를 붙잡고 쏟아내었을 말들을 이렇게 글로 쓰고 있기 때문이다. 너무 외로워 고통스럽다면 그 마음을 글로 표현해보라고 말하고 싶다. 누구나 타인의 사랑과 관심을 갈구하며 살아간다. 하지만 그 전에 자신의 마음을 충분히 알아가려는 노력이 필요하며, 이 노력은 죽을 때까지 이어져야 하는 인생의 과제다. 자신을 알려고 노력하지 않으면서 타인의 사랑을 받기 위해 노력하는 것은 자신을 더 외롭게 만들뿐이다.

사랑하면 알게 된다. 사랑을 믿는다는 것은 자신을 믿는 것만큼 힘든 일이라는 것을. 나만큼 세상 사람들도 외로움과 싸우며 살아간다는 것을 인식하는 것만으로도 위안이 되지 않을까. 우리는 사랑하는 일을 할 때, 사랑하는 사람을 위해 일할 때 진정 살아있음을 느낀다. 사랑을 믿을 때 사랑이 우리의 삶을 이끌어주듯 사랑하는 일에 몰입할 때 그 일이 우리가 가야 할 길을 알려줄 것이다.

03

지켜야 할 사람이 있다는 것

나는 중학교 1학년 때 종교수업을 담당했던 수녀님을 보며 생각했다. '선생님은 왜 수녀가 되었을까?' 늘 궁금했지만, 묻지 못했다. 어쩌면 말할 수 없는 깊은 상처를 가지고 계실지도 모른다는 생각 때문이었다. 선생님은 말할 때 자기주장이 명확한 분이었다. 하셨던 말씀 중에 지금도 기억에서 지워지지 않는 말은 "남자는 절대 믿으면 안된다."는 말이었다. 그때 가출을 일삼았던 친구 몇 명이 있었는데, 그 친구들을 보며 그런 말씀을 하셨다. 남자들이 여자들을 얼마나 가벼운 존재로 생각하는지 일깨워 주고 싶어 하셨다. 선생님의 극단적인 표현 때문에 선생님이 어떤 연유로 수녀가 되었는지 참 궁금했다. 누군가가 자신을 지켜주었으면 했던 순간에 곁에 아무도 없었던 걸까.

지금 생각해보면 어릴 때 내가 살았던 동네는 참 위험한 동네였다. 겉으로는 그냥 평범한 사람들이 사는 주택가로 보였지만, 아이들에게만큼은 위험했다. 학교를 오가는 길에는 늘 이상한 남자들을 쉽게 볼 수 있었다. 그들을 지나칠 때면 마음속으로 아무 일 없기를 기도하며 지나갔다. 모르는 사람만 위험했던 것이 아니다.

윗집에 사는 아저씨는 내가 제일 싫어하는 사람이었다. 볼 때마다 기분이 나빴다. 예전에는 정이 많은 탓에 특별한 날이 아니어도 서로 먹을 것을 나눠 먹기도 했는데, 그때마다 그 집에 심부름을 가는 게 너무 싫었다. 아저씨는 음식을 가져다주고 집으로 가려는 나를 꼭 붙들고 무릎에 앉히고는 뽀뽀를 했는데, 나는 그게 너무 불쾌했다. 그냥 가볍게 넘기기에는 불편한 느낌이 들었기 때문이다. 아무것도 모르는 미취학 아동이 파악하기에 너무나 복잡한 느낌은 생각보다 오래갔다. 아주머니는 옆에서 보고 있으면서 나를 지켜주지 않았다. 웃으면서 나에게 했던 아주머니의 말은 "예뻐서 그러는 거지."였다. 내 기분이 엉망이었다는 것을 알면서 모른 척했던 것인지, 정말 몰랐던 것인지 사실 지금도 모르겠다. 집으로 돌아와 엄마에게 윗집에 이제 심부름 가고 싶지 않다고 말했다. 설득력 있게 그 이유를 설명할 수 없었다. 그때의 상황과 기분을 그 누구에게도 명확하게 전달할 수 없었다.

친구 집에 놀러 갔을 때 야한 사진을 들이밀며 나를 희롱했던 친구 오빠는 좀 모자란 사람이어서 그러려니 했고, 동네를 활개 치고 다니던 바바리맨은 언제 어디서 만날지 모르는 복병이었다. '왜 우리 동네는 이런 남자들이 많을까?'라는 생각을 늘 했다. 어느 날은 동네 아주머니가 전기를 고치러 온 아저씨에게 성폭행을 당해 이사를 했다는 소문이 돌기도 했다. 사람들이 수군거리는 소리를 얼핏 들었고, 그 기억이 아직도 남아 있다. 그 집에는 장애를 가진 딸이 있었기에 마음이 더 쓰였다.

가끔 방송을 시청하다 보면, 어릴 적에 성폭행당한 기억으로 트라우마에서 벗어나지 못해 힘들어하는 여성들을 보게 된다. 모든 것이 자신의 잘못인 것 같아 자신을 질책하며 고통스런 시간을 보내는 여성들이 많다. 가해자는 아무렇지 않게 살아가는데, 피해자는 왜 고통 속에서 살아야 하는가. 나를 성추행했던 아저씨는 80이 넘도록 멀쩡하게 살다 암으로 죽었다. 그 말을 전해 듣고 내가 처음 내뱉은 말은 "벌 받았네."였다. 그때 어머니는 조금 충격을 받으셨다. 이제야 비로소 나는 그때의 감정을 털어놓았기 때문이다. 그때 내가 얼마나 끔찍한 기분이었는지, 얼마나 잊고 싶었던 기억인지 전혀 몰랐을 것이다.

고된 시집살이의 고단함 때문에 우리 삼 남매를 키우며 세세하게 챙기기 힘드셨고, 형편이 좋아서 그럴 수 있었다 해도 상황은 바뀌지 않았을 것이다. 성폭행을 당해도 도망간 놈은 잡을 수 없고, 피해자는 동네 창피해서 오랫동안 살았던 터전을 떠나야만 하는 잘못된 환경이었으니까. 특히 성폭력 피해자는 스스로 그 사실을 숨기는 경우가 많아 드러나는 사건은 일부에 불과하다는 것을 안다. 하지만 그런 현실조차 외면한다면 우리는 모두가 가해자다. 당장 현실을 바꿀 수 없다 하더라도 현실을 냉정하게 바라볼 줄 아는 눈은 필요하다. 내가 피해자였기 때문에 다른 모든 이를 가해자로 치부할 필요도 없다. 그런 마음은 오히려 자신을 더 고통스럽게 만들기 때문이다.

빅터 프랭클은 그의 저서 《빅터 프랭클의 심리의 발견》에서 말한다.

"트라우마나 감당하기 힘든 어떤 경험이 사람의 정신을 온통 상처로 뒤덮을 수 있는지, 장기간에 거쳐 해를 미칠 수 있는지는 그 사람의 전체적인 성격 구조에 달린 것이지 경험 자체의 문제가 아닙니다."

환경이 인간에게 영향을 미치는 정도는 자신이 어떻게 받아들이고 깨닫느냐에 따라 달려 있다는 것이다. 똑같은 경험을 했다고 해서 똑같이 고통을 겪는 것은 아니다. 또 인간에게 있어서 갈등과 고난은 사람들을 정신적으로 단련시킨다고 말한다. 이 책에서는 하이델베르크의 내과 전문의 플뤼게 교수가 자살을 시도했던 50명을 조사한 사례를 이야기하고 있는데, 삶에 지치게 된 가장 결정적인 원인이 고난이나 질병, 콤플렉스나 갈등이 아니라 단 하나, 삶이 의미 없어 보여 얻게 된 끝없는 내적 불만족 때문이었다고 한다.

빅터 프랭클은 저서에서 인간은 자신의 정체성을 자신이 아닌 이루어야 할 의미나 사랑하는 사람에게서 찾아야 한다고 말한다. 무언가에 헌신함으로써 비로소 자기 자신을 빗어나갈 수 있으며, 진짜 인간이 되어간다고 말이다. 우리의 부모님이 지금의 환경보다 훨씬 열악한 조건에서도 삶을 포기하지 않고 우리를 키워낸 것을 생각한다면 빅터 프랭클의 말이 이해가 될 것이다.

극심한 불안과 고통, 상실의 아픔을 겪고 있더라도 우리는 지켜야 할 사람이 있다는 것으로 살아야 할 충분한 이유를 만들어 내는 존재다. 나 역시 내가 사랑하는 사람들을 위해 어떤 고통도 감내하며 살아가고 있다. 성인이 되어 첫 독립을 하고 나서 가장 힘들었던 순간에 떠올렸던 사람이 바로 어머니였으며, 지금은 나만 보고 자라는 아들을 생각하며 어떤 어려움도 감내할 의지를 가지고 살아간다.

나는 아무런 고통 없이 살아가는 것만이 행복이라 생각하지 않는다. '역경에 처해 보지 않은 사람보다 불행한 사람은 없다.'고 했다. 내가 짊어져야 하는 부담감, 힘겨움이 나를 살아가게 하는 원동력이 된다는 것을 잘 안다. 우리는 늘 지금 이 순간의 고통만 사라지면 당장 행복해질 수 있을 것이라 생각하지만, 실제로 그렇지 않다는 것을 경험으로 알고 있다. 당장의 힘겨움이 싫기 때문에 막연하게 이런 생각을 한다. 남들은 고민 없이 살아가고 있는 것 같은

데, 나만 힘들다는 생각이 자신을 짓누르고 있다는 것을 안다면 그 생각에서 자유로워져야 한다. 누구에게나 인생은 힘겹다. 쉬운 인생이라고 말할 수 있는 사람을 지금껏 단 한 명도 본 적이 없다.

부산을 떠나 서울로 올라와 취업했을 때 깨달았다. 나보다 잘난 사람이 이 세상에 너무 많다는 것을. 혹독한 신입훈련을 받으며 나 자신이 보잘것없다는 생각도 했고, 나의 체력 또한 보통의 수준에도 미치지 못한다는 것을 알 수 있었다. 남들이 부러워하는 승무원이라는 직종에 취업해서 기쁘다는 마음보다는 이제는 정말 세상에 홀로 섰다는 마음이 강했다. 서울의 공기는 부산보다 차가웠고, 처음으로 가족이 없는 공간에서 생활하면서 외로움이라는 것이 주는 느낌을 알 수 있었다. 무언가를 얻고자 하는 사람에게는 경쟁이 치열한 이곳에서 뒤처지지 않고 살아남아야겠다는 생각으로 아파도 버텼고, 힘들어도 견뎌냈던 시간이었다.

그렇게 보잘것없는 체력으로 버텨낸 시간이 있었기 때문인지, 이후의 삶에서 아무리 힘든 일이 나를 찾아와도 눈물은 쏟을지언정 내 삶에 지고 싶지 않다는 마음만은 변함이 없었다. 온실 속의 화초처럼 살아온 사람이 인생의 고통을 알 수 있을까. 좌절을 겪어보지 않은 사람에게 절망 속에 피어나는 희망이라는 것이 존재할까.

나이를 먹으며 다양한 경험을 한다고 해도 인생의 변수는 언제나 존재한다. 마크 트웨인의 말처럼 "우리가 뭘 몰라서 곤경에 빠지는 것이 아니라, 확실히 알고 있다면 곤경에 빠지지 않으리라는 착각 때문에 곤경에 빠지는 것"이다. 우리는 살아가면서 나락으로 떨어질 때가 많다. 친했던 친구와의 결별, 사랑하는 사람과의 이별, 원치 않는 실직, 질병과의 싸움, 이유 없는 방황 등 내 의지로 어찌하지 못하는 수많은 상황에서 나만 예외일 수는 없다.

하지만 바닥을 딛고 올라온 사람은 또 다른 곤경에서 빠져나오는 시간을 단축할 수 있을 거라 믿는다. 고통 없는 인생은 없으며, 고통 없이 행복을 말할 수 없다. 고통은 어쩌면 우리에게 또 다른 삶을 살 기회를 주는지도 모른다. 이전과 다른 삶을 살 기회, 나를 넘어설 기회를 준다. 불행은 대부분 마음의 준비가 되어 있지 않을 때 불쑥 나타나며, 불행처럼 보이지 않는 모습으로 우리를 찾아오기도 한다. 예측할 수 있는 삶은 많지 않다. 어떤 상황에서도 나다운 선택을 할 수 있는 용기가 필요할 뿐이다. 아무것도 할 수 없다고 느낄 때도 우리는 글을 쓸 수 있다. 내 삶에 대해, 내가 생각하는 것에 대해 글로 표현할 수 있으며, 세상과 소통할 수 있다. 아무것도 아닌 존재라 느낄 때조차 글을 써야만 한다. 다시 시작할 용기를 얻기 위해서라도.

나는 오랫동안 불편했던 감정을 기억하려 애썼다. 그 기분을 제대로 설명할 수 있을 때까지. 나이가 들면서 알게 되었다. 우리는 모두 스스로를 지키며 살아야 한다는 사실을. 그리고 이제는 내가 지켜야 할 사람들이 있다. 반드시 이루고 싶은 꿈 또한 내가 지켜야 하는 것 중 하나다. 나는 아들에게 강한 엄마가 될 것이다. 아들이 어느 순간 견딜 수 없는 고통을 겪게 될 때 가장 먼저 떠오르는 사람이 나였으면 좋겠다. 어떤 순간에도 혼자가 아니라는 것을 알았으면 한다. 아들이 느끼고 짐작하는 내 사랑의 크기가 고통의 크기를 넘어서기를 간절히 바란다. 니체의 말처럼 살아야 할 이유가 있는 사람은 어떤 삶이든 견딜 수 있음을 아들에게 가르쳐 줄 것이다.

04

낮아진 자존감부터 챙기기

며칠 전 한 유튜버로부터 인터뷰 요청이 왔다. 세 번째 저서《여자의 인생을 바꾸는 자존감의 힘》을 주제로 인터뷰를 하고 싶다고 했다. 일정을 조율해서 촬영할 날짜를 잡았다. 세 번째 책을 출간해 준 대표님은 최근에 내게 이런 말을 했다.

"이 책은 대한민국 여자들이라면 꼭 읽어야 할 책이라고 생각합니다. 이 책이 더 많은 여성들에게 닿았으면 좋겠습니다."

이 책은 내가 가장 힘들었을 때 쓴 책이다. 사람으로 인해 상처받은 마음을 회복하기 위해, 다시 내 인생을 시작하기 위해 온 마음을 다해 썼다. 나는 몇 달 동안 거의 책상에 앉아있다시피 하면서 집필에 몰두했다. 글을 쓰면서 많은 눈물을 쏟았고, 눈물 속에 나의 상처도 함께 떠나보냈다. 나처럼 힘든 시간을 보내고 있는 사람들에게 "당신은 혼자가 아니다."라는 말을 해주고 싶었다. 이 책으로 나는 상처에서 벗어났고, 여러 군데 출판사와 이후의 책을 계약할 수 있었다.

하나의 문이 닫히면 또 다른 문이 열린다고 했다. 당장에 보이는 불행은 불행이 아닐지도 모른다. 그러니 섣부른 좌절은 금물이다. 절망을 해도 괜찮다. 다시 일어서면 된다. 일어서지 못하는 절망은 실패다. 자신의 삶을 실패로 만들지 않기 위해 쓰러져도 일어서는 용기가 필요하다.

《여자의 인생을 바꾸는 자존감의 힘》을 읽은 분들은 인생의 크고 작은 변화를 겪었다고 말했다. 책을 읽은 후 포기했던 일을 다시 시작한 사람도 있고, 낮아진 자존감을 다시 끌어올려 무엇이든 할 수 있을 것 같다고 말해준 사람도 있다. 멀리 타국에서 감사의 메시지를 전해준 분, 책을 읽으며 많은 눈물을 쏟아냈다고 말해준 독자도 있다. 험한 세상에서 자존감마저 잃으면 우리는 전부를 잃는 것이다. 부디 그 어떤 순간에도 자신을 사랑하고 자신을 믿어주는 마음만큼은 버리지 않았으면 한다.

책을 통해 배움을 이어가는 나는 책을 씀으로써 내가 배운 것, 깨달은 것을 타인과 나누고자 한다. 타인과 나를 비교하게 되거나, 자신감이 떨어지거나 마음이 힘들 땐 어김없이 책을 펼친다. 서점에 가면 사고 싶은 책이 너무 많고, 그중에서 선별해서 책을 고를 때 고민을 많이 한다. 읽고 싶은 책을 고민 없이 구매해서 읽기 위해서라도 나는 지속적으로 일을 할 것이다.

미국의 사회 철학자 에릭 호퍼는 '본질적인 자유는 무언가를 할 수 있는 자유보다 무언가를 하지 않을 자유'라고 했다. 자신이 무엇을 원하는지 명확하게 알아야만 무엇을 하지 않을지 알 수 있고, 하지 않을 자유를 누릴 수 있다. 타인에 이끌려 생각 없이 했던 행동들이 결국 자신을 고통으로 몰아넣기도 한다. 내가 무엇을 원했는지 몰랐기 때문에 그저 휘둘리는 삶을 살 수밖에 없는 것이다.

나도 모르게 누군가에게 휘둘리고 감정 배출의 창구로 이용되고 있다면, 내 자존감 상태가 괜찮은지 한번 생각해봐야 한다. 힘든 경험으로 인해 자존감도 자신감도 낮아져 스스로 가치 없는 존재로 몰아가고 있지는 않은지 말이다. 소중한 것을 잃지 않기 위해 안간힘을 쓰다가 결국엔 자신을 잃었던 경험이 한 번쯤은 있을 것이다. 벼랑 끝에 아슬아슬하게 매달려있는 내 모습을 마주하고 나서야 무엇이 잘못되었는지 깨닫게 되는 경우가 있다. 다른 건 포기해도 나 자신은 포기할 수 없다는 것을 그제야 알게 된다. '내'가 없다면 세상도 의미가 없다는 것을.

어제 처음 만난 수강생은 최근 몇 년 사이에 체중이 급격하게 늘어나면서 자존감이 바닥을 치게 되었다고 말했다. 잃어버린 자신의 모습을 되찾기 위해 글을 쓰고 싶다는 말을 했다. 하고 있는 일이 많았지만, 다른 그 무엇보다 자신의 마음을 돌보는 일이 가장 시급하다는 점을 깨닫게 된 것이다. 글쓰기 강의로 많은 수강생들을 만나다 보면 각자 하는 일도 관심사도 다르지만, 자신이 가고 있는 길이 맞는지 늘 고민하는 모습이다. 다른 사람들은 다 잘하고 있는 것 같은데, 자신만 부족하다는 생각을 많이 한다.

며칠 전에는 한 독자로부터 메시지가 왔다. 내 책을 읽은 후 연락을 하고 싶었다고 한다. 잠깐 이야기를 하고 싶다는 말에 나는 전화를 했고, 20분 정도 이야기를 나누었다. 그녀는 많이 지쳐 스스로를 쓸모없는 존재로 여기고 있었다. 일에 대한 고민도 커서 컨설팅을 받고 싶다고 했다. 나는 그녀가 지금 상태로는 무언가에 의욕을 가지고 할 수 없다고 판단해 컨설팅은 뒤로 미루고 몇 권의 책을 추천해 주었다. 자신의 마음을 들여다보는 시간을 가졌으면 좋겠다는 조언에, 그녀는 그렇게 해보겠다고, 고맙다는 말을 끝으로 전화를 끊었다. 그 누구에게도 할 수 없는 말을 내게 해줘서 고마웠고, 나의 말이 그녀에게 조금은 도움이 되었기를 바란다.

우리는 최악이라고 느꼈던 상황이 오히려 도움이 되는 결과를 가져오는 경우를 종종 경험한다. 우리의 감정은 성급해서 순간적인 느낌과 판단만으로 상황을 결정하지만, 생각한 대로 인생이 진행될 만큼 우리 삶은 단순하지 않다.

시간이 꽤 지났지만, 예전에 알던 두 명의 언니에 대한 이야기다.

한 명은 자주 가던 단골가게에서 친분을 쌓았고, 다른 한 명은 그 언니의 지인이다. 시간이 지난 후 알게 된 사실이지만, 두 언니는 사이비 종교에 빠져있었다. 자연스럽게 나를 끌어들이려고 했지만 실패했다. 나는 겉으로는 평범하게 보이는 언니들이 왜 사이비 종교에 빠졌는지 궁금했다. 한 명은 남편이 직장으로 인해 지방으로 간 후 시어머니와 아이들을 돌보는 것에 극도의 스트레스를 받으며 살았고, 다른 한 명 역시 시어머니로 인해 거짓 연기까지 하며 살아가고 있었다. 둘 다 경제적으로 여유는 있었지만, 지속적인 스트레스로 자존감이 낮아지고, 이야기를 나눌수록 심리적으로 불안하다는 느낌을 받았다.

자존감이 낮아지고 스스로 불행하다 느끼면 같은 에너지를 가진 사람들을 끌어당긴다. 나와 다르지 않은 사람들 속에서 위안을 찾는다. 여러 번 만나면서 나를 교화시키려 하자 두 명과 더 이상 연락을 하지 않았다. 지금은 어떻게 지내고 있을지 궁금하다.

사람은 겉모습만 보고 잘 알 수 없다. 겉으로는 웃고 있지만 속으로 울고 있는 사람일 수도 있고, 겉은 차가워 보이지만 속은 따뜻한 사람일 수 있다. 예전에는 처음의 느낌과 감정을 중시하며 내가 믿고 싶은 대로 믿느라 진실을 제대로 바라보지 못했던 날들이 많았다. 이제는 모든 것이 확실해지기 전까진 섣부른 판단을 하지 않는다. 어떤 상황이든, 사람이든, 다른 그 무엇이든.

한 달 동안 내게 강의를 들은 수강생 한 명이 종강 날 집에 가지 않고 나를 기다리고 있었다. 마지막 날이라 정리할 일들이 있었는데, 그 수강생이 나를 도와주어서 빨리 끝낼 수 있었다. 우리는 함께 지하철역으로 걸어가면서 이야기를 나누었다. 내게 꼭 하고 싶은 말이 있어서 기다렸다고 했다. 《여자의 인생을 바꾸는 자존감의 힘》을 읽고 현재의 고민에 대한 해답을 찾을 수 있어서 고맙다는 말을 꼭 전하고 싶었다고 했다. 책에 쓴 내 이야기와 자신의 상황이 비슷한 순간들이 많았다고 했다. 작년부터 힘든 시간을 보냈는데, 이제는 용기를 내어 자신의 길을 갈 수 있을 것 같다고 말했다. 지금껏 자신이 읽었던 책 중에서 이렇게 실질적인 도움을 얻었던 책은 없었다는 말에 나도 모르게 눈물이 났다. 그녀는 몇 달 후 원하는 회사에 취업했고, 이 책을 읽었기 때문에 가능했다는 말을 전했다. 그녀의 노력과 열정, 그리고 책의 도움으로 바라던 것을 이룰 수 있게 되어 감사하고 행복하다.

나는 희망과 좌절을 반복하며 여섯 권의 책을 썼고, 지금 이렇게 일곱 번째 책을 쓰고 있다. 내 안에서 아직 끄집어내지 못했던 이야기를 담으며 독자들에게 도움이 되는 책을 써야겠다고 매일 다짐하며 글을 쓴다. 나의 노력과 진심은 결국엔 나를 더 먼 곳까지 데려다줄 거라는 희망을 잃지 않는다.

우리는 늘 다른 사람과 자신을 비교하며 부족한 점을 발견하려 애쓴다. 더 많이 가질수록 행복하다 믿지만, 욕망은 우리를 쉽게 놔

주지 않는다. 비교하기 때문에 자존감이 낮아진다. 삶의 기준이 자신이 아니라 타인이기 때문에 자신에게 실망하는 것이 아니던가. 현실에 불만이 있을 때면 루키우스 안나이우스 세네카의 말을 떠올려본다.

"가난하다는 것은 가질 게 별로 없는 게 아니라 더 많은 것을 바라는 것이다."

나보다 더 많이 가진 사람을 부러워하며 스스로 가난한 자가 되려고 애쓰지 말자.

05

어른이 되는 연습

아들은 나의 가장 친한 친구다. 바쁘게 일을 하다 여유가 있는 시간에는 아들과 외출을 한다. 쇼핑도 하고, 맛있는 음식도 먹고, 아들이 좋아하는 버스를 타며 같은 풍경을 바라보는 것만으로도 힐링이 된다. 함께 웃고 울지만, 아들의 마음속에 무엇이 있는지 알지는 못하기에 평소에 대화를 많이 하려고 노력한다.

얼마 전 휴지통에 버려진 종이 한 장을 발견했다. 글씨가 빽빽해 자연스럽게 눈이 갔다. 구겨진 종이를 펼쳐서 읽었다. 아들이 쓴 글이었다. 내가 했던 말들, 혼자 했던 생각들을 글로 썼는데 쓰고 나니 마음에 들지 않아 버린 것 같았다. 글을 읽으며 아들은 내가 생각하는 것보다 더 깊은 생각을 하고 있다는 것을 알게 되었다. 생각 없이 말을 쏟아내서는 안 되겠다고 다짐했다.

엄마가 되어 아이를 가르치다 보면 나 스스로를 돌아보게 된다.

아들에게 하는 조언은 나 자신에게 하는 말이다. 학교생활에서 선생님과 친구들을 대하는 태도, 일상에서 해야 하는 행동 하나하나를 조언해 주다 보면 자연스럽게 내 태도도 반성하게 된다. 친구와 다투고 돌아오면 이야기를 들어주고, 다음 날 학교에 갈 때는 꼭 화해하고 돌아와야 한다고 당부를 한다. 내가 아들의 인생을 대신 살아줄 수는 없지만, 적어도 순간적인 분노로 소중한 것들을 잃지 않도록 도와주고 싶다. 오늘 보고 내일 보지 않더라도 자신의 감정을 모두 쏟아내는 것이 정답이 될 수 없음을 알기를 바란다. 나 또한 아이를 감정적으로 대하고 상처 주는 말을 한 경우 빠른 시간 안에 사과를 한다. 지금은 아이도 나의 진심을 잘 알고 있어서 내가 홧김에 한 말은 진심이 아니니 한 귀로 듣고 한 귀로 흘린다고 한다.

아들이 초등학생 때 앞집 아이와 친했었는데 어느 날 크게 싸우고 왔다. 매일 놀 정도로 친했는데 사이가 멀어져 나도 속상했다. 화가 잔뜩 나 화해할 마음이 전혀 없는 아들을 보면서 안타까워 아들의 친구에게 전화를 했다. 어떻게 싸우게 되었는지 친구의 이야기도 들어 봐야 될 것 같았다. 아들의 친구는 아들이 생각지도 못했던 부분에서 상처를 받아 마음 아파하고 있었다. 소통이 어려운 두 아이는 서로를 오해해서 사이가 멀어졌던 것이다. 나는 앞집 아이에게 대신 미안하다고 사과를 했다. 강인해 보였던 그 아이는 설움에 눈물을 터뜨렸다. 시간이 꽤 지난 일이지만, 아들과 나는 가끔 그때의 이야기를 나눈다.

나는 아들에게 멘토 같은 엄마가 되고 싶다. 힘들 때 외부에서 답을 찾기 위해 혼자 헤매지 말고 엄마에게 의논할 수 있는 아들이 되었으면 한다. 지금 대한민국에서 살아가는 수많은 아이들이 자신이 가진 힘겨움을 나눌 곳이 없어 방황하고 있다. 스스로 목숨을 끊기도 하고, 알지 못하는 사람을 대상으로 분노를 표출하기도 한다. 가정에서 많은 부분 도움을 줄 수 있다면, 자라나는 아이들이 더 나은 세상을 만들어 갈 수 있을 것이다.

아이를 낳고 나서야 엄마의 마음을 알게 되었고, 어떤 순간이 와도 내게 소중한 존재가 있다는 사실이 나를 버티게 해준다. 엄마의 모습을 보고 자라날 아들을 생각하면 어떤 것도 쉽게 포기할 수가 없다. 자신의 삶을 제대로 살아가는 모습을 보여주고 싶다. 아들은 하고 싶은 것도, 되고 싶은 것도 많은 아이다. 성공에 대한 욕구가 강하다. 어떤 삶을 선택하든 스스로 원하는 삶이기를 바란다.

나는 일을 하면서 진정한 성공은 무엇인지 항상 고민한다. 내 마음이 갈대와 같아 이리저리 흔들렸던 시기가 있었다. 그때 내가 정답이라고 여겼던 것들이 지금에 와서 생각해보면 정답이 아니듯, 성공에 대한 기준은 자꾸만 바뀌었다.

40년 이상을 한 분야에서 일하며 성공을 이룬 한 패션 디자이너는 어떻게 성공했냐는 질문에 이런 대답을 했다.

"하루만 더 버티자는 마음으로 살았더니 성공이 찾아오더라."

우리는 성공한 사람들에게는 특별한 비법이 존재한다고 믿지만, 실제로 성공자들의 말을 들어보면 그렇지 않다는 것에 충격을 받는다. 너무나 당연해서 특별한 비법이라 할 수 없는 것들을 실천한 사람들이다. 성공하고자 한다면 끈기가 있어야 한다. 성공을 꿈꾼다면 자신의 삶에서 성공은 무엇을 의미하는지 정의 내릴 수 있어야 한다.

얼마 전 화장품 브랜드, 리엔케이 직원들을 대상으로 동기부여 특강을 하고 왔다. 다양한 연령층의 직원들이 있었다. 나는 어떤 일이 있어도 일을 놓지 말라고 부탁했다. 육아를 하며 일을 하고 있는 분들이 많았다. 엄마의 역할을 하며 일을 하는 것이 쉽지 않다는 것을 잘 알기에 더더욱 포기하지 않기를 바랐다. 당장 노력의 결실을 맺지 못하더라도 지금 뿌린 씨앗은 언젠가는 열매를 맺을 것이며, 인생은 뿌린 대로 거두는 불변의 법칙에서 벗어날 수 없음을 강조하고 또 강조했다. 나 역시 육아로 일을 그만둔 후 많은 후회를 했고, 다시 사회로 나와 일을 하며 내 일의 소중함을 뼈저리게 느꼈기 때문이다.

고통은 사람을 성장하게 만든다. 아이가 태어나자마자 아파서 고통스러운 일상을 보냈던 나는 누구보다 강한 엄마가 되었다. 나는 내가 이렇게 모성애가 강한 엄마가 될 줄 몰랐다. 모성애가 강한 엄마, 모성애가 약한 엄마는 태어날 때부터 정해져서 나오는 것은 아닐 것이다. 엄마가 되어가는 과정에서 어떤 경험을 했느냐, 그 경험을 통해 무엇을 깨달았느냐에 따라 달라질 것이다. 경험도, 깨달음도 분명 본인의 선택으로 달라질 수밖에 없다. 위기의 순간마다 엄마로 살아가는 것이 쉽지 않다는 것을 알았다. 나도, 아이도 힘든 순간을 함께 통과하며 나는 점차 성숙한 엄마로 성장했다.

아이를 위해 내 삶에 전부라고 생각했던 직장을 떠나면서 엄마라는 존재가 가진 책임감을 실감했다. 온전히 육아와 살림만 하는 시간을 보내며 내 일이 가지는 소중함을 깨달았고, 우울한 시간 속에서 내 삶을 다시 돌아볼 수 있었다. 아이를 키우면서 나 자신도 함께 키워야 한다는 것을 알게 되었다. 혼자서 모든 것을 판단하고 결정할 수 있었던 삶과는 달랐다.

내가 만약 결혼도, 출산도 하지 않았다면, 나는 인생에서 배워야 할 것들을 모르고 살아갔을 것이다. 인생은 원하는 대로 되지 않는다는 것을, 가끔은 자신을 희생함으로써 소중한 것을 얻는다는 것을 알게 되었으니까. 아이와 함께 나도 성장하면서 포기하지 않는다면 내 인생을 위한 시간을 다시 얻을 수 있다는 것을 깨달았다.

성인이 되어 독립을 하면 어른이 되는 줄 알았다. 하지만 나는 지금도 어른이 되어가는 과정 속에 있다. 책을 읽으며 나의 어리석음을 깨닫고, 글을 쓰면서 지난날을 후회하고 반성한다. 나는 늘 부족하다는 생각을 하면서도 자존감을 잃지 않기 위해 노력한다. 나의 어리석음을 자책하지 않고, 실수를 반복하지 않으려는 것에 에너지를 쏟는다.

결혼도, 출산도 선택이다. 아무도 강요할 수 없다. 하지만 아이를 낳았다면 책임감을 가지고 키워야 한다. 공부 잘하는 아이로 키우기 위해 애쓸 것이 아니라 자율성을 가진 아이로 키우기 위해 노력해야 한다. 부모에게 의지하지 않고 스스로의 힘으로 세상에 나갈 수 있도록 내면을 키워 주어야 한다. 부모 또한 스스로 독립적인 삶을 영위하기 위해 노력해야 한다. 노년의 가장 큰 적은 외로움이기에, 나는 죽기 전까지 고독을 벗 삼아 책을 읽고 글을 쓰며 배움을 이어가는 삶을 살아가고 싶다.

06

생각의 끈을 놓지 않기

우리는 얼마나 깊이 생각하고 고민하며 살아가는가. 자신의 삶에 대해, 사회 문제에 대해 말이다. 개인주의가 팽배해지면서 옆집에 누가 사는지조차 알지 못하고 살아가는 경우가 많다. 먹고 살기 바빠서, 마음이 힘들어서 생각해야 할 문제를 그저 흘려보내고 있지는 않은지. 함께 살아가는 세상에서 발생하는 큰 문제들을 외면한 채 내 가족만 안전하면 된다는 사고로 그 행복을 얼마나 지속시킬 수 있을까.

인터넷의 발달로 원하는 정보를 빠르게 얻고, 스마트폰의 사용으로 편리한 삶을 살아가고 있지만, 우리는 그만큼 현명해지지 않았다. 오히려 집중력이 흐트러지고 생각하는 능력을 잃어가는 것은 아닌지 걱정된다. 차분하게 생각하는 힘을 기르지 못해 분노 조절에 실패하는 사람들이 늘고 있으며, 자신의 마음을 어찌하지 못해 돈을 주고 상담을 받지만, 돌아서면 다시 원점으로 돌아가는 자신을 보며 무력감을 느끼기도 한다.

우리는 생각하는 것과 멀어지면서 고통과 가까워지고 있다. 책을 읽으며 사색하는 시간에 더 이상 투자하지 않으려는 사람들이 늘면서 발생하는 문제라는 생각이 든다. 책만 읽으면서 세상의 흐름에 둔한 사람으로 살아가고 싶지도 않고, 책이 주는 혜택을 포기하고 싶지도 않다. 전자책을 선택하지 않는 것은 종이책만이 줄 수 있는 몰입의 시간을 포기하고 싶지 않기 때문이다.

니콜라스 카는 그의 저서 《생각하지 않는 사람들》에서 이렇게 말한다.

> "웹 페이지를 훑어보는 데 시간을 보내느라 책 읽을 시간이 사라졌듯이, 작은 글자로 문자 메시지를 주고받는 시간 때문에 문장과 절을 지어내는 데 투자하는 시간이 사라졌듯이, 링크들 사이를 이리저리 옮겨 다니느라 보내는 시간이 조용한 명상과 사색의 시간을 몰아냈듯이 오래된 지적 기능과 활동에 사용되던 회로들은 약해지고 해체되기 시작했다. 뇌는 사용하지 않는 뉴런과 시냅스를 더욱 긴급한 다른 업무 수행을 위해 재활용한다. 우리는 새로운 기술과 시각을 얻지만, 오래된 것은 잃어버린다."

실제로 스마트폰을 오래 보는 사람들에게 물어보면 책을 읽으면서 집중하기가 힘들다고 하소연한다. 책을 읽다가 어느 순간 스마트폰을 보고 있는 자신을 발견하게 된다는 것이다. 중요하지 않은 메일을 들여다보고, 다른 사람들이 지금 무엇을 하고 있는지 궁금해 견딜 수 없다. 책을 붙잡고 있는 시간이 길어질수록 세상과 멀어지는 기분을 떨쳐버릴 수 없는 것이다. 홀로 고독하게 몰입하는 시간을 누리지 못한다. 다양한 링크를 타고 들어가며 읽은 내용들을 제대로 기억하기도 힘들다. 처음에는 무엇 때문에 검색을 했는지 잊어버릴 정도로 우리의 관심을 끄는 정보들이 넘쳐나 우리의 정신을 혼란스럽게 만들어버린다. 우리 뇌에 과도한 정보가 들어갔을 때 오히려 필요한 정보를 선택하는 능력마저 빼앗길까 두렵다.

이런 이유로 나는 스마트폰 사용을 자제하고 있다. 꼭 필요한 경우가 아니라면 오랜 시간 붙잡고 시간을 허비하지 않는다. 특히 책을 읽으면서 주의를 빼앗기지 않으려고 노력한다. 아무리 책을 좋아하고 글을 쓰는 사람이라도 스마트폰의 유혹에 넘어가지 않기는 어려운 법이다. 생각하지 않으면 내 의식이 어디로 향하는지 알 수 없다.

종이책을 읽든, 인터넷으로 정보를 찾아 읽든 집중을 하고 몰입하지 않는 한 내 것으로 만들기 힘들다. 인터넷 세상은 접근하기는 쉬우나 집중을 방해하는 장애물이 너무 많다. 원하는 것을 얻기 위해 더 많은 에너지를 쏟아부어야 하는 환경이다. 인내심을 가지고 종이책을 읽는 것은 스스로 장애가 되는 환경을 차단함으로써 얻을 수 있는 것이 훨씬 많다. 책을 읽는 동안만큼은 혼자만의 시간을 보낼 수 있고, 사유하는 시간을 확보할 수 있다. 군인들을 대상으로 독서코칭을 하면서 종이책과 전자책 중 어느 것을 선호하는지 물어본 적이 있다. 대부분 스마트폰에 익숙해서 그런지 휴대하기 불편한 종이책보다 전자책을 더 선호했다. 자연스러운 현상이라는 것을 알면서도 내심 서운했다. 내가 외출할 때 종이책 한 권을 꼭 가방에 넣어 다니는 것은 종이책을 가까이에 두고 매일 읽으며 즐거움을 느끼는 사람이기 때문이다. 내가 살아가는 동안은 종이책이 사라지지 않기를 바란다.

얼마 전 지인의 요청으로 상담을 했다. 당장 해결할 수 없는 고민이 있는데, 그 생각으로 하루 종일 아무것도 할 수 없다고 하소연했다. 미워하는 사람의 얼굴만 떠올리게 되고, 화가 나서 미칠 것 같다는 것이었다. 일도 손에 잡히지 않고, 뭘 해도 생각 전환이 되지 않아 고민이라고 했다. 미워하는 사람 때문에 잠도 못 자고, 웃지도 못하면서 일상을 보내던 과거의 나를 보는 것 같았다.

고통스러운 일상을 보내던 어느 날, 이렇게 살다가는 화병으로 죽을 것 같다는 생각이 들었고 정신이 번쩍 깨어났다. 상대방은 아무런 고통도 없는데 자신을 괴롭히고 있는 모습이 한심하게 느껴졌다. 부정적인 마음으로 나를 가득 채워보니 알겠더라. 누군가를 원망하고 미워하는 마음으로 가장 큰 상처를 받는 사람은 바로 나 자신이라는 것을. 단 하루도 그렇게 살지 않겠다고 결심했다.

내 마음을 다스리는 것도 훈련이 필요하다. 갑자기 누군가에게 화가 나면, 나는 밖으로 나가서 걷거나 좋아하는 카페에 가서 책을 읽는다. 화가 나는 감정을 누군가에게 쏟고 싶은 마음도 없으며, 귀중한 시간을 부정적인 생각으로 보내고 싶지도 않다. 오랜 세월 동안의 훈련으로 가능하게 되었다.

제임스 알렌은 《원인과 결과의 법칙》에서 생각과 사고의 힘에 대해 말한다.

> "아름다운 생각의 실과 부정적인 사고의 실이 종횡으로 교차하여 수를 놓는다. 의심이나 오해로 자아낸 실과 현실을 바르게 이해하는 실도 행동으로 나타나며 오차 없이 수 놓인다. 그렇게 해서 완성된 직물은 그 사람의 성격이나 정신에 색을 입히고 그의 인생을 드러낸다."

마음의 능력은 체험을 통해 잘 살릴 수 있다고 말한다. 인생을 통해 얻어지는 체험으로 마음의 능력이 커질 수도 있고, 자신으로 인해 방해받을 수도 있다. 어린 시절부터 나는 유난히 생각이 많았다. 많은 생각은 꿈에서 실현되기도 했다. 어떨 때는 꿈이 현실인지, 현실이 꿈인지 헷갈린 적도 있었다. 힘든 현실에서는 원하는 꿈을 자주 상상하며 버텼던 것 같다.

사람은 쉽게 변하지 않는다고 한다. 나는 그렇게 생각하지 않는다. 쉽게 변하지 않는 사람은 '생각하지 않는 사람'에 한해서다. 끊임없이 생각하는 사람은 변한다. 단, 부정적인 생각으로 향하는 사람은 아무리 많은 책을 읽고 글을 써도 오히려 부정적인 성향만 발달하는 경우가 있다. 나는 그런 사람을 여럿 보았다. 깊이 고민하고 판단해야 할 시기에 생각 없이 선택해서 큰 후회를 한 뒤로는 생각의 끈을 놓지 않기 위해 노력한다.

다양한 곳에서 다양한 사람들을 만나다 보면 누구나 일상에서 크고 작은 고민이 있다는 것을 알게 된다. 그럴 때 다른 사람들의 말에 귀 기울이는 경우가 많은데, 내 인생에서 중요한 부분이라면 타인의 말에서 답을 찾기보다는 자신의 마음에 귀 기울였으면 한다. 자신의 선택을 믿지 않는 사람일수록 스스로 선택하는 연습이 필요하다. 우리는 죽기 전까지 선택해야 할 것들이 너무나 많기 때문이다. 언제까지 내 인생을 타인의 결정에 맡길 수 있을 것인지 곰곰이 생각해봐야 하지 않을까.

글을 쓰면서 좋은 점은 내 안에 잠들어 있던 분노를 가장 현명하게 표출할 수 있게 된 것이다. 누군가를 붙잡고 하소연하는 행동은 결국 아무것도 바꿀 수 없다. 끝은 허망하며 내면의 갈증은 심해진다. 일상에서 우리를 괴롭히는 부정적인 감정들은 멈추고 싶다고 해서 즉시 멈추지 않는다. 소중한 시간을 갉아먹고 스스로를 작은 존재로 치부하게 만든다. 그럴 때 자신의 감정을 글로 써보면 도움이 된다.

우리는 온라인상에서 타인이 올린 사진 한 장만으로도 상대적 박탈감을 느끼며, 자신을 오해하는 댓글 하나에도 상처를 받는다. 한 번 상처 받은 마음은 쉽게 회복되지 않아 그동안의 노력을 허무하게 놓아버리기도 한다. 그만큼 단단한 마음으로 살아가기가 힘든 세상이다. 노력하지 않으면 쉽게 무너지고, 쉽게 포기하며 살아갈 수밖에 없다. 나 역시 열심히 살아가는데 마음대로 되지 않을 때마다 좌절감이 생기며, 나의 잠재능력을 의심하기도 한다. 하지만 그런 마음은 오래가지 않는다. 책을 펼치면 이내 마음이 평온을 되찾기 때문이다. 부정적인 감정, 자기 의심이 나에게 침투해 원치 않는 내 모습으로 나를 이끌기 전에 정신을 차리려 한다. 변화가 필요한 순간에 즉각적인 노력으로 마음의 전환에 실패한 적이 거의 없다. 상황은 노력한다고 바로 변하지 않지만, 내 마음만큼은 내가 결정할 수 있다는 믿음이 필요하다.

07

명확한 목표와 자기 확신

괴테는 《파우스트》의 2부를 완성하는 데 7년이 걸렸다. 1832년 1월에 작업을 끝내고 그 해 3월에 사망했다. 꼭 이루어야 할 목표가 있기에 죽음을 미룰 수 있었던 것이 아닐까. 사람은 그저 숨을 쉬고 있어서 사는 것이 아닌, 목표와 사명으로 살아갈 때 삶의 기쁨을 느낄 수 있을 것이다.

나는 목표 없이 살아가는 삶은 상상할 수 없다. 아직 절반 정도밖에 살지 않았지만, 지금껏 나를 살게 해준 것은 명확한 목표였다. 죽지 못해 살아간다고 느꼈던 순간은 목표의 부재 때문이었다. 지금의 나는 늘 목표를 향해 하루하루를 살아가는 존재다. 목표를 향한 확신은 현재 노력하고 있을 때 가질 수 있다. 원하는 것을 매일 생생하게 상상만 하면 이룰 수 있다고 믿는 사람들은 행동의 중요성을 알지 못한다. 과연 행동하지 않으면서 생생하게 상상할 수 있을까. 자신에 대한 믿음과 확신이 생각만으로 자라날 수 있을까. 나는 불가능하다고 믿는다. 상상을 현실로 만드는 힘은 행동하는 자만이 누릴 수 있는 특권이다.

오랜 시간 직장을 위해 일했던 사람이 퇴직 후 무얼 해야 할지 몰라 방황하는 경우가 많다. 사회에서 소외된 것 같아 우울한데, 특히 가정에서보다 일에 더 많은 시간을 보낸 사람이라면 가정에서도 편치만은 않을 것이다. 이런 사람들에게 그동안의 경험을 담아 글을 써보라고 말한다. 글을 쓰면서 지난 시간을 정리해 보고 앞으로 어떻게 살아야 할지 스스로 답을 찾을 수 있을 테니 말이다. 퇴직금으로 당장 사업을 시작하거나 투자하기보다는 자신을 돌아보면서 앞날을 계획하는 시간이 필요하다. 새로운 목표가 생기면 삶에 활기를 찾을 수 있을 것이다. 지난 삶이 충분히 가치가 있었다는 것과 이후의 삶에 긍정적인 도움이 될 수 있을 거라는 믿음, 앞으로도 잘 해낼 수 있을 거라는 자기 확신은 스스로 만들어야 한다.

강의나 컨설팅으로 사람들을 만나면 누구나 크든 작든 원하는 목표가 있다는 것을 알게 된다. 새로운 일을 시작하면서 명확한 목표를 정했지만, 자기 확신이 없어 행동하지 못하고 주저하는 경우가 많다. 현실의 삶에 변화를 주기 위해 해보지 않은 일에 도전했는데, 제대로 시작하기도 전에 '내가 과연 잘할 수 있을까?'라는 자기 의심부터 하게 되는 것이다. 이런저런 생각으로 많은 시간을 허비하면서 처음의 열정은 자연스럽게 식어버린다.

목표를 정할 때 막연하게 이 분야에서 성공하고 싶다는 목표를 정하는 것보다는 구체적인 수치를 정해 거기에 맞는 실천 계획을 세워야 한다. 처음부터 지나치게 높은 목표를 설정하는 것보다는 단기간에 이룰 수 있는 목표를, 그다음에 더 큰 목표를 정하면 좋다. 자신감이 부족한 사람일수록 긴 기간보다 짧은 기간의 목표를, 지나치게 큰 목표보다 실천 가능한 작은 목표를 정해서 실질적으로 필요한 세부 계획을 세우며 시작한 일에 몰입하는 시간이 필요하다. 당장 해야 할 일에 몰두하면서 잡념에서 벗어날 수 있기 때문이다. 그 과정에서 열정을 유지하고 끈기의 힘을 발휘할 수 있을 것이다. 모든 것에는 시작이 있고, 새로운 시작에는 거기에 상응하는 대가와 희생을 치러야 한다는 사실을 잊지 말았으면 한다. 대단해 보이는 사람도 처음이 있었다는 것을 생각해야 한다. 실패해도 다시 재도전할 수 있는 끈기가 모든 것을 결정한다.

세상은 넓고 그만큼 다양한 사람들이 존재하는 것처럼 다양한 일이 존재한다. 요즘은 편하게 자기계발을 할 수 있는 시대라 언제 어디서라도 마음만 먹으면 배우고 습득할 수 있다. 새로운 일을 시작할 때 이미 그 길을 가고 있는 사람이 많아 언제 따라잡을 수 있을까를 걱정한다. 함께 시작한 사람들도 의식하지 않을 수 없다. 하다가 쉽지 않으면 포기하고 또 다른 일을 시작했다가 그것도 어렵게 느껴지면 그만두기를 반복한다. 남들이 많이 하니까 따라 해보고, 요즘 트렌드라니까 시도해 보지만 어느 것 하나 내 것으로 만들기가 쉽지 않다.

어려운 일도 끈기 있게 해나가는 사람은 명확한 목표와 자기 확신이 있다. 어떤 삶을 살아가길 원하는지 자신에게 끊임없이 질문하는 사람이다. 무엇을 하든 자신에 대해 명확하게 알고 시작하는 것과 그렇지 않은 경우는 확연하게 다르다. 나의 성향에 맞고 원하는 삶의 모습에 더 가까이 다가갈 수 있는 목표는 끈기 있게 노력해서 달성할 수 있다. 하지만 아무리 노력해도 안되는 것은 자신의 내면에서 답을 찾아보면 생각보다 쉽게 해답을 얻는 경우가 많다.

우리는 열정을 가지고 있는 사람, 확신에 찬 사람에게 끌린다. 끈기 있게 자신의 일을 해나가는 사람을 존경한다. 주위에서 쉽게 볼 수 있는 사람이 아니기 때문이다. 열정은 전염된다. 열정이 강한 사람과 함께 있으면 자신감이 높아진다. 혼자서는 뭔가를 시작하기 힘든 사람들이 멘토를 정해 지속적으로 따라 하면서 긍정적인 영향을 받기 위해 노력한다. '무조건 시키는 대로 하면 잘되겠지.'라는 생각보다는 스스로 정신의 힘을 키우기 위해 노력하고 자신의 것으로 만들기 위해 애써야 한다.

나는 주로 책에서 멘토를 만난다. 글을 쓰기 전에 의식을 깨워주는 책을 먼저 읽는다. 글을 쓰기 위해 필요한 에너지를 충전하기 위해서다. 그리고 글을 쓰기 전의 마음상태를 재정비하기 위해서다. 조금이라도 흐트러진 마음이 있다면 몰입을 위한 정신 상태로 전환시킨다. 다른 그 무엇보다 종이책을 선호하는 이유는 책에서 전하는 메시지를 더 강력하게 내 안으로 흡수시키기 위해서다. 그저 읽기만 하는 것이 아니라 내가 가진 목표를 생각하면서 책을 읽고, 그때그때 떠오르는 생각을 책에 메모하거나 따로 글을 쓴다. 도움이 된 책은 꼭 다시 펼치며 내 감정이 이전과 어떻게 달라졌는지 생각한다. 메모해 둔 것을 살펴보고 지금의 생각과 비교해본다. 이렇게 책 한 권 한 권은 내 생각을 담은 보물창고가 된다.

내 인생의 목표는 나이가 들어서도 책을 쓰고 강연하는 삶을 살아가는 것이다. 내 나이 80세에 나는 어떤 모습으로 살아가면 좋을까를 생각해보았더니 답이 나왔다. 어디서 살아가든 좋아하는 일을 꾸준히 하며 건강하게 살고 싶다. 책을 좋아하니 시력이 나빠지지 않는 한 언제까지라도 책을 읽고 싶다. 책을 읽으며 배우고, 나의 경험 또한 늘어나니 젊은이들에게 그만큼의 지혜를 선물해 줄 수 있을 거라 믿는다. 끊임없이 배우며, 그 배움을 나누는 삶을 살아가고 싶다는 큰 목표를 안고 살아간다. 어떤 일을 하더라도 내 인생의 명확한 중점 목표를 잊지 않는다.

나는 사람들에게 목표는 크게 세우고, 세부적으로 실천할 수 있는 작은 목표를 계획하라고 말한다. 자신이 담을 수 있는 크기의 최종 목표를 정하면 좋겠다. 스스로 불가능하다고 생각하는 목표를 정해 두면 어느 순간 현실과 괴리감을 느껴 포기할 수도 있기 때문이다. 큰 목표를 설정하되 목표를 이루기 위한 실천 방안들을 계획하지 않으면 목표를 향한 장거리 마라톤은 불가능하다. 목표를 향해 가는 길이 결코 쉽지만은 않다는 것을 스스로 인지하기 위해 큰 목표, 최종 목표가 중요하다.

나는 죽기 전에 100권의 책을 쓰는 것을 목표로 정했다. 꾸준히 글을 쓰기 위해 정한 목표이며, 꼭 이루고 싶은 목표다. 이를 위해 꾸준히 책을 읽고, 글을 쓰고, 강연을 하는 것, 다양한 사람들과 소통하며 배우는 것, 해보지 않은 일을 시도하는 것 등 지금 내가 할 수 있는 것을 한다. 처음 시도하는 일은 모든 일이 그렇듯 다 만족스러운 것은 아니다. 하지만 경험이 하나하나 쌓이면서 나만의 노하우를 만들어 갈 수 있어 누군가에게 작은 조언이라도 해줄 수 있으니 실패해도 남는 장사다.

나폴레온 힐은 그의 저서 《나폴레온 힐 성공의 법칙》에서 명확한 중점 목표에 대해 말한다.

> "먼저 상상력을 동원해 우리가 성취해야 할 목표를 정한다. 그리고 이 목표를 종이에 명확하게 문장으로 쓰면서 가장 중요한 목표가 무엇인지 알아낸다. 이렇게 쓴 문장을 매일같이 보면서 의식세계에 각인되게 한 다음 잠재의식에 전달될 수 있게 한다."

그리고 목표를 이룰 수 있게 해주는 열정에 대해 이런 말을 한다.

> "열정은 단순한 말장난이 아니다. 열정은 모든 일을 할 때 도움이 되는 근원적인 생명력이다. 그러므로 열정이 없는 사람은 방전된 배터리와 다를 바가 없다."

또 "열정을 개발하는 방법은 어렵지 않다. 가장 좋아하는 일을 하는 것만으로 열정의 개발은 시작된다. 만약 좋아하는 일에 매진할 형편이 되지 않는다면, 당분간 현재의 일에 충실하되 미래에는 그 일을 하고야 말겠다는 '명확한 중점 목표'를 잠시도 잊지 말라."며 인생을 살아가면서 목표 설정과 열정이 얼마나 중요한지 이야기한다. 명확한 목표를 잠재의식에 깊게 각인시키고 진짜 내 것으로 만들어 가는 과정은 쉽지 않다. 자신이 무엇을 원하는지를 명확하게 안다는 것은 굉장한 일이다.

나는 코로나로 인해 일상이 정지되면서 집필에 몰두했다. 여섯 번째 책이 출간되고 오히려 더 좋은 기회들이 나를 찾아왔다. 명확한 목표를 정했다면 어떠한 변수에도 흔들리지 않고 내 길을 가겠다는 자기 확신이 필요하다. 일곱 번째 책을 집필하는 지금도 나를 방해하는 크고 작은 일들이 발생한다. 내 삶에 충실하되 목표를 잃지 않고 다시 책상에 앉아 글을 쓴다. 당장의 환경은 어찌할 수 없더라도 자신의 생각과 행동은 결정할 수 있으니, 이 권리를 스스로 포기하지 않기를 바란다.

08

인생을 바꾸는 프레임

프레임(frame)은 액자의 틀, 창문으로 정의된다. 창문의 크기에 따라 보이는 세상이 다르듯 프레임을 바꾸면 관점과 고정관념 등이 바뀐다. 정해진 틀은 우리의 삶을 제한한다. 고정된 프레임 안에 갇혀서 살아가는 인생은 얼마나 어리석은가. 지난날을 돌아보며 내가 가진 프레임을 어떻게 바꾸며 살아왔는지 생각해본다. 내가 만들어 놓은 생각의 틀에서 벗어나기 위해 얼마나 많은 시행착오와 노력이 필요했는지. 프레임을 바꾸기 위한 노력은 더 나은 인생을 위한 적극적인 실천이다.

대학을 졸업할 때까지 나에게 세상은 '부산'이라는 지역에 국한되어 있었고, 사람을 판단하는 기준도 그때까지 만났던 사람의 범주 안에서 벗어나지 못했다. 부산을 떠나면 살아갈 수 없을 것만 같았던 나는 서울로 올라와 취직을 하면서 세상을 바라보는 관점이 달라졌다. 부산에서의 내 삶은 우물 안의 개구리와 같았다는 것을 깨달았다. 물리적 거리감, 사람 사이 관계에서의 기준과 생각이 달라졌다. 부산에서는 멀게만 느껴졌던 거리가 서울 생활 이후에는 가깝게 느껴졌고, 다양한 사람들을 만나면서 세상을 바라보는 창의 크기가 달라졌다.

항공기 승무원 일을 할 때 처음에는 어려움이 많았다. 집을 떠나 낯선 환경에서 스스로를 돌보며 일했기 때문에 늘 긴장의 연속이었다. 작은 실수에도 심장이 두근거리고, 선배들이 충고를 할 때마다 상처를 받았다. 일을 할 때마다 멤버가 달랐기 때문에 상대방을 제대로 이해하는 데 어려움이 있었고, 오해하는 일도 잦았다. 내가 생각하는 기준에서 '저 사람은 지금 이렇게 생각할 거야.' '저 선배는 분명 이런 사람일 거야.'라고 판단하는 경우가 많았다. 상대방도 마찬가지였다. 말수가 많지 않고 묵묵히 일만 하니 자신에게 기분이 나빠서 저런다고 생각하는 선배들도 있었다. 함께 일을 하는 횟수가 늘면서 자연스럽게 오해가 풀렸던 기억이 난다. 사람을 한 번만 보고 판단하는 것이 얼마나 어리석은 일인지 오랜 비행으로 깨닫게 되었다.

그동안 내가 만들어 놓은 한정된 프레임 안에서 편협한 생각을 얼마나 많이 하며 살아왔는지 모른다. 내가 아는 세상이 전부인 줄 알았고, 고정 관념에서 벗어나지 못해 그릇된 믿음을 가졌던 시간들. 지금도 사람과 세상을 바라볼 때 나만의 프레임 안에서 잘못 생각하는 부분들이 분명히 존재할 것이다. 인생을 바꾸고 싶은 욕심만큼 나 역시 달라져야 한다는 것을 알기에 내가 가진 프레임을 점검하고 새로운 프레임을 만들어가기 위해 노력한다.

우리는 부모와 자식을 대할 때도 '나만의 프레임'으로 바라보고 판단한다. 각자만의 다른 프레임을 상대방에게 적용하기 때문에 소통이 되지 않아 오해가 발생한다. 자신의 판단 기준에서 벗어나면 화를 내는 사람이 있다. 예상치 못한 말과 행동을 할 때 상대방이 변했다고 생각하는 경우가 많지만, 원래 그런 사람일 확률이 높다. 나 역시 사람에 대한 기대가 커서 긍정적인 부분만 생각하다가 결국 상처받고 절망했던 적이 많았다. 지금은 섣불리 사람을 판단하려고 하지 않는다. 내가 모르는 무언가가 있지는 않은지, 그럴 수밖에 없는 이유가 있지는 않은지 생각한다.

우리는 첫 만남, 첫 느낌을 중시한다. 첫 만남에서 상대방에 대한 정의를 내리기보다는 적절한 질문을 통해서, 그리고 반복되는 행동 패턴으로 상대방의 성향을 어느 정도 파악할 수 있다. 눈에 보이는 것이 전부가 아니라는 것도 늘 염두에 둘 필요가 있다. 그리고 상대방을 제대로 알기 위해서는 생각보다 오랜 시간이 걸린다는 사실도.

이전에 알지 못했던 사람을 교육 현장에서 만났을 때 처음부터 속마음을 드러내는 경우는 드물다. 몇 번의 만남으로 서로 편해지고 신뢰가 생기면 개인적인 고민을 이야기한다. 물론 여러 번 만나도 자신의 이야기를 꺼내기 힘든 사람도 있을 것이다. 상대방이 자신에 대해 얼마만큼 마음이 열려있는지 판단하고 느낀 후에나 가능하다. 대부분의 사람들은 자신의 약점을 드러내는 것이 마이너스가 될 거라는 생각을 한다. 그래서 안전을 위한 가면을 쓰고 고통을 숨긴 채 살아가는 것이다. 두려움 없이 가면을 내려놓을 수 있는 사람이 곁에 있다는 것은 축복이다. 누군가에게 그런 사람이 될 수 있다는 것은 더없는 기쁨이다.

최인철 교수는 그의 저서 《프레임》에서 프레임에 대한 철학적 정의를 말한다.

> "사람의 지각과 생각은 항상 어떤 맥락, 어떤 관점 혹은 일련의 평가 기준이나 가정 하에서 일어난다. 그러한 맥락, 관점, 평가 기준, 가정을 프레임이라고 한다."

이처럼 우리는 어떤 대상을 바라볼 때 있는 그대로가 아닌 자신만의 안경을 쓰고 바라본다는 것이다. 자신이 객관적인 사람이라고 말하는 사람도 그렇지 않을 확률이 높다고 한다. 또, 철학 사전에서 말하는 프레임의 역할에 대해서도 이야기한다.

"우리가 지각하고 생각하는 과정을 선택적으로 제약하고, 궁극적으로는 지각과 생각의 결과를 결정한다."

특히 중요한 것은 '자기 자신을 바라보는 프레임'이다. 이 프레임이 바뀌지 않으면 인생을 바꾸기가 힘들다. 나는 가끔 자신을 부정적인 사람으로 규정짓는 사람들을 본다. 목표와 의욕이 생기더라도 이내 포기하거나 좌절하는 경우가 많다. 자신은 부정적인 사람이기 때문에 잘할 수 없을 것 같다는 생각이 가득하기 때문이다. 자신에 대한 프레임을 바꾸지 않으면 아무것도 달라지지 않는다는 것을 모른다. 독서와 글쓰기를 강조하는 이유 또한 우리의 삶을 제한하는 프레임을 바꾸기 위해서다. 책을 읽으면서 세상에 존재하는 다양한 관점들을 알게 되고 사고를 넓힐 수 있으며, 글을 쓰면서 내면에 집중해 자신을 돌아볼 수 있다. 독서와 글쓰기를 많이 할수록 이전과 같은 프레임으로 살아가는 것이 힘들어진다. 자신에 대한 생각이 달라지면 타인을 바라보는 시각도 달라질 수밖에 없다. 세상을 바꾸려고 하기 전에 우선은 자신부터 바꿔야 한다. 조지 버나드 쇼는 이런 말을 남겼다.

"인생은 자신을 발견하는 작업이 아니라 자신을 창조하는 작업이다."

우리는 자신을 알아가는 데 그치지 말고 나를 바꾸고 발전시키기 위해 노력해야 한다. 죽는 순간까지 내 인생의 주인은 나다. 다른 사람과 비교하느라 에너지를 낭비하는 삶, 시도조차 해보지 않고 편한 길만 선택하는 안주하는 삶은 적극적인 삶의 태도가 아니다.

과거에 나는 내 의견보다 주위의 생각에 더 많은 신경을 쓰며 살았다. 남의 눈에 내가 어떻게 보일지 많은 고민을 했다. 싫어하는 사람이 있으면 하루 종일 그 사람을 생각하며 분노하느라 시간을 허비했다. 누가 기분 나쁜 말을 하면 그 이유에 대해 깊이 생각하는 대신 그 사람을 미워하기만 했다. 내가 만들어 놓은 프레임 안에 사람과 세상을 가두고 내가 생각하고 싶은 대로 생각하고 받아들이며 살았고, 그 결과 가장 피해를 본 사람은 바로 나였다. 내 주위에는 나와 같은 사람으로 가득했다. 환경을 탓하고 타인을 원망하는 사람들, 알지도 못하면서 아는 체하는 사람들, 감정적인 사람들이 많았다. 나와 다르지 않은 사람들이었다. 그 사람들은 바로 거울에 비친 내 모습이었다. 내가 바뀌면서 어울리는 사람들도 달라지기 시작했다. 가깝지만 상처 주기를 주저하지 않는 사람들이 떠났으며, 내 마음도 편해졌다.

내가 원하는 내 모습을 그리기 시작하면서 나의 생각, 행동은 달라졌다. 이게 최선이라고 생각했던, 이럴 수밖에 없다고 생각했던 과거의 나를 지금의 나는 공감하지 못한다. 나의 모든 것이 변했기 때문이다. 그 과정에서 잃은 것도 있지만 값진 깨달음을 얻었다. 지금의 삶에서 자신을 한계 짓는 프레임은 무엇인지 스스로에게 질문해보자. 일시적인 유행에 휩쓸리지 않고 성장을 방해하지 않는 지혜로운 프레임을 만들어 가기 위해 노력하자. 프레임을 바꾸기 위한 노력은 내 인생에게 주는 최고의 선물이다.

09

나를 위로하는 공부

나는 늘 책에서 위로를 받는다. 취미가 독서라는 사람도 있겠지만, 나에게 독서는 생존을 위한 수단이다. 책 없이 살아갈 수 없다. 힘들 때 가장 먼저 내게 손을 내미는 것도 책이며, 필요한 공부를 스스로 할 수 있게 도와주는 것도 책이다. 스마트폰 없이 살아가라면 그렇게 하겠지만, 책 없이 살아가라면 견딜 수 없을 것이다.

친구를 만나지 않아도 외롭지 않은 이유는 책에서 좋은 사람들을 만나기 때문이다. 닮고 싶은 사람, 친하게 지내고 싶은 사람, 배우고 싶은 사람을 나는 매일 책에서 만난다. 그들과 마음으로 대화를 나누며 웃기도 하고, 눈물을 흘리기도 하면서. 매일 쏟아지는 수많은 책들 속에서 나의 조력자가 될 책을 만난다는 것은 엄청난 행운이다. 복권 당첨의 꿈을 안고 떨리는 마음으로 번호를 확인하는 사람들처럼, 나도 책에서 보석을 발견하기를 간절히 바라며 책을 펼친다. 내가 좋아하는 도스토옙스키의 작품을 읽다 보면 이런 생각이 든다.

'지금 내 앞에 그가 있다면 나는 아무 거리낌 없이 내 이야기를 할 수 있을 것 같다.'

그는 어떤 훈계도 하지 않고 조건 없이 내 말에 귀 기울이고 함께 눈물을 흘려줄 것 같다. 우리는 내면에서 끄집어내고 싶지만 그럴 수 없는 수많은 감정과 싸운다. 유치한 감정, 치사한 마음, 부끄러운 행동에 대한 후회와 경멸. 자신의 내면 깊숙이에서 들려오는 목소리를 모른 척하지도, 숨기지도 않고 솔직하게 내보이는 그를 보면서 나는 자연스럽게 내 마음속 어딘가 존재하는 지하의 공간으로 들어갈 수 있었다.

나에게 외로움은 고통이 아니라 축복이다. 외롭기에 스스로를 위로하는 방식을 깨우치기 때문이다. 외로워서 누군가를 만나더라도 충분한 위로가 되지 않는 이유는 타인을 위로하기 위해 쏟아내는 수많은 말들이 대부분 자신을 위로하는 말이기 때문이다. 진정한 위로는 위로를 받는 사람의 마음에 달려 있는 것이지, 위로하는 사람의 마음과 의도에 달려 있는 것이 아니다. 결국 나를 위로할 사람은 타인이 아닌 자신인 것이다. 책을 통해 위로받고 필요한 공부를 하면서 불안한 마음을 잠재운다.

학창 시절을 떠올리면 나는 성실한 학생이었다. 여유롭지 않은 형편에 스스로 밥벌이를 하고 부모님께 폐를 끼치지 않으려면 공부를 열심히 해야 한다고 생각했다. 공부가 가장 생산적인 활동이라는 것을 알고 있었던 거다. 나는 문과였으면서도 수학이 재밌었다. 풀리지 않는 수학 문제를 풀면서 몇 시간을 보내다 결국 답을 찾아내는 법을 알게 되면 그렇게 행복할 수가 없었다. 친구들에게 알려줄 때의 보람 또한 수학의 재미였다. 어쩌면 수학 문제를 풀면서 집중력과 끈기를 길렀는지도 모른다. 수학 공식이 지금 내 삶에서 직접적인 도움을 주는 것은 아니지만, 수학을 공부하는 과정에서 많은 것을 배웠다.

작년까지만 해도 아들은 혼자서 수학 문제를 풀다가 모르면 당장 내게 달려왔다. 인내심이 부족해 풀리지 않는 문제를 붙잡고 끙끙대는 시간을 견디지 못했다. 나는 충분한 시간을 가지고 스스로 답을 찾을 수 있는 시간을 가지라고 말했다. 특히 수학은 답을 찾는 것보다 과정을 제대로 익히는 것이 중요하기 때문이다. 쉽게 얻은 것은 내 것이 될 수 없으며, 혼자서 끈질긴 노력으로 얻어낸 답은 결국 자신의 것이 된다. 이제는 당장 이해가 되지 않더라도 내게 달려오지 않는다. 30분, 1시간이 걸리더라도 인내하고 스스로 찾아내기 위해 노력한다. 부모라면 문제가 생겼을 때 당장 해결해 주는 것만이 최선이 아닐 것이다. 힘들어도 스스로 문제를 해결할 수 있는 힘을 길러주는 것이 자식을 위하는 최선의 길이 아닐까.

오늘은 아침 일찍 카페에 와서 어제 도착한 책을 펼친다. 《공부의 고전》이라는 책인데 옮긴이의 말을 읽으며 오늘은 이 책과 좋은 대화를 나눌 수 있을 것 같다는 확신이 든다. 이 책에는 지난 2천 년 사이 유럽 지식인들의 글이 담겨 있다.

성 빅토르의 후고는 '읽기 공부'에 관해 이야기한다. 공부할 때 지켜야 할 검소함을 경멸하고 실상보다 훨씬 더 부유해 보이려 애쓰는 학생들을 질책한다. 지금의 세상도 마찬가지다. 자신이 무엇을 배웠는지를 말하기보다 무엇을 소비했는지 자랑하기 바쁘다. 가진 것으로 사람들에게 깨달음을 줄 수 있다면, 이 세상에 스승은 넘쳐날 것이다. 살아 있는 스승을 찾기 힘들어 나는 성 빅토르의 후고와 같은 12세기 철학자의 말을 듣고 있다. 세상이 바뀌어도 변하지 않는 진리를 가르쳤던 철학자들의 말에 귀를 기울이며 후회의 눈물을 흘린다. 진심 어린 채찍질을 갈망했던 나이기에, 그들의 말을 곱씹으며 오늘의 나를 반성하고 기억한다.

나는 지금의 삶에서 많은 부분을 책에 기대어 살아간다. 오래전에 쓰여진 책들을 찾아보는 즐거움이 있다. 대부분의 사람들에게서 멀어졌지만 깊은 지식을 얻을 수 있고, 수많은 가르침이 그 속에 있기 때문이다. 황무지에서 보물을 찾는 마음으로 좋은 책을 찾고 또 찾는다.

위대한 철학자들이 평생에 걸쳐 얻은 배움을 글로 남긴 덕분에 우리가 얻을 수 있는 가치를 포기하고 싶지 않다. 사람들이 흘러가는 곳으로 마냥 따라가고 싶지 않으니 스스로 기준을 세우기 위해 공부를 한다. 우리는 풍요로운 세상에서 살아가고 있지만, 얻은 것보다 잃은 것이 더 많은 것 같다. 외로움과 소외감은 더 커지고, 의사들이 진단하기 힘든 정신적인 병을 앓는 사람들이 늘어만 간다. 겉으로 보이는 모습과 진짜 자신의 모습 간의 합의를 보는 것도 쉽지 않다. 열심히 앞만 보고 달리다가도 알 수 없는 이유로 멈추고 쓰러진다. 내 마음을 내가 몰라 고통스럽다.

나는 공부하면서 집중하는 시간이 좋다. 공부를 하는 동안에는 그 어떤 잡념도 나를 괴롭히지 못하기 때문이기도 하다. 학창 시절에도 이런저런 고민이 많았지만, 혼자 책상에 앉아 공부하는 시간만큼은 오직 나만의 시간이라는 느낌이 강했다. 노력한 만큼 확실하게 얻을 수 있는 것이 공부라고 생각했다. 더 열심히 공부할 수 있도록 자극을 주었던 선생님들이 생각난다. 공부를 잘하든 못하든 우리가 마음먹으면 무엇이든 될 수 있다고 말해주셨던 선생님이 그립다. 용돈을 모아 선생님이 추천해 주신 책을 사러 서점에 가는 길이 참 행복했다. 서점에 가면 읽고 싶은 책도, 사고 싶은 책도 참 많았다. 여유롭지 않으니 책을 살 때도 신중하게 선택하고 보물처럼 소중하게 여겼던 때였다.

대부분의 학생들은 대학에 가기 위해 미친 듯이 공부하지만, 대학에 가서는 무얼 해야 할지 모르며 살아간다. 옭아매던 족쇄를 풀었건만 아무것도 자유롭지 못한 허무함. 무엇을 위해 공부를 하고, 무엇을 향해 나아가고 있는지 혼란스러운 시간들. 대학을 단지 돈을 벌기 위해 힘들게 거쳐야 하는 곳으로 치부하기에 우리가 쏟은 노력과 시간은 값지다. 대학에 가서 자율적인 공부를 통해 원하는 삶을 위해 준비할 시간을 가질 수 있다는 것을, 사회생활을 미리 경험하며 얻을 수 있는 것이 많다는 것을 학생들이 스스로 깨닫기를 바란다. 실패도 아름다울 수 있는 가장 꽃다운 나이라는 것도.

공부는 나에게 위로를 준다. '공부해서 남 주냐!'는 말을 자주 들었었는데, 그 말이 참으로 맞다는 생각이다. 공부하는 사람은 외롭지 않다. 아니, 외로움을 이겨낼 수 있다. 얼마 전 TV 프로그램 〈유퀴즈 온 더 블럭〉에 월가 애널리스트로 활동 중인 신순규 씨가 출연했다. 어릴 때 눈이 멀었지만, 그 한계를 극복하고 자신이 가진 능력을 발휘하며 최고의 인생을 살아가고 있다. 점자로 된 책이 없어서 공부에 어려움을 겪었는데, 그때 어머니가 문제집을 모두 점자책으로 만들어 주셨다고 한다. 어머니의 정성으로 공부는 당연히 열심히 해야 하는 것으로 생각하며 살았단다. 매일 3시나 4시쯤 일어나 에세이를 작성하고 6시에 출근한다고 한다. 불가능을 가능으로 만들어 내며 살아가는 그의 삶은 우리의 모습을 반성하게 만든다. 책과 글쓰기를 좋아했기 때문에 자신의 한계를 뛰어넘을 수 있지 않았을까.

우리는 자라면서 '공부'라는 단어를 지겹게 들었다. 인생에서 진짜 공부는 학교를 졸업한 후가 아닐까 생각한다. 공부는 나를 배신하지 않는다. 공부를 하며 노력했던 시간은 나를 지켜준다. 힘든 순간 무너지지 않을 단단한 사람으로 만들어 준다. 필요를 느끼고 스스로 하는 공부는 누가 억지로 시켜서 하는 공부와는 다르다. 어떤 공부든 원해서 했다면 도움이 된다. 나는 매일 책을 읽으며 공부한다. 나에게 부족한 부분을 채우기 위해 어떤 공부가 필요한지 매일 고민한다. 누군가를 만나 실컷 떠들고 와서 '시간을 낭비했다.'는 생각은 했지만, 어떤 책이든 읽고 나서 시간을 낭비했다고 생각한 적은 없다.

가만히 앉아 공부를 하는 것은 끈기가 필요하듯이 글을 쓰는 것도 마찬가지다. 공부를 하는 행위, 글을 쓰는 행위 자체가 쉽지 않으며 그 노력은 하찮지 않다. 공부가 인생에 전부가 될 수 없지만, 공부를 하는 사람의 태도는 인생을 바꾸기도 한다. 몰입하며 공부하는 시간은 그 어떤 장애물도 나를 방해하지 못한다. 세네카의 말처럼 '공부야말로 가장 안전한 보호막'이다. 우리가 살아있는 동안은 배워야 한다. 지식을 갖출수록 거만한 사람이 되지 않기 위해 끊임없이 배워야 한다. 공부만을 위한 공부가 아닌, 살아가면서 얻은 경험을 소중히 여기며 필요한 공부를 하고, 책과 그 외 다른 것에서 얻은 것들을 우리의 삶에 적용하고, 나아가 다른 사람들과 함께 나누어야 한다.

열심히 살아가고 있는데 가끔 눈물이 날 때가 있다. 후회의 눈물인지, 서러움의 눈물인지 나도 알 수 없다. 하지만 그렇게 눈물을 떠나보내고 나면 다시 힘을 낼 수 있다. 우리 안에는 우리가 인식하지 못하는 수많은 감정이 쌓여있다. 감춰져 있던 감정이 하나씩 수면으로 떠오를 때 우리는 마음의 주인으로 산다는 것이 얼마나 어려운지 새삼 깨닫는다. 평생 자신에 대한 공부를 멈추지 말아야 하는 이유다.

10

나 자신으로 살아남기

노희경 작가님의 〈우리들의 블루스〉는 최근에 즐겨 본 드라마다. 다양한 연령대의 주인공들의 삶을 통해 인생이란 무엇인가를 생각하게 된다. 드라마의 주인공 선아는 우울증을 겪고 있다. 이혼을 하면서 아이를 남편에게 빼앗긴 선아는 자살을 시도하지만 실패한다. 다시 살아보기로 마음먹은 후, 아이가 필요해서 되찾기 위해 애쓰기보다 아이가 스스로 엄마를 찾을 때까지 최선을 다해 자신을 일으켜 세우기로 결심한다. 영옥의 쌍둥이 언니는 다운증후군이다. 평생 언니를 책임져야 하고, 그동안 크고 작은 상처를 받으며 살아온 영옥은 사랑하는 사람마저 포기하려 한다. 영옥의 애인 정준은 영옥의 언니 영희의 첫 등장에 당황하지만, 그 이유를 영옥에게 말한다.

"장애인을 어떻게 대해야 하는지 배운 적이 없다."고. 영희는 어린 시절 동생이 지하철에서 자신을 버렸던 순간을 기억하고 있었고, 그 사실을 알게 된 영옥은 가슴이 아프다. 1주일간 영희와 함께 시간을 보내고 영희가 떠난 후에야 영옥은 알게 된다. 영희의 삶을 돌보기 위해 자신의 인생을 포기하지 않은 영옥처럼, 영희 역시 영옥이 그리울 때마다 그림을 그리며 자신의 삶을 지키기 위해 노력하고 있었다는 것을 말이다.

어린 시절 동네에서 그리고 학교에서 다운증후군 아이들을 보는 것은 어려운 일이 아니었다. 동네 아주머니의 딸, 자주 가던 떡볶이집 사장님의 아들, 내 친구의 누나. 하지만 지금은 장애를 가진 사람들을 마주치기가 힘들다. 대부분 시설로 보내기 때문이다. 친구들의 가족들도 어릴 때는 함께 생활을 하다가 나이를 먹을수록 어쩔 수 없이 시설로 보내는 경우가 많았다. 대한민국에서 장애를 가지고 살아가는 사람들이 겪는 고충은 말로 다 설명할 수 없다. 장애를 가진 사람들과 어떻게 어울려 살아야 하는 것이 좋은지 학교에서는 가르치지 않고, 가정에서도 마찬가지다. 자식이 공부를 일등하기를 바라면서 거기에 맞는 인격을 갖추는 것에는 크게 관심이 없다. 장애를 가진 사람들이 차별받지 않고 재능을 펼치기 위해서는 한국을 떠나야만 가능한 현실이다. 드라마를 통해 다운증후군에 대해 사람들이 알 수 있는 계기가 된 것 같아서 다행스러웠다.

노희경 작가님의 작품을 좋아하는 이유는 우리의 삶에서 중요한 것이 무엇인지 자연스럽게 일깨워 주기 때문이다. 알지만 모른 척했던 것들을 다시 생각해보라고 말해주며 내 삶을 돌아볼 기회를 선물해주기 때문이다. 드라마든, 책이든 작가의 생각이 정답은 아니지만, 적어도 세상에는 나와 다른 삶이 있다는 것을 알게 된다. 그저 웃으며 끝나는 드라마보다 뭔가를 생각하게 하고, 슬프지만 깊은 감동을 주는 드라마가 좋다. 나도 언젠가 그런 드라마 대본을 쓰는 삶을 살아갈 수 있기를 간절히 바란다.

프랑스의 사상가 블레즈 파스칼은 "사람의 불행은 한 가지다. 그것은 방 안에서는 평화롭게 있을 수 없다는 것이다."라고 말했다. 혼자 있는 시간이 두렵지 않은 사람은 강한 사람이다. 누구의 간섭도 받지 않고 자신의 내면으로 들어가는 시간을 즐기는 사람은 자유로운 사람이다. 대부분의 사람들은 고독을 두려워한다. 혼자 있더라도 진짜 나를 들여다보는 것을 겁낸다. 혼자 보내는 시간은 세상의 잡음으로부터 잠시 멀어질 기회를 준다. 현재 내가 바라보는 곳이 어딘지 알 수 있게 해준다.

내가 살아온 인생에 대해, 지금의 모습에 대해, 앞으로 살아갈 인생에 대해 많은 생각이 드는 요즘이다. 최초로 호스피스 운동을 시작한 의사이자 사상가였던 엘리자베스 퀴블러 로스와 그녀의 제자 데이비드 케슬러의 저서 《인생 수업》을 읽으며 삶과 죽음에 대해 고민하는 시간을 가져본다. 두 사람은 죽음을 앞둔 수백 명의 사람들을 인터뷰해서 죽기 전에 얻어야 할 깨달음을 전한다.

나는 힘든 순간 죽음에 관한 책을 찾아서 읽곤 한다. 죽음을 앞둔 사람들의 조언은 깊은 깨달음을 준다. 고통 속에서도 내가 살아있다는 사실에 감사하고, 다시 일어설 수 있도록 해준다. 그동안 나를 스쳐 간 수많은 사람들이 떠오른다. 평생 함께하고자 했던 친구들은 지금 곁에 없으며, 나에게 희망과 용기를 주었던 사람들도 지금은 사라졌다. 모두 내 마음에서 멀어져 간 사람들이다. 세상에 영원한 것은 없다. 영원한 관계도, 영원한 사랑도, 영원한 성공도, 영원한 실패도 없는 듯하다. 하지만 내가 지키고 싶은 단 한 가지, 나에 대한 믿음은 영원한 것으로 만들고 싶다. 이 책에서는 말한다.

> "우리가 알고 있는 아름다운 사람들이란 실패를 알고, 고통을 겪고, 상실을 경험하며, 깊은 구덩이에 빠져 길을 찾아 헤맨 이들이다. 그들은 동정심과 따뜻함, 사랑과 배려로 가득한, 곧 삶에 대한 이해와 감수성, 감사의 마음을 지니고 있다. 아름다운 사람들은 우연히 있는 것이 아니다."

인생이 결코 달콤하지만은 않지만, 그 과정에서 다양한 깨달음을 통해 나를 찾아가는 과정이 인생이 아닐까. 평온한 상태에서는 진정으로 내가 원하는 것이 무엇인지, 내가 어떤 사람인지 알기 힘들다. 그저 평온함 속에서 흘러가는 자신이 있을 뿐 얼마만큼 성장할 수 있는지 확인하기도 힘들다. 자극과 동기 없이 성장하는 사람을 본 적이 없다. 사소한 것이라도 내 힘으로 해낼 때 우리의 자존감은 높아진다. 자신이 선택한 방향대로 나아갈 때 낮아진 자존감도 높일 수 있다. 타인의 기대에 부응하는 것에 초점을 맞추는 것이 아니라 스스로의 만족을 우선으로 생각하는 태도가 필요하다. 내 인생의 중심을 스스로 잘 잡고 살면 주위 환경이 내 인생을 좌지우지하지 않게 된다. 자신의 미래가 궁금하다면 지금 현재 내가 무엇을 하고 있으며, 무엇을 선택했는지 들여다보면 된다. 그 안에 답이 있기 때문이다.

불행했던 순간마다 떠올렸던 생각은 '왜 나에게 이런 일이 생길까?'였다. 하지만 모든 불행이 과거의 내 선택에서 온 것이라는 것을 깨닫는 데는 그리 오래 걸리지 않았다. 과거의 내가 가졌던 생각과 행동, 선택이 과거의 미래인 지금의 내 삶을 만들어 낸 것일 뿐, 내가 불운을 가지고 태어나서가 아니라는 사실을 깨달았다. 중요한 것은 행운도 불행을 가져오며, 불행 또한 행운을 함께 가져온다는 것이다. 행복하기만 한 인생도, 불행하기만 한 인생도 없다.

현실이 고통스러워 그 자리를 떠나려고 하지만 결국은 자신의 현실로 되돌아오게 된다. 버리고 싶었던 자신으로부터 떠나 되찾고 싶은 자신에게로 돌아오는 것이다. 살아있는 한 자신을 버릴 수 없다는 것과 행복은 그리 대단한 것이 아니라는 것을 깨닫는다. 고통의 경험으로 고통 없는 삶을 배운다. 혹독한 경험의 대가 없이 어떤 책도 내 안으로 깊이 스며들지 못한다.

비가 쏟아지는 오후, 장 그르니에의 《섬》을 읽는다. 카뮈가 책에서 여러 번 언급했던, 존경했던 사람이었기에 장 그르니에의 글이 궁금했다. 《섬》은 카뮈로 하여금 글을 쓰고 싶게 만든 책이다. 책의 서문을 쓴 카뮈는 이 책을 읽고 난 뒤 글을 쓰고 싶다는 막연한 생각이 진정으로 결심이 되었다고 말한다. 장 그르니에는 《섬》에서 "사람은 자기 자신에게서 도피하기 위해서가 아니라 자기 자신을 되찾기 위해서 여행을 한다."고 말한다.

"자기 자신의 인식에 도달하고 나면, 바다 위로 배를 타고 여행할 때 멀미가 나던 여러 날과 기차 속에서의 불면 같은 것은 잊어버린다. 그런데 그 '자기 인식'이 반드시 여행의 종착역에 있는 것은 아니다. 사실은 그 자기 인식이 이루어질 때 여행이 완성된다. 따라서 인간이 탄생에서부터 죽음에 이르기까지 통과해 가야 하는 저 엄청난 고독들 속에는 어떤 각별히 중요한 장소들과 순간들이 있다는 것이 사실이다. 그 장소, 그 순간에 우리가 바라본 어떤 고장의 풍경은 마치 위대한 음악가가 평범한 악기를 탄주하여 그 악기의 위력을 자기 자신에게 문자 그대로 '계시하여' 보이듯이, 우리의 영혼을 뒤흔들어 놓는다. 이 엉뚱한 인식

이야말로 모든 인식 중에서도 가장 참된 것이다. 즉, 내가 나 자신임을 인식하게 되는 것이다."

장 그르니에는 자신의 내면을 들여다볼 수 없다면 어떤 여행도 의미가 없음을 일깨워 준다. 내 마음이 어디로 향하고 있는지, 무엇을 위해 살아가고 있는지 알 수 없어서 고통스러웠던 시절에는 아무리 좋은 것을 보고, 맛있는 음식을 먹어도 만족스럽지 못했다. 하지만 지금은 비용을 들여서 여행을 떠나지 않더라도 책을 펼치는 순간 어디로든 떠날 수 있고, 마음의 안식을 찾을 수 있으며, 내 마음을 어루만질 수 있다.

나는 현실에서 무기력함을 느낄 때 책에 더 가까이 다가가며, 글쓰기를 통해 나를 증명하려 애쓴다. 현실에서는 실패하더라도 글에서는 실패하고 싶지 않다는 생각이 간절하다. 원하지만 이루지 못한 것들에 대해서 글을 쓴다. 계속해서 글을 쓴다면 결국 나 자신으로 살아남을 수 있을 것 같아서.

Part 2

자율적인 존재로 살아가기

01

글 쓰는 공간이 갖는 의미

중학교 시절 내게는 숨겨둔 보물이 하나 있었다. 열쇠가 달린 일기장이다. 기분이 좋지 않거나 화가 날 때마다 일기장에 글을 썼다. 가족들이 보면 기분 나쁠 수 있어서 열쇠로 꼭 잠갔다. 나쁜 마음을 일기장 속에 가두고 나면 마음이 편안했다. 아무도 열어보지 못하게 열쇠를 꼭꼭 숨겨두었다. 가끔 그때의 일기장이 보고 싶다. 서울에 올라와 여러 번 이사하면서 잃어버렸다. 하지만 일기장에 어떤 글들을 썼는지 기억한다. 사춘기 소녀에게 얼마나 절실한 문제였는지를.

'인생이란 무엇인가'라는 질문으로 고민하던 시절에 일기를 통해 어렴풋이나마 글을 쓴다는 것이 주는 의미를 알았던 것 같다. 일기를 쓰면서 인생에 대해 고민을 하게 되었는지, 아니면 생각이 많아서 일기를 썼는지 잘 모르겠다. 어쨌든 생각을 글로 표현했던 그 시절에 또래 친구들보다 사춘기를 잘 넘겼다는 것만큼은 확실하다. 중학교를 졸업하고 일기는 쓰지 않았지만, 친구들에게 가끔씩 편지를 썼고 이후에도 편지 쓰기는 관계를 더 돈독하게 만들거나 회복하는 데 도움이 되었다.

승무원 시절, 외롭고 힘들었던 시기에 글을 썼다면 어땠을까 하는 생각을 가끔 한다. 경제적으로 누군가에게 의지할 수 없었던 시기여서 사회생활에 대한 책임과 욕심으로 나를 가득 채워 가끔은 숨 막힐 것 같은 답답함과 외로움을 느꼈기 때문이다. 일을 한 지 5년째 되던 해 한 달간 정신적으로 많이 힘들었던 때가 있었다. 비행기에 탑승하면 가슴이 답답해 벗어나고 싶다는 생각으로 견딜 수가 없었다. 몸이 아픈 건가 해서 병원에 가도 아무런 진단을 받지 못했다. 그저 스트레스 때문이라는 말만 들었다. 그렇게 한 달 동안 고통스러운 시간을 보내고 나니 어느 순간 괜찮아졌다. 스스로에게 마음의 여유를 주지 않았기 때문인 것 같다. 그때 글을 썼다면 나는 어땠을까. 이후의 삶을 더 잘 살아내지 않았을까 하는 생각을 해본다.

이렇게 일곱 번째 책을 쓰고 있으니 주위에서 질문을 던진다. 글을 쓰고 싶은데 시간이 없다고 하는 사람, 글을 쓰는 것은 타고나는 것이 아니냐고 묻는 사람, 글을 어떻게 써야 할지 모르겠다고 하는 사람들. 글을 쓰는 것은 타고나는 것이 아니다. 글은 쓸수록 더 잘 쓸 수 있다. 첫 책을 쓸 때 어떻게 써야 할지 몰라서 몇 권의 책을 선택해 책의 구조를 분석한 적이 있다. 정리되지 않은 글은 책이 될 수 없기에 제목부터 목차까지, 그리고 본문의 내용을 구분 지으면서 분석했던 기억이 난다. 그냥 책을 읽을 때는 보이지 않던 것들이 분석하며 읽으니 구조가 보이는 것 같았다. 지금은 그렇게 책을 읽지 않지만, 처음에는 도움이 되었다. 책을 쓴다고 하니 '책은 아무나 쓰냐.'는 대답이 돌아왔고, 쓰다가도 한 번씩 자기 의심이 들기도 했다. 새로운 일을 시작할 때 당연한 과정이며, 그럼에도 불구하고 하나의 결실을 맺고 나면 자신을 인정하게 되고 주위의 시선도 달라지는 법이다. 나에게 있어서 성장의 동력은 '타인의 무시'였다. 내가 해낼 수 있을 거라고 믿지 않았기 때문에 나는 악착같이 해낼 수 있었다.

처음에 책을 쓸 때는 그 누구도 방해할 수 없는 공간과 시간이 필요했다. 가족들이 잠든 시간에 조용히 집중하며 글을 썼다. 지금은 마음만 먹으면 어떤 장소에서도 글을 쓸 수 있다. 사람들로 꽉 찬 카페, 지하철 안, 모두가 깨어있는 시간에도 집에서 집중해서 글을 쓸 수 있다. 글을 쓰는 순간, 글 쓰는 작업에만 몰입하기 때문에 다른 것들은 방해가 되지 않는다. 글 쓰는 공간은 곧 '생각하는 공간'이며 '몰입하는 공간'이다. 그곳이 어디라도 상관없다. 물론 글을 쓰면서 중요한 전화는 받아야 하며, 당장 해결해야 할 일들은 처리해야 하기에 시간적 여유가 있더라도 하루 종일 글을 쓰며 보낼 수는 없다. 중단하고 또 중단해야 하지만 포기하지 않고 지금 이 책을 쓰고 있다.

글을 쓰다가 한 번씩 펼쳐보는 책이 있다. 버지니아 울프의 일기를 모은 책《어느 작가의 일기》와 알베르 카뮈의 기록이 담긴《작가수첩》이다. 이들은 글을 쓰며 어떤 생각을 했는지, 이들의 인생에 글은 어떤 의미를 가지고 있는지 늘 궁금하다. 울프와 카뮈, 도스토옙스키는 내가 좋아하는 작가다. 이 외에도 좋아하는 작가들이 많이 있지만, 특히 이 세 명의 작품을 좋아한다. 그들의 작품뿐 아니라 그들의 삶에 대해서 알고 싶고, 그들이 느꼈던 감정을 나도 느껴보고 싶다.

울프는 자살하기 나흘 전까지 27년간 일기를 썼다. 울프의 일기는 우울하다. 행복한 순간보다 우울하고 힘들 때 썼기 때문이다. 글을 쓰면서 자신과 대화를 나누었으며, 작품에 대한 생각들을 기록했다. 작가로서의 작품에 대해 느끼는 가치와 목표에 대해 알 수 있다. 작품을 쓰다가 잠시 휴식기를 가지는 이야기, 자신의 작품에 관련한 사람들의 반응에 대한 생각들, 출판과 관련된 고민들이 담겨 있다. 책이 잘 팔리지 않아 고민하는 모습에서 책을 출간한 작가의 마음은 모두 같다는 것을 확인했다. 울프가 죽은 후 울프의 남편 레너드는 울프의 일기 가운데 문필 활동에 관련된 부분을 추려 이 책을 출간했다. 언제 어떤 페이지를 펼쳐도 상관없는 책이라서 가까이에 두고 읽는다. 글을 쓰다 힘들 때 많은 위안이 되기도 한다. 울프는 어떤 상황에서도, 어떤 곳에서도 글쓰기를 놓지 않았다. 이 책의 번역본은 현재 절판 상태여서 내게 있는 한 권의 책이 더욱 값지게 느껴진다. 나는 가끔 오래 읽혔으면 하는 책이 더 이상 인쇄되지 않고 사라져 갈 때 안타까움을 느낀다.

카뮈의《작가수첩》에는 작품을 구상하고 고민했던 흔적들을 볼 수 있다. 일기는 아니지만, 자신을 찾아가기 위해 의식을 놓지 않으려는 고뇌가 담겨 있다. 카뮈의 기록 중 이런 내용이 있다.

> "젊었을 때 나는 사람들에게 그들이 줄 수 있는 것 이상을 요구했다. 지속적인 우정, 끊임없는 감동 같은. 이제 나는 그들에게 그들이 줄 수 있는 것보다 더 적은 것을 요구할 줄 안다. 그냥 말없이 같이 있어 주는 것 같은. 그러면 그들의 감동, 우정, 고상한 행동들이 내 눈에 그 본래의 기적적인 가치를 고스란히 간직하는 것이다."

카뮈는 '사람은 일생을 두고 자신을 규정해 가며 자신을 완벽하게 안다는 것은 곧 죽는 것'이라고 말한다. 죽는 순간까지 자신을 알기 위해 노력했다는 것을 알 수 있다. 끊임없이 작품을 구상하고, 자신의 생각과 삶을 돌아보며 오히려 가난한 삶에서 귀한 것을 배웠다고 말하는 카뮈. 주어진 삶에서 감사함을 느끼며 불의에 굴복하지 않으려고 했던 그의 정신을 잊지 않기 위해 펼쳐보는 책이다.

도스토옙스키는《지하에서 쓴 수기》에서 자신이 글을 쓰는 이유에 대해 밝히고 있다.

"지면에다 내 생각을 적어보면 무언가 훨씬 근사해 보이고, 마음을 솔깃하게 하는 게 있다. 그렇게 하면 나 자신에 대한 비판의 수위를 높일 수 있는 데다가 말솜씨도 좋아질 수 있다. 또한 수기를 씀으로 인해 마음이 진짜 가벼워질 수도 있다. 바로 오늘만 해도, 먼 과거에 대한 기억이 유난히 나를 압박해 오고 있다. 그 기억은 며칠 전 생생하게 떠오른 이후 사그라질 줄 모르는 성가신 노래처럼 내 머릿속에서 계속 맴돌고 있다. 나는 어서 그 기억에서 빠져나와야 한다. 그런 기억이 수백 가지나 되기 때문이다. 그런데 이따금 그 기억 중에서 어느 하나가 튀어나와 나를 짓누른다. 그래서인지 내가 그 기억을 글로 옮겨놓으면 그 기억이 마침내 내 머릿속에서 빠져나갈 것이라는 믿음이 생겼다. 그런데 누가 시도를 안 해 보겠는가?"

나 역시 글을 쓰는 이유, 글 쓰는 공간이 필요한 이유는 수많은 잡념에서 벗어나고 싶어서다. 글을 쓰면서 비로소 나는 내 생각이라는 것의 실체를 파헤치게 된다. 내 감정 깊은 곳에서 들리는 어떤 목소리에 집중하게 된다. 시끄러운 공간에 있더라도 나의 작업을 방해하지 못한다. 어쩌면 우리는 스스로가 만든 감옥에 자신을 가두고 자신을 자유롭지 못하게 만드는 방해물이 여기저기 존재하는 것처럼 불평을 늘어놓는지도 모른다. 겉으로 보이는 모습을 보이는 대로 정의 내리는 사람들에게 모든 것을 맡긴 채 인정하고 자포자기하며 살아가는지도 모른다. 내면을 들여다보면 나도 이해하지 못했던 나의 행동에 어떤 원인이 있었다는 것을 알게 되지만, 대부분 스스로 찾으려 노력하지 않기에 그저 답답하기만 하다.

내가 무엇을 원하는지, 무엇을 위해 살아가는지, 어떤 삶을 살아야 할지 답을 찾지 못한 사람은 글을 써야 한다. 위대한 작품을 남겼던 수많은 작가들의 삶이 순탄하지 못했다는 것을 안다면 평온한 삶에서 좋은 글이 나오기 힘들다는 위안을 얻을 수 있다.

대부분의 사람들은 '하고 싶은 일'보다 '해야 하는 일'에 더 많은 시간을 보내며 살아간다. '좋아하는 일'을 하며 살아가는 것은 사치라고 말하는 사람도 있을 것이다. 70이 넘어서야 좋아하는 일을 시작하는 사람도 있다. 언제라도 늦은 때는 없다고 생각한다. 중요한 것은 지금의 삶에 책임감을 가지고 충실히 살아가더라도 자신의 삶을 고민하고 앞날을 준비하는 시간은 필요하다는 것이다. 잠들기 전 10분 만이라도 나를 위한 공간에서 글을 쓰는 시간을 가졌으면 한다. 당신의 인생은 결코 무의미하지 않다는 것을 깨닫게 될 테니까.

02

명품보다 책이 좋은 이유

요즘은 중·고등학생들도 명품 가방 하나쯤 소유하고 싶은 욕망이 있다고 한다. 물질적으로 풍요롭더라도 좀처럼 만족을 느끼기 힘든 세상이다. 물질적인 욕망은 어디에서 나오는 걸까? 사람마다 다르겠지만 나의 경우에는 정신적인 결핍을 느낄 때 물질적인 만족에 더 의존했다. 내 삶이 만족스럽고 몰두할 수 있는 무언가가 있을 때 비로소 물질적인 욕망에서 벗어날 수 있었다.

타인과 나를 비교하지 않고 물욕에서 벗어날 수 있었던 건 꿈을 꾸고 목표를 가지면서부터다. 내 인생에서 버려졌다고 생각했던 시간에서 값진 것을 얻었다. 그저 경제적으로 자립해야겠다는 강박관념에 미친 듯이 앞만 보고 달렸던 직장 생활을 돌이켜보니 성과를 얻는 대신 잃었던 것이 무엇인지 알게 되었다. 돌아갈 곳이 없다는 각오로 일을 하면서도 충분히 나를 돌보면서 즐겁게 살아갈 수 있었다는 것을 그곳을 떠나고 나서야 깨달았다.

죽음을 눈앞에 둔 사람, 또는 죽을 뻔한 사고를 경험한 사람들은 말한다. 그동안의 인생이 파노라마처럼 스쳐 지나간다고. 짧은 시간이지만 인생을 돌아보게 되는 것이다. 몸담았던 회사를 떠난 후 틈틈이 책을 읽으며 내가 가진 고민들을 해결했다. 마음이 힘들면 내 마음을 위로해주는 책을, 궁금한 것이 있으면 알기 위해서 책을 펼쳤다. 전쟁 같은 독박 육아를 하며 내게 가장 큰 힘이 되어 준 것은 바로 책이었다.

책만 읽을 때와 글을 쓰면서 책을 읽는 것은 달랐다. 글을 쓰면서 주제에 관련된 여러 권의 책을 읽다 보니 다양한 관점들을 한 번에 파악할 수 있었고, 관심 주제에 대한 깊이 있는 공부가 되어 좋았다. 어쩌면 이런 매력 때문에 계속해서 책을 쓰게 된 건지도 모르겠다. 어느 순간 책을 읽고 글을 쓰는 활동을 멈춰서는 안되겠다고 결심했다. 생각하고 또 생각하며 생각을 정리하기를 반복하면서 내가 그토록 알고 싶었던 '인생'에 대해 어렴풋이 알게 되었으니까. 내가 가진 고통의 근원이 타인이 아닌 나 자신에게 있다는 것을 깨달았으니까.

꾸준히 글을 쓰면서 나는 '명품을 많이 가진 사람'이 아닌, '명품보다 귀하고 빛나는 사람'이 되어야겠다고 다짐했다. 책을 읽을수록 내 마음이 채워지는 것을 느꼈기 때문이다. 책에서 나를 꾸짖고 질책하는 멘토를 만나면 정신이 번쩍 들었다. 어떠한 유혹에도 흔들리지 않고 제 길을 가는 사람은 얼마나 아름다운가. 세상의 흐름에 무조건 따라가는 것이 아니라 자신만의 기준을 가지고 주체적이고 자율적으로 살아가는 사람은 얼마나 멋진가. 내가 잘 살아가기 위해서는 반드시 독서와 글쓰기가 필요하다는 것을 깨달았다.

명품을 구매하고 얻는 만족은 한 달을 채우지 못하지만, 책은 다르다. 원하는 책을 찾았을 때의 만족감, 절판된 책을 구했을 때의 안도감, 책이 이어준 소중한 인연에 대한 감사함을 안고 살아간다. 어떠한 상황에서도 글을 쓰는 사람들을 존경하며 책을 만드는 사람들을 좋아한다.

고가의 집에 살면서 SNS에 멋진 야경을 올리는 사람들을 본다. 자신의 성공을 과시하는 것은 많은 사람들에게 자극이 되고 동기부여가 될 것이라 확신한다. 댓글에는 부러움이 가득하다. 상대적 박탈감을 느끼는 사람은 말이 없다. 보고 싶지 않은데 습관처럼 타인의 삶을 들여다보고 자신과 비교하는 사람들이 넘쳐난다. 자기 삶의 가치를 그들의 기준으로 평가하고 좌절한다. 나는 자신이 가진 부를 과시하는 사람들에게 매력을 느끼지 못한다. 어려운 환경을 극복하고 성공했다면, 그 과정에 대한 이야기를 사람들에게 들려주었으면 한다. 남에게 과시하고 싶은 마음의 이면에는 채워지지 않는 무언가가 있다는 것을 안다. 나보다 많이 가졌다고 해서 부러워할 필요도, 자신을 채찍질할 필요도 없다.

내가 아는 K는 사람들에게 자신의 부를 자랑하느라 바빴다. 자신이 얼마나 의식이 높고 능력 있는 사람인지 모든 사람들이 알아주길 바랐다. 어려운 사람들을 도와준다고 말을 하면서 그 사람들을 더 힘들게 만들었다. 그 사람과 가까이 지내면서 오히려 의식도, 자존감도 낮은 사람이라는 것을 알게 되었다. 경쟁자가 나타나면 늘 불안해하고 낮은 자존감을 들키지 않으려고 오히려 강한 태도를 유지했다. 사람들이 자신의 것을 빼앗아갈까 두려운 마음에 족쇄를 채우고 사람의 마음을 조종하려는 태도는 결국 소중한 사람들을 떠나게 만들었다.

그가 알려준 책을 읽을수록 나는 그 사람과 함께할 수 없겠다는 생각이 강하게 들었다. 좋은 책을 읽어도 부정적인 방향으로 열정을 쏟아내는 사람은 막을 수 없다. 책은 읽는 사람이 어떻게 받아들이느냐에 따라 가치가 달라진다. 정신을 놓으면 내가 가는 길이 지옥인 줄도 모르고 스스로 걸어 들어갈 때가 있다. 그래서 언제나 깨어있어야 하고, 현재 상태를 점검할 능력을 스스로 갖추어야 한다. 그때 이후로 나는 물질적 가치만을 추구하는 사람의 모습이 얼마나 초라한지 알게 되었다. 자신의 견해를 절대적이라 믿으며 타인을 세뇌시키려는 사람에게 휘둘리지 않으려면 '진정한 자아'를 찾기 위해 노력해야 한다. 타인의 생각을 마치 자신의 생각인 듯 착각하지 말아야 한다.

나의 만족과 행복은 타인에 의해 결정되는 것이 아니다. 인생에서 타인의 시선이 차지하는 비중이 커질수록 행복할 수 없다. 스스로는 만족스러운데 남들이 인정해 주지 않아 괴로워하는 사람들이 있다. 왜 꼭 타인의 인정을 받아야만 하는가. 진정성은 남에게 증명할 필요가 없다. 그 자체로 충분하다.

마음이 힘든 날은 하루 종일 책만 읽는다. 견딜 수 없는 고통 속에서도 책을 펼치면 자연스럽게 고통을 잊게 되는데, 계속해서 읽다 보면 마음이 차분해지고 내 마음이 보이기 시작한다. '그래, 절망의 끝이 어딘지 한번 가보자.'라는 생각이 들 정도로 용기가 생긴다. 기분이 좋지 않은데 어떻게 책을 보냐고 말하는 사람들이 있다. 기분이 나빠 아무것도 하기 싫어서 가만히 화가 난 마음에만 집중하면 분노가 커진다. 아무것도 하기 싫어서 가만히 있지만, 생각은 나를 더 괴롭히고 타인에게 원망을 쏟아내며 지쳐가는 자신과 마주하게 될 뿐이다. 그러니 차라리 책을 펼치라고 말하고 싶다. 책이 눈에 들어오지 않는다면 밖으로 나가서 걸어보라고 말한다. 힘들 때 전환이 되는 자신만의 '힐링 포인트' 한 가지쯤은 있어야 한다. 괴로운 마음에만 집착하며 자신을 괴롭히지 않도록 좋아하는 활동을 했으면 한다.

도스토옙스키는 '내부에서 끊임없이 타오르는 것들을 외면의 내공으로 억누르고 싶어서, 외면의 내공 중에서 유일하게 가능한 수단은 독서뿐이어서' 독서를 많이 했다고 한다. 그 또한 취미가 아닌 생존을 위해 독서를 했다는 생각이 든다. 매일 새로운 책들이 쏟아지고 있지만, 주위를 둘러보면 책을 가까이하는 사람들은 별로 없다. 읽고 쓰기를 부지런히 하는 사람들이 구매자의 대부분을 차지하는 것 같아 안타깝다.

가장 적은 비용으로 자신을 변화시킬 수 있는 것이 바로 책이다. 지금은 어떤 물욕도 책 욕심을 따라오지 못한다. 읽고 싶은데 절판된 책은 중고책을 구해서 읽는다. 누군가의 손때가 묻은 책이 나쁘지 않다. '나처럼 이런 생각을 하며 책을 읽었을까?' 하는 상상도 해보면서 책 주인의 흔적을 따라가 보는 재미가 있다. 여러 사람을 거쳐서 내게 온 책이 소중하게 느껴진다.

지금 우리가 무엇을 하든 시간은 어김없이 제 갈 길을 간다. 흘러가는 시간처럼 나 또한 그렇게 살고 싶다. 좋은 날도, 괴로운 날도 그냥 그러려니 하며 흘려보내고 싶다. 기쁜 날이 오면 기쁜 순간이 영원할 것처럼 자만하지 않고, 힘든 날이 오면 힘든 시간이 끝나지 않을 것처럼 무너지지 않기를 바라면서. 책을 늘 가까이하며 배움을 놓지 않는 사람으로, 게으르지 않는 사람으로 성장하며 살아갈 것이다.

03

내 인생을 선택할 권리

생각해보니 부모님의 반대를 무릅쓰고 내 의지로 선택한 첫 번째 인생은 졸업 후 서울로 가는 것이었다. 한 번도 집을 떠나본 적이 없었기 때문에 부모님은 연고도 없는 서울로 올라가 취업하는 것을 원하지 않으셨다. 게다가 최종 면접을 앞두고 다리를 다쳤기 때문에 더더욱 반대하셨다. 내 길이 아니어서 이런 일이 생긴 거라 말씀하셨다. 곧 괜찮아질 거라고 생각했는데, 면접 당일까지 상태가 호전되지 않아 면접장이 아닌 병원으로 가야 할 상황이었지만 나는 서울로 향했다.

어머니와 실랑이를 벌이다 급하게 나온 탓에 셔츠도 구겨지고 몰골이 말이 아니었다. 다리가 아파서 구두를 신지 못해 운동화를 신고 갔다. 무조건 합격하겠다는 의지로 허리를 꼿꼿이 세워 면접을 보았다. '하늘은 스스로 돕는 자를 돕는다.'고 했던가. 그동안 열심히 준비했던 영어 면접도 잘 보았고, 원하는 합격을 얻을 수 있었다. 그토록 원했던 독립이었기 때문에 외롭고 힘들어도 견뎌낼 수 있었다.

나는 회사에서 오래 살아남아 성공하고 싶었다. 그저 시키는 일만 하면서 꼬박꼬박 월급 받는 인생을 바랐던 것이 아니었다. 남들보다 빨리 진급하고 성과를 인정받으며 일하고 싶었다. 아파서 쉬어야 할 때도 괜찮은 척하며 일했고, 내 일에 대한 자부심 또한 컸다. 약한 체력이었지만 노력한 만큼 성과를 얻을 수 있어서 보람을 느끼며 일했다.

아버지가 갑작스럽게 돌아가신 후 나는 부산으로 발령 신청을 했다. 오랜 세월 부산에서 살았는데도 부산에서 일을 할 때는 낯설기만 했다. 서울과 다른 업무 방식에 적응하기 힘들었고, 다시 신입으로 돌아간 것만 같아 버거웠다. 어머니와 함께 생활하면서 일은 더 힘들었지만 외롭지 않았다. 아버지가 돌아가신 후 힘들어하시는 어머니를 위로하며 보냈던 2년이라는 시간은 값진 시간이었다. 그동안 다양한 경험을 하며 지금까지 왔지만, 승무원으로 일하며 지냈던 시절이 내게 주었던 배움과 깨달음은 영원히 잊지 못할 것이다. 나의 강한 의지로 선택한 첫 번째 인생은 이후의 삶에 많은 영향을 끼쳤기 때문이다.

결혼과 출산, 고달픈 독박 육아, 경력 중단의 시간을 통과하며 내 인생을 스스로 선택한다는 것이 어떤 의미인지 뼈저리게 느낄 수 있었다. 태어난 지 한 달도 되지 않아 중환자실 인큐베이터에 누워 있었던 아들은 지금 나보다 키가 큰 중학생이 되었다. 그때를 떠올리면 '내가 살아가면서 견디지 못할 고통은 무엇이 있을까?' 하는 생각이 든다. 힘들었던 육아는 어떤 장애물에도 굴하지 않고 앞으로 나아갈 정신력을 키워주었다. 끝나지 않을 것만 같았던 고통은 끝이 났으며, 잃어버린 시간 속에서 나를 지킬 수 있는 힘을 얻었다.

우리는 인생을 살면서 누구나 크고 작은 고통을 안고 살아가지만, 그 안에서 삶의 경이로움 또한 느낄 수 있다. 고통은 한편으로 삶의 원동력이 되며 권태로움을 느끼지 못하게 만든다. 아무런 제약도, 장애도 없으면 모든 것이 편안할 것 같지만, 실제로 그렇게 생각하는 사람을 본 적이 없다. 아무런 걱정도, 고통도 없을 때 우리는 오히려 불안함을 느낀다. 오히려 내가 살아있음을 느끼기 힘들다.

열정이 앞서서 남에게 휘둘리는 경험도 여러 번 했지만, 그런 경험에서도 배움을 얻을 수 있었다. 우리는 힘이 없을 때 남에게 휘둘리게 된다. 내가 원하는 삶이 아닌, 타인이 원하는 삶을 살아갈수록 자존감은 낮아진다. 힘이 없으면 힘을 키워야 한다. 부족하다면 부족한 부분을 채워야 한다. 지금 당신의 나약함을 무기로 당신의 삶을 뒤흔드는 사람이 있다면 힘을 키우려고 노력해야 한다. 힘이 없어서 이용당하고, 힘이 없어서 타인의 힘에 굴복하게 되는 것이다.

필요하다면 자존심은 잠시 접어둬도 된다. 진짜 힘을 키우려면 칼을 휘두르는 시간보다 칼을 가는 시간에 투자해야 하는데, 대부분 무뎌진 칼로 힘을 과시하느라 허무하게 무너진다. 내가 말하는 칼은 '내 인생을 선택할 수 있는 힘'을 말한다. 자신의 인생을 스스로 결정하는 것은 큰 용기를 필요로 한다. 또 타인의 생각에 흔들리지 않을 만큼 확고한 자기 의지와 자기 믿음이 있어야 한다.

대부분 어릴 때부터 부모님에게 이래서 안 되고, 저래서 안 된다는 말을 밥 먹듯이 듣고 자랐기에 원한다고 다 가질 수 없다는 것을 당연하게 받아들이며 살아간다. 어른의 잣대로 세상을 가늠하고 사람을 판단하며, 기준에 어긋난 생각은 죄책감을 불러일으킨다. 아이들은 어른보다 용감하다. 어른보다 세상에 대해 더 긍정적이며, 성격이 다른 친구들과도 싸우면서 잘 어울린다. 어릴 때부터 스스로 선택하고 책임지는 것이 당연하다는 것을 배우고 자란 아이와 그렇지 않은 아이는 성인이 되어 다른 인생을 살아간다.

지금까지는 실패했더라도 아직 늦지 않았다. 우리에게는 아직 남은 인생이 있기에 작은 일에서부터 스스로 선택하는 연습이 필요하다. 그러기 위해 생각을 해야 하고, 어떤 선택이든 자신이 책임을 지겠다는 태도를 가져야 한다. 결정권을 타인에게 맡겨버리고 결과가 좋지 않으면 타인을 원망하면 되겠지만, 현실을 감당해야 하는 사람은 자신이라는 것을 잊어서는 안된다. 결정권을 포기해버리면 인생의 중대한 결정 앞에서 아무것도 하지 못한 채 순식간에 당하게 된다. 때로는 상황에, 그리고 사람에게 말이다. 시간이 흘러 모든 것이 잘못되었다고 깨닫게 되더라도 시간을 되돌리기 힘들다. 건물에 조금 금이 가서 보수작업을 하는 것과 무너지기 직전의 건물을 복구하는 것은 다르다. 건물을 허물고 새로 지어야 하듯이 우리도 바닥부터 다시 시작해야 하는 고통을 감내해야만 한다.

소설가이자 화가이며 독립운동가이자 페미니스트였던 나혜석 작가는 자전적 소설을 통해 한국 근대문학사에서 처음으로 여성의 자아실현 과정을 그렸다. 글을 통해 자신의 삶을 증명하기 위해 노력했고, 억압적인 사회와 맞서고자 했다. 세상의 편견에 굴복하지 않고 타인이 자신의 삶을 정의 내리지 못하도록 스스로 자기 삶을 이야기했다. 죽기 전까지 글을 썼던 여성이었으며, 자신을 잊지 않고 살아가는 삶에 패배란 없다는 것을 작품으로 말해준다.

나혜석의 소설《경희》에서 주인공 경희는 하던 공부를 중단하고 부잣집에 시집가라는 아버지에게 이런 말을 한다.

> "먹고만 살다 죽으면 그것은 사람이 아니라 금수이지요. 보리밥이라도 제 노력으로 제 밥을 제가 먹는 것이 사람인 줄 압니다. 조상이 벌어 놓은 밥, 그것을 그대로 받은 남편의 그 밥을 또 그대로 얻어먹고 있는 것은 우리 집 개나 일반이지요."

여자는 남자와 동등한 존재이며, 사람으로 태어났다면 제힘으로 실력을 쌓고 힘을 가져야 함을 소설에서 이야기한다. 그녀가 쓴 글들을 읽어보면 현재의 깨어있는 여성들에게 전혀 뒤지지 않는다. 그녀가 죽기 전 혼자 살아갈 때 했던 말이다.

"나는 자기를 참으로 살릴 때는 죽음이 무섭지 않사외다. 다만 자기를 다 살리지 못하였을 때 죽음이 무섭습니다. 그런고로 죽음의 공포를 깨달을 때마다 자기의 부덕함을 통절히 느낍니다."

나혜석은 여자로 살아가며 많은 불이익을 당했지만, 타인을 원망하기 전에 자기를 반성했다. 바다는 아무리 더러운 것이 뜨더라도 자체를 더럽히지 않는다고. 사람 사이 사랑과 믿음도 싫증이 나고 변할 수 있으니, 그 끝에 길이 없음을 깨달아 스스로 무능한 자가 되어서는 안 된다고 말했다. 알지 못하는 자신을 찾아내는 것이 평생의 과제, 자아 발견이며 내 갈 길은 내가 찾아 얻어야 한다고. 자신의 삶을 스스로 선택할 수 없었던 시대에서 뜻을 굽히지 않고 살아가려 했던 그녀의 용기를 잊지 않는다. 지금은 세상이 변했다고 하는데 나는 왜 나혜석의 말에 깊이 공감할 수밖에 없을까.

살아오면서 얼마나 자주 나를 잃으며 살았는지 돌아본다. 나를 잃고 행복을 잃어버리고선 타인을 원망하고 무능력자가 되기를 자초했던 숱한 시간들. 무너지고 다시 일어서기를 반복하며 나는 진짜 내 모습이 되어간다. 하나의 문이 닫히면 또 다른 문이 열리듯, 하나의 역경이 지나가면 또 다른 역경이 나를 기다린다. 하지만 어떤 장애물에도 지지 않겠다고 다짐한다. 자신을 잊지 않고 살아가는 삶에 패배란 없다는 것을 자신의 삶으로 보여주었던 나혜석처럼 나 또한 그런 삶을, 스스로 선택하는 삶을 살아가고자 한다.

04

공감을 넘어 타인을 변화시키는 힘

배우 윤여정은 얼마 전 오스카 영화제에서 남우조연상 시상을 했다. 준비한 스피치를 한 후 수상자의 이름이 적힌 봉투를 펼친 윤여정은 짧은 감탄과 동시에 입을 다물고 양손을 포개어 흔들었다. 사람들은 잠시 머뭇거리다가 이내 그녀의 의도를 알아차렸다. 수상자는 청각 장애를 지닌 배우 트로이 코처였기 때문이다. 그녀의 수어를 가장 먼저 알아차리고 환하게 웃은 사람은 트로이 코처였다. 윤여정은 진심으로 그를 축하해 주었고, 그가 편하게 수상 소감을 전달할 수 있도록 트로피를 받아들고 옆에 서 있었다.

윤여정은 내심 트로이 코처가 수상했으면 하는 바람을 가지고 있었고, 진심을 전하기 위해 미리 수어를 익혔던 것이다. 〈뜻밖의 여정〉이라는 프로그램을 통해 그녀의 이야기를 접하면서 눈시울이 붉어진다. 한 사람을 배려하고 공감하며, 진심으로 축복해 주는 행동은 보는 이의 마음까지 따뜻하게 만든다. 공감은 그저 이해하는 것이 아니라 더 가까이 다가가 상대방의 말에 귀 기울이는 것이다. 방송 끝 무렵에 했던 "인생은 언제나 배신이 기다리고 있다."는 말이 특히 기억에 남는다. 그렇다 해도 우리는 매일 매일 충실히 살아가는 것만이 최선의 선택이라 말한다. 언제 닥칠지 모를 불행을 기다리는 삶은 고통스럽다. 어떤 상황에서도 자신의 삶을 살아가는 사람이 아름답다.

나를 돌보고 타인을 배려하기 위해 우리는 혼자만의 시간이 필요하다. 그 시간 속에서 우리는 자신을 바꿀 수 있으며, 나아가 타인을 변화시키는 힘을 키울 수 있다. 괴테는 이런 말을 했다.

> "지금 내 앞에 있는 사람을 단점이 보이는 대로만 받아들이면 그 사람은 더 좋아질 수 없다. 하지만 미래에 발전된 모습이 되어야 하는 존재로 여기고 대해주면 그 사람은 그리 된다."

자라나는 아이들뿐만 아니라 어른도 마찬가지다. 소중하게 생각하는 사람이 자신을 믿어준다면 충분히 더 나은 사람이 될 수 있다. 대면보다 온라인에서의 소통이 더 활발한 요즘, SNS에서 글을 쓸 때 단어를 잘못 선택해서 악성 댓글이 달리거나 오해를 일으키는 경우가 있다. 남의 글에 꼬투리를 잡아 공격하는 사람들은 상대방이 사용한 단어에 집착하는 경우가 많다. 우리는 자신의 생각을 완벽하게 표현할 줄 모르면서 타인의 글에는 엄격하다. 자신이 받아들이는 의미로 해석을 끝내버리기 때문이다.

우리는 자신이 사용하는 단어의 의미를 확실히 알고 있지 못한 경우가 많으며, 의외로 새로운 단어를 알고 싶다는 욕구가 부족해 종종 오해를 낳는다. 자신이 생각하는 의도를 상대방이 가졌다고 느끼지만, 꼭 그렇지는 않다. 기분 나쁜 댓글에 상처받아 오랫동안 사용한 계정을 버리는 사람도 많다. 나도 너도 그런 의도가 아니라면 무엇이 문제일까. 내 의도가 그렇지 않다면 친절하게 설명해 주고, 타인이 오해하는 부분은 그럴 수도 있겠다는 유연한 생각을 하면 어떨까. 내가 가진 마음의 크기만큼 상대방을 이해할 수 있으니 내 마음을 조금 더 키워보면 어떨까. 내 의도와 다르게 생각한다면 분노를 표출하는 데 모든 에너지를 쏟지 말고 그냥 무시해버리면 안 될까. 온라인 세상에서 많은 시간을 보내는 우리는 모두가 외롭다. 외로워서 스마트폰을 들여다보고 또 들여다보지만 외로운 마음은 쉽게 채워지지 않는다. 오히려 상대적 박탈감에 우울함만 커진다. 내 맘 같은 사람은 없다는 것을 확인하고 나서야 타인에 대한 기대를 놓는다. 타인의 마음은 어찌할 수 없다. 하지만 우리 자신의 마음은 스스로 결정할 수 있다. 내 맘 같지 않은 세상에 분노하기보다는 내 맘부터 내가 알아주고 다스리는 지혜가 필요하다.

나이를 먹을수록 혼자 있는 시간의 소중함을 느낀다. 외로움을 극복하기 위해, 상처를 치유하기 위해 누군가의 도움을 필요로 하지 않는다. 사람에게 받은 상처는 사람을 통해 치유한다고 하지만, 꼭 그렇지만도 않은 것 같다. 코로나는 우리의 삶을 정지시키고 심적으로, 경제적으로 힘겨움을 안겨 주었지만, 반면에 혼자 있는 시간을 견뎌내는 법을 알려 주었는지도 모른다. 글을 쓰기 시작하면서 외로움에 적응했다고 생각했지만, 더 긴 고독의 시간을 보내면서 내 인생에 대한 고민은 적절한 답을 찾아가고 있으니까.

집에 있는 시간이 너무 길어지면 가끔은 우울해지다가, 다시 바깥 공기를 마시며 정신을 차리곤 한다. 책이 주는 즐거움, 걷는 즐거움, 운동을 하며 나를 이겨내는 기쁨, 글을 쓰며 마음을 비워내는 시간을 맘껏 누린다. 사람들을 만나야만 위안이 되었던 예전의 내가 아니다. 누군가를 만나지 않더라도 충만한 시간을 보낼 수 있다. 독서와 글쓰기가 아니었다면 고달픈 인생을 잘 버텨낼 수 있었을까 하는 생각이 든다.

가끔 그런 사람을 본다. 타인에게는 잘 공감해 주고 따듯하면서 정작 자신에게는 냉정한 사람을. 보이고 싶은 내 모습과 혼자 있을 때 내 모습의 일치가 불가능한 사람을. 우리는 타인을 위해 살아가는가, 자신을 위해 살아가는가. '나'는 없고 '너'만 있는 인생이 자유로울 수 있을까. '나'를 이해할 수 없는데 '너'를 진심으로 공감할 수 있을까. 공감은 이해하는 것에서 머무는 것이 아니라 자신을 변화시키는 힘까지 가져가야 한다는 생각이다.

우리는 수많은 사람을 만나 그 사람의 인생을 접하지 않더라도 독서를 통해 공감 능력을 키울 수 있다. 책을 읽으며 느끼는 감정과 생각을 글로 표현하면서 나만의 관점을 만들어 간다. 누군가의 도움 없이 스스로 생각할 수 있는 힘, 자신의 삶을 꾸려나갈 힘을 키워낼 수 있다.

외롭고 힘들 때는 누군가 곁에서 나를 도와주었으면 하는 바람이 생긴다. 그 전에 내가 자신을 위해 무엇을 할 수 있을지 생각해 보고 실천해야 하지 않을까. 사람은 쉽게 변하지 않는다고 말하지만, 사람은 변화가 가능하다. 사람이니까 가능하다. 변화하고자 하는 의지가 있는 사람은 변할 수 있다. 내 주위에 세월이 지나도 전혀 달라지는 않는 사람도 있으며, 스스로의 노력으로 놀라울 만큼 달라진 사람도 있다.

나의 모든 것은 변했다. 꾸준히 책을 읽고 글을 쓰며 새로운 경험을 두려움 없이 받아들이면서. 책을 읽으며 이해할 수 없었던 세상을 이해하고, 글을 쓰며 나를 반성하고 앞으로의 삶을 진지하게 고민한다. 사람과의 관계 또한 지속적으로 변하며, 사람을 대하는 태도 역시 생각의 변화에 따라 달라진다. 세상 모든 만물이 변화하는데 나라고 어찌 그 자리에서 멈출 수 있겠는가. 내가 변하면 나를 둘러싼 환경과 인간관계도 바뀐다. 변화한 환경에서 나의 많은 부분이 달라진다. 어쨌든 시작은 스스로를 변화시키는 것이다. 일시적 변화가 아닌, 그동안 스스로 마음에 들지 않았던 자신의 모습에서 벗어나는 것이다. 변화하기 위해 노력하는 것이 성실한 삶의 태도라 생각한다. 멈추어 있는 삶은 게으른 삶이다. 우리는 언제나 어제와 다른 선택을 하며 오늘을 살아갈 수 있고, 마음만 먹으면 무엇이든 해낼 수 있는 존재다. 뜻대로 되지 않더라도 변화하기 위해 노력하는 태도만으로도 우리는 많은 것을 얻을 수 있다.

며칠 전 한 인터뷰에서 '상상의 힘'에 대해 어떻게 생각하느냐는 질문을 받았다. 원하는 것을 간절히 상상하면 이루어진다고 하는데 그 말에 동의하냐는 것이었다. 나는 인간이 가진 능력 중 특히 상상력이 중요하다고 생각한다. 원하는 것을 생생하게 상상할 수 있다면 그 모습에 더 가까이 갈 수 있으리라 믿는다. 하지만 행동하지 않는 상상은 의미가 없다. 간절함에서 나온 상상은 행동의 변화를 이끌어 내기 때문에 그저 상상만으로 뭔가를 이루고 싶다는 허황된 욕심을 가진 사람의 상상과는 분명 다를 것이다. 우리 눈에 보이는 것들은 누군가의 상상력에 의해, 그리고 상상을 현실로 만들려는 간절한 노력 덕분에 생겨났다. 원하는 것을 자주 상상하고 원하는 것을 이루었을 때의 모습을 떠올리면, 그런 내가 되기 위해 노력하고 싶어진다.

우리는 같은 책을 읽거나 같은 말을 듣더라도 각자 다르게 받아들인다. 자신이 보고 싶은 것만 보고, 듣고 싶은 것만 들으며, 믿고 싶은 것만 믿으려 한다. 내 마음의 그릇을 키우지 못하면 사람들과의 소통에 한계를 느낄 수밖에 없다. 우리가 느끼는 감정이 모든 것을 말하지 않는다. 내가 아는 것이 전부가 아니라는 생각, 나는 부족하다는 생각만이 더 나은 나로 만들어 줄 것이다. 전하고 싶은 간절한 메시지를 진심이라는 마음 그릇에 담아 따뜻하게 건네줄 때 타인의 마음을 움직일 수 있을 것이다.

05

상실과 이별이 주는 선물

돌아가신 아버지는 내가 힘들 때마다 꿈에 나타나신다. 환하게 웃어주시기도 하고 선물을 주시기도 한다. 꿈에서 아버지와 대화를 나누다 보면 너무 생생해서 마치 살아계신 것 같은 느낌을 받곤 한다. 평소에 건강하셨기 때문에 몇십 년은 더 살아계실 거라 생각했던 아버지는 어느 날 갑자기 세상을 떠나셨고 내게 많은 후회를 남겼다. 남동생은 아버지가 돌아가신 날 담배를 끊었다. 이후에 한 번도 담배를 피우지 않았다. 사랑하는 사람의 죽음은 남은 누군가의 삶을 교정시켜 준다.

에밀 아자르의 장편소설 《자기 앞의 생》을 읽으면 '슬프지만 아름다운 이별'이 존재한다는 믿음이 생긴다. 죽는 순간까지 사랑할 수 있는 사람이 있다는 것과 죽음의 순간을 함께하고 싶은 존재가 있다는 것은 얼마나 큰 축복인가를. 세상에는 보잘것없는 사람도, 하찮은 죽음도 없다는 사실을 우리는 종종 잊는다.

열네 살 모모는 자신을 키워준, 그리고 죽음을 앞두고 있는 로자 아줌마를 보면서 인생에 대해 깨달아간다. 로자 아줌마는 자신이 만들어 놓은 유태인 동굴에서 죽음을 맞이한다. 모모는 아줌마의 숨이 끊어질 때까지, 그리고 그 후에 시체가 상하는 순간에도 곁을 떠나지 않는다. 모모는 병원에서 원치 않는 생을 이어가고 싶지 않다던 로자 아줌마의 소원을 이룰 수 있게 하겠다는 약속을 지켜냈다. 모모는 말한다.

> "로자 아줌마가 왜 그곳에 생필품을 갖다 놓고 이따금 내려가서 의자에 앉아 둘러보며 안도하곤 했는지 알지 못했었다. 그런데 비로소 이해할 수 있었다. 나는 그때까지도 충분한 경험을 쌓을 만큼 오래 살지 못했던 것이다. 이 말을 하고 있는 지금도, 아무리 고생을 많이 했노라 자부해도 사람에겐 여전히 배워야 할 것들이 남아 있다는 것을 나는 알고 있다."

로랭 가리는 '에밀 아자르'라는 가명으로 작품을 발표했다. 그는 유서에서 가명을 사용한 이유를 밝힌다.

> "명성, 내 작품의 평가 기준, '사람들이 만들어 놓은 내 얼굴', 그리고 책

의 본질 사이에는 모순이 많다는 것을 느껴왔기 때문이다."

로랭 가리에게는 경제적인 이유 때문에 결코 실현될 수 없는 꿈이 있었다. '자신이 쓰고 싶은 대로 실컷 쓰고, 생전에는 출판을 하지 않았으면 하는 것'이었다. 로랭 가리는 늘 새로운 삶을 갈망했고 작품을 통해 가능하다고 믿었다. 자신의 능력에 한계를 짓는 세상에 보란 듯이 새로운 작품을 내보이며 통쾌함을 느꼈으리라.

나는 가명으로 글을 써보고 싶다는 생각을 가끔 한다. 나름 가명을 지어놓기도 했다. 내 이름으로 글을 쓰는 것과 가명으로 글을 쓰는 것은 그 자유로움에서 차이가 날 것 같아서다. 자신의 한계를 넘어서기 위해, 세상이 규정해놓은 자신을 깨뜨리기 위해 가명으로 글을 썼던 로랭 가리처럼 언젠가는 내가 할 수 없었던 이야기를 눈치 보지 않고 거침없이 쓰고 싶다는 생각이 든다.

《자기 앞의 생》은 영화를 먼저 보고 책을 읽었다. 영화를 보지 않았다면 모모와 로자 아줌마의 모습을 다르게 상상했을 것 같다. 영화는 나를 책으로 이끌어주었다. 우리가 행복이라 부르는 것들이 어쩌면 부질없는 것일지도 모른다는 깨달음을 준다. 인생에서 소중한 무언가를 간직한 사람은 상실과 이별 앞에서도 행복할 수 있다는 것도. 우리는 늘 행복을 위한 선택을 하지만 절망을 가져다줄 수도 있고, 최악의 선택이라 생각했던 일이 기회를 가져올 수도 있다.

소중한 것을 잃고 더 큰 깨달음을 얻을 수도 있다. 우리가 원했던 것들에게서 수없이 배신을 당하면서도 계속해서 원하며 살아간다.

루키우스 안나이우스 세네카는《세네카의 행복론》에서 '최고의 선은 사신의 손이 닿지 않는 곳에 있고, 끝이 없어 과도함과 후회를 견딜 필요가 없다.'고 말한다. 하지만 쾌락은 극도의 즐거움을 느끼는 순간 소멸하며 나약하고 쉽게 쓰러짐을 이야기한다.

> "쉽게 움직이는 것들은 신뢰하기 힘든 법이다. 재빠르게 나타났다가 사라지는 것과 극도의 즐거움을 느끼는 순간 소멸하는 것에는 본질이 있을 수 없다. 멈춰 서야 할 곳에서 어딘가로 나아가고, 시작하는 순간 끝을 찾으려고 하기 때문이다."

결국 소멸해버릴 쾌락을 좇기 위해 살아가고 있는지, 고통을 겪으며 힘겹게 누릴 수 있는 것이지만 선을 향한 것인지는 스스로 판단해야 한다. 가지고 있던 것을 상실하고 기쁨을 주는 존재와 이별할 때 우리는 세상이 끝난 것처럼 절망하지만, 시간이 지난 후 올바른 선택이었음을 깨닫게 되는 경우, 절망은 고통이라는 망토를 뒤집어쓴 선물이었다는 것을 알게 된다.

죽는 순간까지 배우며 살아가야 하지만, 그 누구도 내가 배워야 할 것이 무엇인지 말해주지 않는다. 스스로 찾지 않으면 그 어떤 배움도 얻지 못한다. 배우지 않으면 같은 실수를 반복하고 고통을 끊어내지 못하는 불행의 굴레에서 벗어나지 못해 주위 사람들까지도 힘들게 만든다.

나는 수천 권의 책을 읽었지만, 이전보다 나아지지 않는 사람을 본 적이 있다. 책만 읽는다고 해서 무조건 긍정적인 변화를 얻을 수 있는 것은 아니다. 책을 보면서 생각하지 않고 저자의 지식을 흡수하면서도 자신의 것으로 만들지 못하면 의미가 없다. 많은 책을 읽는 행위가 중요한 것이 아니다. 한 권의 책을 읽더라도 자신의 부족한 부분을 채울 수 있다면 좋을 것이다. 다시 읽어도 좋을 그런 책을 가까이 두었으면 한다.

생각해보면 책과 친해진 계기가 가까이 지냈던 친구와 멀어지면서부터였다. 심적으로 의존했던 사람들과의 결별은 견디기 힘들었다. 텅 빈 마음을 채우기 위해 책을 읽었다. 외로움을 견디기 위해 일을 하고 몰입했다. 소중한 것을 잃었다고 생각했는데, 내 삶에서 더 중요한 것을 놓치고 있었다는 사실을 책을 통해 깨달았다. 나는 마음만 먹으면 무엇이든 할 수 있는 사람이라는 것도. 그리고 일에서 얻는 만족과 성취를 중요하게 생각하는 사람이라는 것을 알았다. 어쩔 수 없이 포기했던 것들을 만회하기 위해 사람에게 집착하고 의존했다는 사실도 깨달았다. 책을 읽으면서 나를 알아가고 나를 치유하며 자연스럽게 글을 써야겠다는 생각을 했다. 나를 변화시켜 준 것이 책이었듯이 나도 누군가의 삶을 변화시켜 줄 책을 쓰고 싶다는 생각이 들었고, 책을 쓰면서 나는 내 책의 첫 번째 독자로서 스스로 변화할 마음의 준비를 갖출 수 있었다.

우리는 살아가면서 끊임없이 선택한다. 어제는 후회했지만, 오늘은 더 나은 선택을 하기 위해 책을 읽고 공부를 하는 것이 아닐까. 내가 계속해서 글을 쓰는 이유는 내 마음을 알아가기 위해서다. 내게 찾아온 절망과 상실을 나는 어떻게 받아들이고 있으며, 어떤 마음가짐으로 살아야 할지 글을 쓰면서 알게 된다. 아무리 노력해도 자신의 마음을 알지 못하는 사람은 글을 써야 한다. 매일 글을 쓰면서 자신의 마음을 알지 못한다는 것은 불가능한 일이다.

06

자유를 주는 건 오직 경제적 독립뿐

어른이 된다는 것은 자신의 삶을 책임질 수 있는 존재가 되었음을 의미한다. 나이를 먹었어도 여전히 부모에게 기대어 산다면 진정한 어른이라 할 수 없고, 성인이 되진 않았지만, 가족을 부양하는 사람은 이미 어른이다.

며칠 전 예전 수강생의 요청으로 인터뷰를 했다. 그녀는 결혼 후 7년이라는 경력 중단의 시기를 겪고 재취업에 성공해 직장 생활을 하고 있다. 작년에 마케팅 강의로 인연을 맺어 지금까지 온라인에서 소통하며 지내고 있다. 힘든 직장생활을 하면서도 자기계발을 지속하기 위해 잡지사 편집장이 운영하는 클래스를 수강 중이었고, 이번 주 미션이 '행복하게 자기 일을 하는 사람을 인터뷰하는 것'이었다. 그녀는 미션을 받았을 때 가장 먼저 내가 떠올랐다고 한다.

다양한 질문에 답하면서 내 삶을 돌아보고 내 선택에 확신을 더

할 수 있는 시간이었다. 그녀의 질문 중 하나는 '행복하게 일하기 위한 자신만의 방법은 무엇인가?'였다. 살아오면서 행복하다고 느꼈던 순간이 얼마나 되었을까. 그동안 나는 나의 결핍을 채우기 위해 열심히 살아갈 수밖에 없었고, 내 인생을 끝까지 책임지기 위해 능력을 키우면서 지속적으로 돈을 벌어야 한다고 생각했다. 간절함으로 시작해 노력으로 결실을 맺고 보람을 느끼며 행복은 거창하지도, 멀리서 찾을 필요도 없다는 것을 깨달았다.

행복하기만 한 일은 어디에도 없다. 왜 일을 해야 하는지 절실하게 깨달은 사람은 누가 시키지 않아도 열심히 일할 것이며, 일을 하다 보면 요령이 생기고 조금씩 성과를 얻게 되면서 만족하게 된다. 하지만 일을 해야 하는 이유를 찾지 못한 사람은 일을 지속하기 힘들다. 나는 독서, 글쓰기, 창업, 마케팅 등 다양한 주제로 강의를 하고 있다. 주제가 다양한 만큼 다양한 분야에서 일하는 사람들을 만난다. 나는 지식과 방법만을 알려주는 강의를 하지 않는다. 왜 이것을 해야 하는지 스스로 깨달을 수 있도록 동기부여를 한다. 얼마 전 경영지도사로 활동하고 있는 수강생 한 분이 내게 이런 말을 했다.

"대부분의 강사들은 강의할 때 방법적인 것만 알려주는데, 강사님은 꼭 필요한 이야기만 해주시네요."

오랜 세월 동안 창업자들을 위한 컨설팅을 진행해 온 분이라 내 마음을 더 알아주는 것 같아 고마웠다. 지금은 수많은 정보를 쉽게 얻을 수 있는 시대다. 하지만 방법을 알고 있어도 끈기가 부족해서 해내지 못하고, 필요성을 절실히 느끼지 못해 포기한다. 죽기 전까지 자신의 인생을 전체적으로 바라볼 때 경제적 능력의 중요성을 깨달은 사람이라면 일을 해야 하고, 그 일을 잘 해내기 위해 노력이 필요하다는 사실을 알 것이다. 세상은 뿌린 대로 거둘 수밖에 없다는 것을 인정하는 순간 많은 것이 변화한다.

꾸준히 글을 쓰는 삶에서 가장 큰 수확은 내 인생의 가치를 깨닫고 나의 실패가 누군가의 삶에 도움이 된다는 사실을 알게 된 것이다. 일의 가치를 돈으로만 판단하지 않게 되었으며, 어떤 상황에서도 지속하고 싶을 만큼 애정과 자부심을 갖고 있다. 하고 싶은 일, 좋아하는 일을 찾은 사람은 결국 자신의 삶에서 일이 주는 의미를 깊이 깨닫게 된다.

자신의 경험으로 책을 써서 인세를 받는 것은 누구나 할 수 있는 일이다. 나의 경험으로 타인에게 도움을 준다는 것은 삶을 바라보는 새로운 관점을 안겨 준다. 다른 일을 하면서도 꾸준히 책을 쓰는 이유는 내가 살아가는 모든 시간이 소중하다는 것을 스스로 증명하기 위해서이기도 하다. 이 순간을 더욱 충실하게 살아가기 위한 원동력이 바로 책을 쓰는 행위라는 것을 안다.

오늘은 오랜 독자와 비대면으로 얼굴을 보며 많은 이야기를 나눴다. 그녀는 결혼 전에 전문직으로 10년 가까이 근무했는데 결혼 후 육아를 위해 회사를 그만둔 상태다. 아이가 어린이집에 가고 시간적 여유가 늘어난 요즘 일을 하기 위해 준비 중이다. 그녀는 늦은 나이에 결혼과 출산을 겪으며 경제적 능력이 가지는 의미를 다시 생각하게 되었다. 다시 처음부터 시작하더라도 자신만의 일을 갖고 싶고, 희망찬 일상을 살아가고 싶다고 했다. 그녀는 여러 번 내게 물었다.

"제가 잘 해낼 수 있을까요?"

결혼도, 출산도 늦어지고 다시 일을 시작하는 지금의 나이가 적지 않다고 생각하니 마음이 조급하다. 그녀는 새로운 일을 준비하면서 언젠가는 자신의 이름으로 책을 내고 싶다는 꿈을 가지고 살아간다. 나는 현실에 안주하지 않고 자신의 삶을 돌아볼 줄 아는 그녀를 응원한다. 부족하더라도 잘 해내리라 믿는다. 우리는 답을 찾는 방법을 잘 알고 있으면서 타인에게 물어볼 때가 있다. 누군가의 응원이 절실할 때가 있다. 내 선택이 틀리지 않았다고 말해주는 단 한 사람이 필요한 것이다.

세상이 빠르게 변하는 만큼 사람들의 사고도 변화하지만, 정작 엄마들의 삶은 크게 달라지지 않았다는 것을 느낀다. 어린이집은 워킹맘보다 육아맘을 더 선호하며, 그렇다 하더라도 육아맘의 삶이 편안하지도 않다. 아이를 어린이집에 맡기더라도 엄마는 육아를 전담하는 사람이라는 인식이 깔려있기 때문에 개인보다 엄마의 삶을 우선시한다. 육아맘이 일을 다시 시작하기 힘든 이유다. 생각지 못한 변수가 생겼을 때 도와줄 사람이 마땅치 않기 때문이다.

하루는 기업 강연에서 만난 직원 한 분이 내게 현재 고민에 대해 털어놓았다. 강연이 끝나고 돌아갈 때 잠깐 이야기를 나눌 수 있었다. 그녀는 오랫동안 회사에서 일했지만, 여전히 업무 스트레스에 시달리고 있었다. 이제는 그만둬야 하나 고민이 된다고 했다. 자신이 그만두면 신입사원 두 명은 뽑을 수 있을 만큼 높은 연봉을 받으며 일하고 있는데, 알아서 나가야 하는 게 아닌지 고민이 된다는 것이다. 그 누구도 나가라고 말하지 않았는데 스스로 회사 눈치를 보며 일을 하고 있는 것이다.

높은 연봉을 받는 것은 그만큼 경력이 쌓이고 업무 효율을 높이 가져다줄 수 있기 때문에 가능한 것이다. 신입사원보다 높은 월급을 받는 것은 타당한 이유가 있다는 것을 잊고 있었다. 나는 그녀에게 스트레스를 해소할 수 있는 방법을 찾되 일을 그만두지 말라고 말했다. 어쩌면 그녀도 내게서 이 말을 듣고 싶었는지 모른다. 확신에 찬 내 말에 그제야 미소를 짓는 그녀를 보며 대부분의 여자들은 희생하지 않아도 되는 상황에서조차 자신을 희생하려 한다는 것을 알 수 있었다.

지인 A는 오랜 경력 중단으로 힘든 시간을 보내다 재취업에 성공했다. 결혼 후 시간이 지날수록 남편에게 의존해서 살아갈 수 없다는 것을 깨달았다고 한다. 힘들게 재취업을 한 후 어려움도 많았지만 절실함으로 일을 하며 꾸준히 자기계발을 하고 있다. 그녀의 남편은 그녀에게 일을 시작한 후 변했다는 말을 자주 한다고 했다. 결혼 전 일을 하던 그녀의 본래 모습을 되찾은 것뿐인데, 가사에 집중하며 살아가던 모습에 이미 익숙해져 버린 남편은 그녀가 일을 하면서 변했다고 느낀 것이다. 그녀뿐 아니라 대부분의 여자들은 결혼 후 다시 일을 시작하면서 남편의 눈치를 보는 경우가 많다. 여자들이 원하는 것은 기념일에 받는 선물과 꽃이 아니라 자신의 인생임을 알아주길 바란다.

돈이 세상의 전부는 아니지만, 돈은 다양한 속성을 지니고 있어서 크기와 상관없이 사람을 보잘것없는 존재로 만들어버리기도 하고, 가까운 사람에게조차 멀어지게 만들기도 한다. 돈은 시시때때로 우리의 자존심을 짓밟으며 생의 끝으로 몰아가기도 한다. 돈과 무관하게 죽음을 선택하는 사람도 간혹 있지만, 그 반대의 경우가 많다. 성인이라면 그 누구라도 자신의 밥벌이는 하고 살아야 최소한의 자존감을 지켜낼 수 있는 것이다. 남녀 모두 배우자의 능력과 무관하게 자신의 삶은 스스로 개척해야 한다.

나는 한 시간의 강연으로 큰 금액을 받을 때도 있지만, 경우에 따라서는 무료 강연을 할 때도 있다. 당장의 대가로 그 가치를 판단하지 않는다. 적은 금액이지만 노력과 정성을 쏟아 강의를 하다 보면 돈의 소중함을 깨닫게 된다. 힘들게 번 돈은 쉽게 쓰지 못한다. 그리고 돈이 되지 않는 일에도 최선을 다할 때 새로운 기회가 찾아오기도 한다. 내가 하고 있는 일을 더 잘할 수 있도록 노력하며 죽는 순간까지 일을 하고 싶다. 누군가에게 의존하지 않고 자유롭게 생을 마감하고 싶어서다. 경제적인 독립을 하지 않고서 우리의 삶은 결코 자유로워질 수 없다는 것을 잊지 않았으면 한다.

07

다르게 살아가는 연습

창업 컨설팅으로 만난 H는 고민이 많았다. 컨설팅을 마무리할 무렵 H는 내게 질문을 던졌다.

"제가 남들한테 희생적인 성격인데 계속 이렇게 살아도 괜찮을까요?"

H는 남의 부탁을 모질게 거절하지 못하는 것은 물론이고 부탁하지도 않은 일까지 하는 경우가 많아 가끔은 주위 사람들이 부담스러워해서 고민이라고 했다. 도움을 주려고 자신을 희생한 건데 돌아오는 것은 고마움이 아니라 다른 반응이라 속상하다는 것이다. 그렇게 시간을 빼서 도와주고 나면 지치고 힘들지만, 당연히 그렇게 해야 한다는 생각일 때가 많아 성격을 쉽게 고칠 수 없다는 것이

었다. 오랫동안 타인을 위해 일상의 많은 부분을 희생하는 것이 습관화된 모습이었다.

H의 희생적인 태도는 일상뿐 아니라 업무에도 영향을 미쳤다. 명확한 기준 없이 스케줄을 무조건 고객에게 맞추다 보니 일이 바쁜 시기에는 스트레스가 가중되어 일을 그만두고 싶다는 생각까지 들기 때문이다. 제때 밥을 먹지 못하는 것은 물론이고 이리저리 끌려다니는 자신의 삶이 한심하게 느껴질 때가 많아 괴롭다. 가족과 친구들의 부탁을 들어주고 시키지도 않은 일까지 해내느라 일상의 균형을 잃어버렸다.

자신이 손해를 보더라도 타인에게 희생하는 삶을 선택하는 사람들을 종종 본다. 그런데 대부분 처음의 마음이 지속되기 힘들며 자신의 삶이 무너지는 경험을 한다. 지나친 희생은 타인을 불편하게 만들 수도 있다. 도움을 요청받으면 자신이 현재 상황에서 할 수 있는 일인지 판단해보고 할 수 없다면 무리하지 말아야 한다. 좋은 일도 해놓고 후회할 일이라면 하지 않는 편이 낫다. 지나치게 자신을 희생하는 사람들을 보면, 그 누구도 그런 희생을 강요한 적이 없는 경우가 많고, 결국 스스로를 지치게 만든다. '착한 사람 콤플렉스'에 빠져 누구에게나 좋은 사람이고 싶은 사람은 일상이 버겁다.

자식을 위해 희생하는 삶을 선택한 부모는 결국 자식의 원망을 듣는다. 자식은 부모의 무조건적인 희생을 강요한 적이 없기 때문이다. 희생한 쪽은 희생한 만큼 보상을 기대한다. 뜻하는 반응을 얻지 못하거나 결과가 없는 경우 상대방을 원망할 가능성이 높다. 자신의 삶을 사랑하는 사람이라면 자신을 삶을 포기하면서 타인의 삶을 구하려고 하지 않을 것이다. 좋은 일을 하고 나서도 마음이 불편하다면 자신의 행동을 돌아보고 변화를 시도해야 한다.

나는 H에게 그동안의 일들을 글을 써서 정리해 보라고 말했다. 좋은 의도로 한 일이었지만 불편해졌던 일, 후회했던 일들을 글로 쓰다 보면 무엇이 잘못되었는지 스스로 깨닫게 된다. 오늘 이야기를 끄집어낸 것처럼 마음이 불편하고, 힘들고 후회가 밀려오는 경우는 자신의 행동을 돌아보면서 수정해야 한다. 내가 상대방을 위해서 한 일이 상대에게 불편을 줄 수도 있다. 일방적인 희생으로 이어지는 관계는 오래가지 않는다.

잘못된 행동인 줄 알면서도 우리는 자신을 쉽게 바꾸지 못한다. 아무리 좋은 의도로 시작했어도 결국 내 삶에 부정적인 영향을 주면 다시 생각해봐야 한다. 나는 강의나 컨설팅으로 비슷한 고민을 하는 사람을 가끔 만난다. 자신이 손해 보고 양보하고 희생하는 것이 마음 편한 사람들이다. 그런데 문제는 시간이 지날수록 마음이 편하지만은 않다는 것이다. 늘 희생했는데 고마운 줄도 모르는 사람들을 보면 화가 나고, 자신을 만만하게 생각하는 것도 견딜 수 없기 때문이다.

다양한 주제로 사람들에게 컨설팅을 하면서 어느 정도 친해지면 자연스럽게 개인적인 문제를 이야기하고 조언을 구하는 사람들이 있다. 어디에도 말할 수 없어서 답답했던 고민들을 이야기한다. 일에 의욕을 가지고 열정을 쏟고 싶어도 뜻하지 않은 곳에 에너지를 빼앗기고 마음이 힘들어지면 정작 내가 해야 할 일에 집중할 수 없다. 개인적인 고민을 해결하지 못해 하던 일을 그만두는 경우를 많이 봤다.

나도 한때는 내 마음을 컨트롤하지 못해 밤잠을 설치기도 했고, 내 맘 같지 않은 고객으로 인해 일에 대한 회의를 느낄 때도 있었다. 힘든 감정을 해소시킬 방법을 알지 못했기 때문이다. 지금의 나는 마음이 힘들 때면 책을 읽고 글을 쓰기 때문에 누군가에게 의존하지 않고도 내 마음을 충분히 컨트롤할 수 있게 되었다. 내가 그동안 읽었던 책에서 얻은 깨달음은 힘든 순간 내게 도움을 준다. 책을 읽으면서 내 인생에 대해 고민했던 수많은 시간들은 지워지지 않고 내게 힘이 돼 주는 것이다. 읽지도 않고 쓰지도 않기에 우리는 스스로 해결할 수 있는 문제들을 해결하지 못한 채 끙끙거리며 살아가고 있다.

흥밋거리가 넘쳐나는 지금의 세상에서 책을 읽으며 사유하고, 생각을 글로 정리하는 시간은 투쟁과도 같다. 귀찮고, 재미없고, 고통스럽다고 여기는 사람들도 있을 것이다. 그런데 어쩐다? 우리는 죽을 때까지 자신을 데리고 가야 하고, 인생이란 시시때때로 힘든 시련을 가져다주는데 내 마음을 내가 어찌하지 못해 고통스러우면 긴 인생을 어떻게 살아간단 말인가. 겉으로는 웃고 있어도 말 못 할 고민 하나쯤 없는 사람을 나는 본 적이 없다.

가끔은 이런 생각이 든다. 스마트폰이 없었다면 지금의 삶이 더 만족스러울지 모른다고. 특히 글을 쓰다 보면 스마트폰이 방해물처럼 느껴질 때가 많다. 끄고 싶어도 끌 수 없고, 보고 싶지 않아도 보게 되는 존재이기 때문이다. 알림을 모두 꺼놓다가도 중요한 메시지를 한 번 놓치고 나면 다시 원래 상태로 되돌린다. 요즘은 새벽이 되어도 잠들지 못하는 사람들이 많아서 그런지 밤늦은 시간, 이른 아침에도 메시지를 보내는 사람들이 있다. 모른 척하면 내 마음이 불편하고, 일일이 신경 쓰면 그 또한 고통이다. 이러지도 저러지도 못하는 한심한 내 모습이 실망스러울 때가 있다. 스마트폰이 없던 시절이 좋았다. 중요한 전화는 공중전화에 줄을 서서 짧게 통화를 했던 그 시절이 가끔은 그립다. 적어도 그 시절엔 기다릴 줄 아는 지혜가 있었으니까. 편리해진 만큼 우리의 행복이 커진 것도 아니다. 우리는 우리가 누리는 혜택만큼 많은 것을 잃었다.

다르게 살아간다는 것은 쉽지 않다. 큰 용기가 필요하기 때문이다. 살던 대로 사는 것은 쉽다. 노력이 필요하지 않기 때문이다. 누구나 익숙한 것을 좋아한다. 그래서 먼 곳으로 이사를 가서 새롭게 적응하는 것이 스트레스로 다가온다. 새로운 장소, 새로운 사람들에게 다시 적응한다는 것은 그만큼의 에너지가 필요하다. 이직을 하는 것도 마찬가지일 것이다.

교육을 하면서 50대가 되어 새로운 일을 시작하거나 배우기 시작하는 사람들을 자주 만난다. 20대들의 열정과 크게 다르지 않다. 시간의 소중함을 알기 때문일까. 무얼 하든 열심히 하는 모습이다. 누가 시켜서 하는 것이 아니기 때문이다. 다르게 살고 싶은데 해보지 않은 것에 대한 두려움으로 시작조차 하지 못하는 사람들도 있다. 하고 싶다는 마음이 현재 가지고 있는 자신감을 넘어서지 못하는 경우다. 조금만 용기를 내면 되는데, '내가 할 수 있을까?'라는 자기 의심에 갇혀 있기 때문이다. 가까운 도서관에서 운영하는 독서모임이라든지, 백화점 문화센터 등 다양한 강좌에 참여하면서 나와 비슷한 사람들과 소통하는 시간이 필요하다. 나와 다르지 않은 사람들을 보면서 자신감을 얻을 수 있다. 중요한 것은 처음 문을 두드리는 것은 반드시 내가 해야 한다는 것이다.

나는 늘 새로운 삶을 꿈꾼다. 항공사 승무원으로 10년, 전업주부로 5년, 창업으로 내 일을 시작하고 작가, 강사, 코치로 살아가며 다양한 도전으로 이전과 다르게 살아보는 연습을 한다. 지금도 새로운 기회가 주어지면 과감하게 도전해 본다. '내가 할 수 있을까?'를 생각하기 전에 '나도 할 수 있다!'는 마음이 앞선다. 일단 결정하고 고민한다. 해보지 않으면 내가 할 수 있는 사람인지 확인할 길이 없다. 해보지 않고서 할 수 없는 사람으로 스스로를 낙인찍고 싶지 않다. 내 인생에 대한 정당한 대우가 아니라고 생각한다. 일단 해보고 포기해도 괜찮으니까, 도전해보면서 내 안에 있는 새로운 재능을 끄집어내기도 하고, 부족하다면 그 부분을 채우기 위해 애써보기도 한다. 그렇게 조금씩 성장함을 느낀다. 성장한다는 것은 용기와 인내가 필요하며, 그것을 지속시키기 위해 노력한다는 것을 의미한다. 일시적인 용기와 인내는 성장에 도움이 되지 않는다. 남들의 방식을 따라가기보다 자신의 현 상태를 파악하고 다르게 살아보기 위해 노력하는 태도, 열린 마음이 필요하다.

인생을 바꾸고자 하는 마음을 안고 살아가는 사람은 결국 인생의 전환점을 만나게 된다. 자기 믿음과 자기 확신이 클수록 인생의 전환점은 더 빨리 찾아온다. 기회는 그럴듯한 모습이 아닌, 허름한 옷을 입고 나타난다고 했다. 소중한 기회를 이리 재고 저리 재느라 놓치는 경우가 많고, 무언가를 새롭게 얻을 때마다 함께 따라오는 불만으로 쉽게 만족하지 못한다. 나폴레온 힐은《나폴레온 힐 성공의 법칙》에서 인생의 갈림길에는 항상 '불만'이라는 악마가 지키고 서서 이렇게 외치고 있다고 말한다.

"어떤 선택을 하더라도 결국 불만을 가지게 될 것이다. 네가 원하는 길을 택하라! 우리는 그 끝에서 너를 잡아가기만 하면 된다."

인생을 방해하는 최대의 적은 스스로 만들어 내고 부추기는 '불만'이다. 이전과 다르게 살아가기 위해 습관처럼 불러내는 불만이라는 감정을 없애야 한다. 세상과 환경을 탓하기 전에 지금의 나를 바꾸기 위해 나는 어떤 노력을 했는가를 먼저 생각해야 한다. 남 탓, 세상 탓만으로 바꿀 수 있는 것은 아무것도 없다. 돌아오는 것은 좌절감과 낮은 자존감뿐이다. 앞으로의 인생은 타인에 대한 생각을 자신에 대한 생각으로 전환시키려는 노력을 해야 한다. 인생은 끝날 때까지 끝난 것이 아니라는 것을 소리 내어 외쳐보자.

08

침묵하지 않을 권리

헨리 데이빗 소로우는 그의 저서 《시민의 불복종》에서 말한다.

> "우리는 먼저 인간이어야 하고, 그다음에 국민이어야 한다고 나는 생각한다. 법에 대한 존경심보다는 먼저 정의에 대한 존경심을 기르는 것이 바람직하다."

자신의 판단력이나 도덕적 감각을 자율적으로 사용하지 않고 자신의 머리를 가지고 국가에 봉사하는 이들을 비판한다. 도덕적인 변별력이 없는 사람은 악마까지도 섬기게 된다는 것이다. 책을 읽으며 '우리 사회는 정의로운가?'라는 질문을 던져본다. 정의로운 사회를 만들기 위해 우리는 개인의 이익보다 사회의 정의를 우선할 수 있는가.

최근에 명문대 재학생 세 명이 청소, 경비 노동자를 고소한 사건이 있었다. 재학생들은 수업권을 침해당했다는 이유로 노동자를 고소했다. 자신의 권리만을 생각해 싸우지 말아야 할 사람과 싸우고 있는 것은 아닌지 고소를 하기 전에 먼저 생각해보지 않았던 걸까. 출근길 지하철 장애인 시위를 보면서 출근에 방해가 된다고 욕설을 하는 사람들과 다르지 않다. 노동자들과 장애인의 불이익을 먼저 생각할 수는 없는 걸까. 정당한 권리를 누리지 못해 할 수 있는 것은 시위뿐인 노동자들을 고소하고, 아무리 소리쳐도 꿈쩍도 하지 않는 사회를 향해 외치는 장애인들의 고통은 보이지 않는 걸까. 노동자가 아닌 해결의 열쇠를 가진 학교에 불만을 제기해야 하고, 장애인들을 향해 분노할 것이 아니라 장애인들의 고통을 외면하는 사회를 향해 분노를 표출해야 옳지 않을까. 옳고 그름을 판단하기 전에 누가 사회적 약자인지를 먼저 생각해보았으면 한다. 누군가에게 일어나는 일은 우리 모두에게 일어날 수 있는 일이다.

티베트 불교계의 승려인 페마 초드론은《모든 것이 산산이 무너질 때》에서 자비에 대해 말한다.

> "우리 내면에는 부드러운 부분과 따스한 부분이 많다. 그 부분에 접속하는 것이 자비의 출발이다. 그것이 자비의 핵심이다. 비난하기를 멈출 때 내면에 열린 공간이 생기며, 거기서 자신의 부드럽고 따스한 측면이

발견된다. 이는 비난하면서 만들어진 '보호용 비늘' 밑의 거대한 상처 속으로 깊숙이 손을 뻗는 일이다."

우리는 자신과 다른 생각을 가진 사람을 비난하고, 때로는 자신을 원망하고 죄의식에 휩싸인다. 자기 기준에서 모든 옳고 그름이 정해진다. 페마 초드론은 모든 게 늘 움직이고 변화하며, 또한 상황에 연결된 사람의 수만큼 경우의 수도 많고 관점도 다양하기 때문에 절대적인 옳고 그름을 찾는 행위는 안전과 편안함을 느끼려는 우리 스스로의 속임수에 지나지 않는다고 말한다. 생각해보면 어린 시절부터 가족과 친구와의 관계에서 갈등이 생길 때마다 옳고 그름을 판단하려 애썼고, 스스로 닫힌 마음으로 장벽을 쌓았다. 그런 마음으로 타인에게 뿐만 아니라 내 마음에도 제대로 귀를 기울인 적이 없었다. 나는 글을 쓰면서, 그리고 내 마음을 다스리게 해주는 책을 읽으면서 나의 무지함을 깨달아간다.

"우리나라는 안전한 나라인가?"라는 질문에 많은 사람들이 "그렇다."라고 답한다. 대한민국은 여성에게만큼은 안전한 나라가 아니다. 우리에게 충격을 주었던 n번방 사건을 잊어서는 안된다. 인간의 존엄성을 무너뜨리고 여성의 정체성을 착취한 사건은 지금 대한민국의 잔혹한 현실을 말해준다. 여성이라는 존재를 이토록 가볍게 생각하는 나라, 여성을 희롱의 대상으로 생각하는 데 아무런 죄

의식을 느끼지 않는 나라가 대한민국이다. 대한민국에서 그토록 많은 사람들이 아무런 죄책감 없이 성 착취 영상을 돈을 주고 관람했다는 것이 충격적이다. 피해자들은 자신의 영상을 수많은 사람들이 봤기 때문에 길을 가다가도 자신을 알아보는 사람이 있는 것은 아닌지 두려웠다고 한다.

취재기자와 방송관계자들은 피해자의 용기 있는 제보가 있었기 때문에 자신들도 용기를 낼 수 있었다고 말한다. 누구라도 같은 상황이었다면 피해자가 될 수 있었다. 불법 영상을 보는 사람이 없다면 제작하는 사람이 있을 수 없고, 제작하고 유포하는 사람이 있다고 해도 그것을 소비하는 사람이 없다면 일어날 수 없는 범죄다. 며칠 전 넥플릭스에는 n번방 사건의 실체를 밝혀 나가는 사이버 범죄 추적 다큐멘터리 〈사이버 지옥: n번방을 무너뜨려라〉가 올라왔다. 보는 내내 '내가 피해자였다면 어땠을까?'라고 생각을 하니 나였어도 어쩔 수 없었을 것 같다는 생각에 두려웠다. 지금도 어디선가 성 착취를 당하고 있는 여성들이 존재할 것이다. 우리 사회를 바꾸기 위해 우리는 무엇을 해야 할까. 인간의 존엄성에 대해 우리가 받았던 교육은 대체 무엇이었는가.

수많은 여성들이 자신이 겪은 성폭력으로 트라우마를 안고 살아간다. 데이트 폭력에 시달린 여성은 이후에 사랑하는 사람을 만나서도 온전한 사랑을 나누지 못하는 경우가 많다. 모든 것을 자신의 탓으로 돌려 스스로를 원망하는 등, 상처에서 벗어나기 어려워 현실의 삶을 제대로 살아가지 못하는 경우다. 성폭력 피해자 여성은 정치적으로도 종종 악용돼 남자들의 권력 쟁탈전의 먹잇감으로 등장한다. 문제의 본질은 결국 흐려지고 더 나은 세상은 오지 않는다.

내가 아는 L은 한 기업에서 오랫동안 열정을 쏟으며 일하면서 업무에 필요한 자격증도 부지런히 취득했다. 똑 부러지게 일을 잘해서 회사 대표의 눈에 들어 사적으로도 친분을 쌓으며 즐겁게 일하고 있었다. 10년 가까이 인내와 노력으로 쌓은 경력을 한순간에 내려놓게 되었는데, 그 이유는 임원의 성추행 때문이었다. 늦은 밤 아무렇지 않게 전화를 하거나 술을 마시고 사적인 이야기를 늘어놓는 임원 때문에 결국 회사를 그만뒀다. 성추행으로 회사를 관둔 건 그녀 혼자만이 아니었다. 회사의 문제는 언론에도 보도가 될 만큼 컸다. 성추행을 저지르는 당사자도 문제지만, 알면서도 묵인한 회사 대표 때문에 많은 여직원들이 자신의 소중한 일을 포기해야만 했다.

L은 그때의 선택을 후회하지 않지만, 그동안 쌓은 경력만큼 재취업이 어려운 현실에 힘들어했다. 코로나로 재정기반이 취약해진 기업들은 대부분 경력이 많은 고액 연봉자보다는 신입사원이나 중간 경력자를 채용하고 있기 때문이다. 경력이 중단되는 기간이 늘어나고 있어서 노심초사하는 그녀를 보니 남 일 같지 않았다. 나 역시 5

년의 경력 중단의 시간을 겪어봤기 때문이다.

앞에서는 양성 평등에 동의하면서 뒤에서는 여성을 비하하는 등 남성 우월주의에 빠져 있는 사람들이 얼마나 많은가. 그런 남성들의 생각에 암묵적으로 동의하는 여성 또한 적지 않다는 것을 안다. 가정에서 이루어지는 폭력과 차별이 모두 남성 가해자만 존재하는 것은 아니라는 사실도. 인류의 절반을 폄하하면서 남성과 여성의 조화로운 삶은 보장되지 않는다. 그리고 끊임없이 생각하고 그 생각을 글로 표현할 때 제대로 알게 되면서 서로가 서로를 이해하고 공감할 수 있는 사회로 발전할 수 있다고 믿는다.

지금의 세상은 성차별뿐만 아니라 인종 차별, 테러와의 전쟁, 다양한 사회 문제 등 해결해야 할 문제들이 산적해 있다. 각자의 위치에서 그 문제를 해결하기 위한 노력이 필요하다. 크고 작은 사회 문제 안에서 내가 할 수 있는 노력은 존재한다. 학교 안에서, 조직 안에서, 활동하는 다양한 공간에서 할 말을 하는 것은 큰 용기가 필요하다. 말을 할 수 없다면 글로 표현할 수 있고, 목소리를 멀리까지 보내지 못하더라도 가까운 곳에 닿도록 할 수는 있다.

아들은 학교에서 성차별을 경험한다. 나는 아들에게 성차별은 나쁘다는 것을 가르친다. 체육 시간에 여학생들에게 점수를 먼저 주고 시작하는 것에 반기를 든다. 여자는 어떻고 남자는 어떻다는 말을 아무렇게 않게 쏟아내는 선생님의 말을 생각 없이 받아들이지 않는다. 어느 한쪽을 위한다는 이유로 배려를 해주는 것도 어떤 경우에는 차별이라는 불쾌감을 줄 수 있다. 우리에게 중요한 것은 남녀를 떠나 모두가 동등한 존재라는 것이다. 내가 여자로 태어나 경험했기 때문에 남성보다 여성이 가진 고충을 더 잘 알고 있는 것은 사실이다. 하지만 아들이 앞으로 살아갈 세상에서 남자라는 이유로 불이익을 당하고 성차별을 당한다면 이 또한 모른 척하지 않을 것이다. 어느 한쪽의 희생과 불균형은 모두를 고통에 빠뜨릴 뿐이며, 타인을 짓밟고 얻은 권력과 자유는 무의미하다. 미국의 시인 헨리 롱펠로는 이런 말을 했다.

> "자기 자신을 존중하는 사람들은 다른 사람들로부터 안전하다. 그들은 아무도 뚫을 수 없는 갑옷을 입고 있다."

자신을 존중하는 사람은 타인을 존중할 줄 안다. 자신이 믿고 있는 정의가 무엇인지 아는 사람, 타인에 의해 휘둘리지 않는 단단한 마음을 가진 사람은 자신의 인생을 지키고 사회를 변화시킬 수 있을 거라 믿는다. 선거는 최악이 아닌, 차악을 가려내는 것이라는 말에 씁쓸한 마음이 든다. 생각하지 않는 국민은 생각 없는 정부를 만들어 낼 것이다. 부당한 일들에 침묵하지 않고 글을 쓰고 말을 하는 사람들이 늘어날수록 우리 사회가 가진 문제들을 직시할 수 있을 것이다. 해결은 그다음이다.

09

세상을 향해 한 걸음 더 나아갈 용기

나는 가끔 "사람들 앞에서 말하는 것을 원래 좋아했나요?"라는 질문을 받는다. 생각해보니 나는 어릴 때부터 사람들 앞에서 말하기를 겁내 했다. 책을 쓴 후 자연스럽게 강연을 할 기회가 주어졌고, 첫 강연 준비로 오랜 시간 훈련을 했다. 많은 사람들 앞에서 너무 긴장하여 실수를 하지 않을까 두려웠기 때문이다. 집에서는 아들을 앞에 앉혀 놓고 연습을 하기도 하고 전문가의 도움을 받기도 했다. 첫 번째 저자강연회를 잘 해내면서 자신감을 가지게 되었다.

요즘 해군 장병들을 대상으로 동기부여 특강을 다니고 있다. 오프라인 강의 대신 유튜브 라이브 방송으로 진행한다. 강남에 있는 스튜디오에서 실시간으로 진행되기 때문에 강의 중간에 질문에 대한 답을 하며 소통하는 시간이 즐겁다. 해군 특강 섭외를 받았을 때

담당자는 내가 예전에 블로그에 올렸던 군대 강연 글을 보고 연락을 한다고 했다.

블로그 글은 2017년에 썼던 글이다. 포천에서 복무 중이던 장교 한 명이 도서관에서 나의 첫 번째 책을 읽고 자신의 부대에 동기부여 강연을 와주었으면 했다. 힘든 군 생활을 하는 장병들에게 용기와 희망을 주는 강연을 해준다면 도움이 될 거라는 말에 눈이 쏟아지는 겨울날 포천으로 무료 강연을 갔던 기억이 난다. 주위 사람들, 그리고 내가 아는 강사들은 돈이 되지 않는 강연을 왜 하냐고 나를 말렸다. 하지만 지금도 그날 강연을 잊을 수 없다. 자신의 꿈을 위해 노력하는 장병들을 보며 내 안에서 뜨거운 무언가를 발견할 수 있었기 때문이다. 그때의 좋은 마음이 지금의 해군 장병들을 만나게 해주었으니 의미가 크다.

군대 강연은 처음이었던 그때는 긴장도 많이 되었었는데 지금은 그렇지 않다. 경험은 내게 자신감을 준다. 경험은 나에 대한 믿음을 키워주고 긴장을 즐거움으로 변화시켜 준다. 요즘 다양한 함대의 해군장병들과 온라인으로 소통하며 감사한 나날을 보내고 있다.

군대 독서 코칭 강사로 활동하면서 2주마다 독서코칭으로 만나고 있는 육군 장병들이 직접 쓴 시를 읽으며 가슴 뭉클해지는 경험도 한다. 대한민국 남자라면 반드시 가야 한다는 군 입대를 해서 힘든 시간들도 많았지만, 어느 순간 멋진 어른이 되어가고 있는 자신을 발견하게 되었다는 글을 읽었다. 시간이 더디게 흘러감을 느끼지만, 그래도 하루하루 즐겁게 생활하면서 미래를 준비해 나간다는 장병들을 대할 때는 뿌듯하고 감사하다. 함께하는 동안에 독서와 글쓰기의 즐거움을 알 수 있기를 바라는 마음으로 강의에 임한다.

요즘 내 머릿속에 가득한 생각은 '뿌린 대로 거둔다.'는 메시지다. 예전엔 노력한 것보다 더 많은 것을 얻고 싶다는 욕심도 있었고, 지나친 욕망에 사로잡혀 현실 너머의 세상에 빠져 있던 때도 있었다. 시간이 지난 후 깨달은 건, 인생은 결국 내가 뿌린 대로 거둔다는 사실이다. 이런 말을 하면 노력이 반드시 결과로 나타나는 건 아니라고 반문을 할지도 모르겠다. 하지만 노력한 시간은 사라지지 않는다. 노력하면서 느꼈던 수많은 생각들은 내 가슴에 남아 자신에 대한 믿음을 키워준다. 결과가 바로 나타나는 일이 있고, 시간이 한참 지난 후에 나타나는 성과도 있다. 지금 쏟는 나의 노력이 헛된 꿈을 향한 노력이 아니라면, 누군가에게 피해를 주는 노력이 아니라면 반드시 뿌린 대로 거둘 것이라는 믿음이다.

어머니는 외할아버지와 외할머니가 돌아가신 뒤 외외종할아버지(어머니의 외삼촌)와 자주 연락한다. 외외종할아버지는 나의 열렬한 팬이시다. 지금까지 내가 쓴 책을 다 읽어보셨고 내가 하는 활동에도 관심이 많으시다. 오늘 어머니와 통화하면서 외외종할아버지는 내가 크게 성공할 거라고 믿고 계신다고 했다. 물론 물질적인 성공만을 의미하지 않는다는 것을 안다. 내게 진정한 행복을 주는 성공, 그리고 타인에게 선한 영향력을 주는 성공을 의미한다는 것을. 나는 내 삶에 대한 희망으로 살아가고 있으며, 나에게 기대를 가지는 사람들로부터 힘을 얻는다. 나는 나와 나를 사랑하는 사람들을 위해, 내 글이 도움이 될 누군가를 위해 글을 쓴다. 단 한 사람이라도 내 글을 읽고 힘을 내서 책을 더 가까이하고 글을 쓰는 삶에서 위안을 얻을 수 있다면 좋겠다는 마음으로 글을 쓴다. 글은 내가 물질적 성공만을 좇지 않도록, 올바른 길을 갈 수 있도록 도와준다. 언제나 나를 응원해 주는 분들이 계셔서 나는 가끔 나 자신을 믿지 못할 때에도 용기를 내게 된다. 어둠 속을 헤매더라도 나를 응원해 주는 사람들을 잊지 않고 늘 감사한 마음으로 한 걸음씩 앞으로 내딛을 것이다.

나의 정체성은 '세상 속에 존재하는 나'를 따로 떼어놓고 생각하기 힘들다. 어릴 때는 열심히 해서 나만 잘살면 다 되는 줄 알았다. 내 일과 무관한 사람에 대해 관심이 없었고, 이 세상이 어떻게 돌아가든 나만 열심히 살면 아무 문제가 없다고 느꼈던 때도 있었다. 나를 일깨워 준 것은 나의 경험과 책이다. 편협한 생각으로 글을 쓰는 것은 위험하며, 책을 읽지 않고 글을 쓰면서 성장할 수 없다는 것도 안다. 배움을 놓지 않고 다양한 경험을 하면서 나는 점차 어른이 되어가고 있다. 내가 꿈꾸는 세상이 허상이 아닌, 실현 가능한 꿈이 되도록 하는 것이 나의 소명이라 여긴다.

'이런 세상을 원한다.'고 말하면 사람들은 불가능하다고 말한다. 당장 이룰 수 없지만, 가치 있는 삶을 추구하는 것은 그 자체로 의미가 있다. 대다수의 사람들이 잘못인 줄 알면서 묵인하며 타인과 같은 방향으로 걸어갈 때 외롭더라도 다른 길을 갈 수 있는 사람이 세상을 변화시킨다고 믿기 때문이다.

소설가 토니 모리슨은 2008년 펜/보더스 문예공로상 수상 소감의 마지막에 이런 말을 남겼다.

> "작가의 삶과 글쓰기는 인류에게 주어진 선물이 아닙니다. 인류에게 없으면 안되는 것입니다."

누군가가 이야기했지만, 꿈쩍도 하지 않는 사회에 다시 한 번 변화를 위한 문을 두드리고 싶다면 글을 쓰라고 말하고 싶다. 화가 나고 분노가 일어나 견딜 수 없다면 글을 써야 한다. 공기 중에 허무하게 사라져버리는 분노는 아무런 힘이 없다. 글을 쓰고 또 써도 바뀌지 않는다 해도 이후의 세대에 조금이나마 영향을 줄 수 있다면 우리는 할 수 있는 것을 한 어른으로 스스로를 평가할 수 있지 않을까.

온라인에서 글쓰기 클래스를 운영하며 인연이 된 Y는 얼마 전 책 한 권을 출간했다. 오랫동안 꿈꿔왔던 일을 해냈다는 만족감에 행복해 보였다. 개인 사업을 운영하고 있는 그녀는 틈틈이 글을 쓰며 책 한 권을 내는 것이 꿈이었다고 한다. 표지 디자인부터 그녀의 손길이 닿지 않은 것이 없을 정도로 정성을 다해 결실을 만들어 냈다. 나에게 추천서를 써달라고 부탁해서 꼼꼼히 읽고 작성해 주었다. 집 근처 카페로 책을 들고 찾아와 우리는 시간 가는 줄 모르고 이야기를 나누었다.

그녀는 열정을 유지하기 위해 새벽 일찍 일어나 좋아하는 책을 필사하고, 자기계발을 하는 다양한 사람들과 커뮤니티를 형성하며 만족스러운 일상을 보내고 있다. 바디 프로필을 찍기 위해 운동까지 열심히 하더니 또 하나의 결과물을 만들어 내는 모습에서 같은 여성이 봐도 참 멋지다는 생각이 들었다. 새로운 도전을 이어가는 그녀에게는 나름의 힘든 시간이 있었고, 인생을 바꾸고자 하는 강한 의지가 뒷받침되었기 때문에 가능했던 것이다. 새롭게 살고 싶으면 환경부터 바꿔야 한다. 나를 바꾸고자 노력하고 행동하는 사람에게는 거기에 어울리는 환경이 조성된다. 도움을 줄 수 있는 사람이 나타나기도 한다. 얼마나 간절히 원하는가에 따라 모든 것이 달라진다.

헨리의 시에 나와 있는 표현처럼 '나는 내 운명의 주인이요, 나는 내 영혼의 선장이나니.' 우리는 외부로부터 주어지는 어떤 자극에도 자신의 삶을 스스로 선택하며 살아갈 자유가 있다. 내가 꿈꾸는 세상을 위해 나는 무엇을 할 수 있는지 생각하고 행동하는 것을 멈추지 않길 바란다.

10

매일 읽고 쓰고 말하기

우리가 살아가면서 읽고 쓰고 말하는 능력은 필수다. 이 세 가지 능력은 따로 떼어서 생각할 수 없다. 읽지 않고 잘 쓸 수 없고, 쓸 수 없으면 조리 있게 말하기가 힘들다. 내가 아는 사람 중에는 책은 열심히 읽지만 쓰지 않는 사람도 있고, 글은 쓰는데 책은 열심히 읽지 않는 사람도 있다. 스스로 만족스럽다고 여기더라도 어느 시점이 되면 뭔가 부족하다는 것을 깨닫게 된다.

우리는 읽으면서 글을 이해하고 표현하는 능력을 키우며, 무엇보다 상상력을 높일 수 있다. 독서를 통해 배우고 익힌 것을 글로 쓰면서 한 번 더 곱씹으며 진짜 내 것으로 만들 수 있고, 다른 누군가에게 또 다른 배움을 전해줄 수 있을 것이다. 읽고 쓰면서 정리된 생각들은 말을 할 때 진가를 발휘한다. 배우지 않고 말만 잘하는 사람의 어리석음은 그 누구라도 알아차릴 수 있다. 읽고 쓰고 말하는 능력은 함께 길러야 하며, 앞으로의 세상은 이 세 가지 능력을 갖춘 사람에게 훨씬 유리할 것이다. 프랜시스 베이컨은 이런 말을 했다.

"독서는 꽉 찬 사람으로, 토론은 잘 준비된 사람으로, 글쓰기는 정확한 사람으로 만들어 준다."

나는 매일 읽고 쓰고 말한다. 전자책보다 종이책을 선호한다. 종이의 질감과 사용하는 필기도구에 따라 다양한 느낌을 가질 수 있어서 좋다. 컴퓨터로 글을 읽을 때보다 눈이 덜 피로하다. 무엇보다 종이책은 깊은 몰입을 선물해 준다. 컴퓨터와 스마트폰으로 글을 읽다 보면 정신이 다른 곳을 향하고 있음을 감지할 때가 있다. 읽고 있는 것에 끝까지 몰입하기가 어렵다. 인터넷 세상에 자발적으로 입장했지만, 결국 원치 않는 곳에서 퇴장하게 되면서 허비했던 시간들이 아깝게 느껴진다. 꼭 필요할 때를 제외하고는 핸드폰을 들여다보거나 인터넷을 하지 않으려고 노력한다. 새로운 매체의 등장은 겁나지 않지만, 종이책이 사라진다면 두려울 것 같다. 종이책을 읽는 기쁨을 상실하는 순간이 오지 않기를 바란다.

글쓰기를 가르치면서 인연이 된 지인과 오랜만에 통화를 했다. 몇 년 만에 통화를 했는데 어제 이야기를 나눈 사람처럼 편안했다. 그녀는 늦둥이 아들을 낳아 다시 육아로 힘든 시간을 보내고 있었지만, 첫 번째 책에 이어 두 번째 책을 출판사와 계약하고 세 번째 책도 마무리 단계였다. 육아를 하며 책을 꾸준히 쓴다는 게 쉬운 일이 아니란 것을 누구보다 잘 알기에 잘하고 있다고, 정말 대단하다는 말을 전했다. 책에 대해, 글쓰기에 대해 이야기를 나누는 동안 시간이 가는 줄도 몰랐다. 나와 통화하면서 동기부여가 되었다는 말에 기분이 좋았다. 나처럼 책을 좋아하고 꾸준히 글을 쓰는 친구가 있어 문득문득 찾아오는 외로움 또한 멀리 밀어낼 수 있을 것만 같다.

나에게 독서는 생존을 위한 수단이며 글쓰기도 마찬가지다. 그동안 글을 쓰지 않았다면 나는 과거의 삶에서 한 발짝도 앞으로 나아가지 못했을 것이다. 글을 쓰면서 내 인생이 결코 하찮지 않다는 것을 깨달았고, 누군가에게 의존하지 않아도 내 힘으로 일어설 수 있다는 것을 배웠다. 꾸준한 독서와 글쓰기로 내가 성장했듯이 나를 아는 모든 사람들이 책을 가까이하고 글을 쓰면서 스스로를 치유하고, 어제보다 나은 삶을 살아갈 수 있도록 돕고 싶다는 마음으로 살아간다.

독서법을 알려주는 책들, 글을 잘 쓰기 위한 실질적인 팁을 알려주는 책은 많다. 그런 책들이 많은 판매고를 올리고 있다. 하지만 글을 쓰기 전에, 글을 쓰면서 우리가 되찾아야 하는 것은 무엇인지 말해주는 책은 드물다. 누구나 독서와 글쓰기가 중요하다는 것을 알고 있지만 실천하지 못할 뿐이다. 독서와 글쓰기는 우리의 삶에서 있어도 그만, 없어도 그만인 것이 아니다. 스스로를 일으켜 인격적인 자립뿐 아니라 자신의 나쁜 습관은 고치고, 좋은 습관을 지켜내면서 어제와 같은 게으름으로 살지 않도록 해주기 때문이다. 우리가 살아가는 데 반드시 필요한 부분이다.

나에게 배움은 읽고 쓰고 말하는 것이다. 나 자신으로 존재하기 위한 세 가지 실천법이다. 읽지 않고서 경험 이상의 것을 배우지 못하며, 쓰지 않고서 나를 발견할 수 없다. 배운 것은 말을 통해, 글을 통해 세상 밖으로 나온다. 알고 있다고 생각했던 것들을 쓰거나 말하다 보면 종종 그것에 대해 깊이 있게 알지 못했음을 깨닫기도 한다. 나의 얕은 생각 안에서만 머물지 않도록 도와주는 행위가 바로 쓰기와 말하기다.

책을 쓰고 강의를 하면서 '그때 알았더라면 좋았을 것들'에 대해 자주 이야기한다. 비록 나는 과거에 필요한 지혜가 부족했지만, 나의 실패와 경험을 통해 현재 도움이 필요한 사람들에게 알려주고 싶은 거다. 내가 읽었던 책의 내용과 쓰면서 깊이 생각했던 것들은 강의를 할 때 자연스럽게 떠올라 강의를 하면 할수록 나아짐을 느낄 수 있는 것도 꾸준한 독서와 글쓰기를 병행했기 때문이라 믿는다. 꼭 강의가 아니더라도 배우고 깨달은 것을 사람들에게 말하는 것을 좋아한다. 특히 자주 통화하는 어머니와 많은 시간을 함께 보내는 아들에게 이야기하기를 즐긴다. 전달하면서 머릿속에 선명하게 남는다.

독서를 주제로 인터뷰 요청이 오면 함께 이야기를 나누면서 혼자서 익히고 깨달았던 것들을 다른 사람들은 어떻게 생각하고 받아들이는지 파악할 수 있어서 좋다. 나와 관심사가 비슷한 사람들이기에 미세한 생각의 차이를 느낄 수 있다. 책만 읽고 사람들과 소통하지 않는다면 혼자만의 생각에 빠져서 배움을 삶에 적용하는 방식은 깨닫지 못할 것이다.

정보의 홍수 시대를 살아가지만, 주의를 둘러보면 타인의 생각을 흡수하고 따라가느라 정작 자신의 생각을 표현하지 못하는 사람들이 많다. 어떤 주제에 대해 물어볼 때 누군가가 했던 말을 자신의 생각이라 착각하며 말하는 경우도 허다하다. 한 번도 진지하게 생각해보지 않은 문제에 나만의 관점을 가질 수는 없다. 제대로 말할 수 있다는 것은 충분히 생각했다는 것이며, 자신만의 관점을 가지고 있다는 것을 의미한다. 아는 것을 누군가에게 말하고 가르칠 때, 말하는 사람의 입장에서도 오래도록 잊어버리지 않고 그 생각을 발전시킬 수 있다. 우리는 자율적인 존재로 살아가기 위해 읽기와 쓰기, 말하기를 멈추지 말아야 한다.

스티븐 코비는 그의 저서 《성공하는 사람들의 7가지 습관》에서 독서와 글쓰기의 중요성에 대해 말한다. "독서하지 않는 사람은 문맹보다 나을 바가 없다."라며 여러 가지 정보를 얻고 마음을 넓히기 위해 규칙적으로 좋은 책을 읽는 습관보다 더 좋은 방법은 없음을 강조한다. 또 독서를 통해 살아있는 위대한 사상가뿐만 아니라 과거에 살았던 사상가들도 만날 수 있기에 꾸준한 독서를 해야 한다는 것이다. 또 "글을 쓰는 것은 정신적인 톱날을 날카롭게 가는 또 하나의 훌륭한 방법이다."라고 말한다. 자신의 생각과 경험, 깨달은 것들을 기록하는 것은 정신적 명료성, 정확성, 상황파악 등에 큰 도움을 준다는 것이다. 나 역시 그의 말처럼 독서와 글쓰기가 주는 무한한 배움을 체험했기에 많은 사람들에게 권하고 있으며, 꾸준히 실천하기 위해 노력한다.

우리는 견딜 수 없는 분노, 사람을 향한 증오에 잠식되지 않기 위해 읽고 쓰고 말하는 훈련이 필요하다. 열심히 일을 하다가도 이런 감정에서 빠져나오지 못해 일상이 정지된 사람들을 가끔 본다. 분노를 표출하는 것, 미운 사람을 향한 증오 그 자체는 허무함을 남긴다. 책을 읽으며 나만 힘들지 않다는 것을 깨닫게 되고, 내 감정을 활자에 담아 완전히 끄집어낸 후 소리 내어 말로 표현하면 분노와 증오는 자체의 힘을 잃어버린다. 자신을 힘들게 하는 사람을 생각하느라 인생을 버릴 수는 없지 않은가. 미워하는 사람을 모두 용서할 필요는 없다. 그저 가치 없는 시간에 인생을 허비하지 않았으면 한다.

우리가 이겨야 할 존재는 경쟁자가 아니다. 바로 자기 자신이다.

자신의 마음에 지지 않기 위해 애써야 한다. 평생 나를 데리고 살아가기 위해, 자율적인 존재로 살아가기 위해, 어제보다 나은 오늘을 살아가기 위한 배움을 이어가야 한다. "살아있는 한 일을 해야 한다."던 윤여정 배우의 말에 공감한다. 덧붙여 이렇게 말하고 싶다.

"살아있는 한 읽고 쓰고 말하기를 멈추지 않아야 한다."

진정한 배움의 자세로 읽고 쓰고 말하는 사람만이 자신을 바꾸고 세상을 변화시킬 수 있을 거라 믿는다.

Part 3

글 쓰는 사람으로 홀로서기

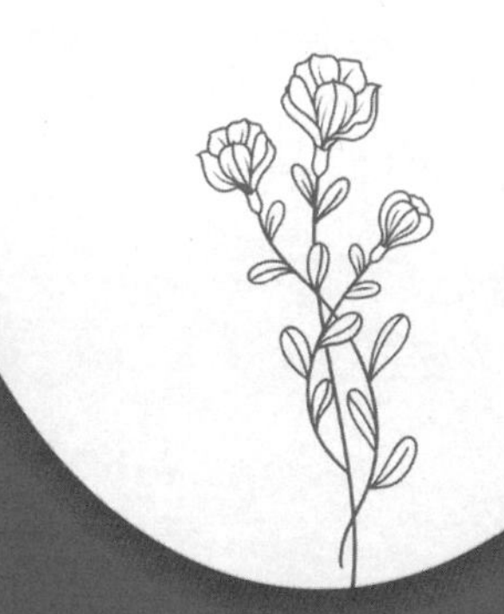

01

글쓰기, 나를 위한 최고의 투자

"나는 세상을 강자와 약자, 성공과 실패로 나누지 않는다. 나는 세상을 배우는 자와 배우지 않는 자로 나눈다."

사회학자 벤저민 바버의 말이다. 나는 성공한 사람은 두렵지 않다. 하지만 끊임없이 배우는 사람은 두렵다. 성공했지만 배움의 끈을 놓은 사람은 그 성공의 영광이 오래가지 못한다. 당장 보이는 성과가 없더라도 성장하기 위해 꾸준히 노력하는 사람은 결국엔 원하는 것을 얻는다.

최고의 자기계발은 글쓰기 능력을 높이는 것이라 생각한다. 글쓰기 능력을 키우기 위해 당연히 배움에 대한 욕구가 이어져야 하고, 꾸준한 독서 또한 뒷받침되어야 할 것이다. 나는 인생 2막을 준비하는 사람들에게 벤자민 바버의 말을 이렇게 바꾸어 말하고 싶다.

"나는 세상을 글을 쓰는 사람과 글을 쓰지 않는 사람으로 나눈다."

나이가 들어도 자신이 무엇을 좋아하는지, 무엇을 잘 할 수 있는지 모르는 사람들이 많다. 자기계발 열풍에 여기저기 다양한 교육 플랫폼이 생겨나고, 온라인 교육 사업에 돈을 쏟아붓고 있다. 어제는 옛 친구가 나와 통화하면서 고민을 토로했다. 자기계발을 위해 SNS에서 유명인이 시키는 대로 따라 해보고 있는데 잘되지 않는다는 것이었다. 자신에게 맞는 것인지 판단이 서지 않는다고 했다. 다양한 시도를 하다 보면 나에게 맞는 방식과 맞지 않는 방식을 구분하게 된다. 분야에서 나름 성과를 거둔 사람들은 다양한 시행착오를 통해 자신이 어떤 사람인지, 무엇을 좋아하고 잘할 수 있는지 찾아낸 사람들이다. 성향이 다르고, 살아온 방식도 다른 사람들이 한 가지 성공 방식을 따라 한다고 해서 똑같이 되지는 않는다. 그들의 생활 방식 이면에는 보이지 않는 정신적인 힘이 뒷받침해 주고 있다.

같은 행동을 하더라도 누군가는 좋은 성과를 얻지만, 아무런 성과를 얻지 못하는 사람이 있다. 자신에 대해 잘 알지 못하면서 무조건 성공자의 방식을 따라 하는 것에 몰입해서는 안된다. 그렇다면 어떻게 나를 알 수 있을까. 바로 글쓰기다. 글을 쓰면 나의 생각과 태도가 명확해지고 앞으로 나아갈 방향을 정할 수 있다. 어떤 일에 대해 깊이 고민하지 않고서는 그 일을 해낼 수 없다. 성과는 언고 싶지만 생각하기를 싫어하는 사람들이 많다.

누구나 내면에서 꿈틀거리는 자신만의 이야기가 있다. 그냥 묻어두기에 아까운 이야기, 떠올리고 쓰다 보면 시간이 가는 줄도 모르고 자신의 삶으로 흠뻑 빠져들 수밖에 없는 나만 아는 이야기 말이다. 거창한 사건만이 이야기가 되는 것은 아니다. 사소한 일이라도 인생의 전환점이 되었거나 잊을 수 없는 기억 등도 좋다. 우리는 매일 수많은 생각을 하며 살아가지만, 어느 한 지점을 정해 깊이 있게 고민하지는 못한다. 생각하고 싶지 않은 기억을 밀쳐낼 힘도 부족하다. 하지만 글을 쓰다 보면 하나의 시점에 몰입해 이전에는 해보지 않았던 사유를 시작할 수 있어 좋다. 글을 쓰다 보면 마음이 가벼워지고 또 후련해지기에 쓰면서 통쾌함을 느꼈던 사람들은 다시 글을 쓰게 된다.

지금 당장 종이와 연필을 준비해서 현재 자신의 모습을, 고민을 글로 썼으면 한다. 새롭게 무언가를 시작할 때 그 시작이 글쓰기였으면 좋겠다. 글로써 먹고살겠다는 목표를 가지라는 말이 아니다. 나를 다시 찾기 위해 그 시작은 글쓰기여야 한다는 말이다. 자신만의 생각과 기준 없이 재도전은 힘들다. 다시 내 삶을 시작하기 위해 내 안에 있는 열정을 끌어올려 온 마음을 다해 내 인생을 돌보기로 마음먹어야 한다. 글을 쓰다 보면 생각하게 되고, 생각하다 보면 내가 원하는 인생의 모습이 그림으로 그려질 것이다. 희미했던 그림이 또렷이 보일 때 내가 가진 가치를 알게 되고, 글을 통해 표현할 때 새로운 인생이 시작될 수 있다.

글은 글쓰기를 좋아하는 사람만 쓰는 것일까? 아니다. 글은 누구나 쓸 수 있다. 누구나 생각할 수 있기에 글을 쓸 수 있는 것이다. 자신만의 삶의 스토리를 가지고 있기에 언제라도 글을 쓸 수 있다. 꾸준히 시간을 투자해서 그 시간만큼 성장할 수 있는 것, 그것이 바로 글쓰기다. 글 쓰는 사람으로 살기 위해서 우리는 그 누구의 허락도 받을 필요가 없다. 또 글쓰기는 일차적으로 자신의 즐거움 때문에 써야 하고, 그다음이 타인을 돕는 것임을 잊지 않았으면 한다. 자신을 희생해서 타인만을 위해 사는 사람들의 얼굴이 마냥 행복해 보이지 않는다는 것을 생각한다면 이해가 될 것이다.

많은 사람들이 자신을 알리기 위해서 글을 쓰고, 자신이 가진 것을 나누고자 글을 쓴다. 어떤 목적을 가지고 있든 글쓰기는 일차적으로 자신에게 이득이 된다. 글을 쓰는 사람과 쓰지 않는 사람은 생각의 깊이에 차이가 있다. 독서를 하는 사람과 하지 않는 사람 간의 격차가 발생하듯이. 고단한 삶에서 누구나 외로움과 힘듦을 느끼며 살아가고 있다. 글쓰기는 나의 외로움을 달래줄 최고의 친구다. 내 말에 귀 기울여 주고 따뜻하게 안아주는 좋은 친구와 같다. 말이 너무 많은 세상에서 침묵하면서도 쓸쓸하지 않을 유일한 방법이 바로 글쓰기다. 나는 역마살이 있어서 자주 돌아다녔던 사람이다. 물론 지금은 강연으로 다양한 곳을 돌아다닌다. 이런 내가 하루에 10시간이 넘도록 책상에 앉아 글을 쓸 수 있는 건 글쓰기가 주는 기쁨이 크기 때문이다. 글을 쓰기 시작하면서 외부의 세상에 집중하기보다 내면의 세상에 몰입하는 시간이 나를 더 성장시킨다는 것을 깨달았다. 그리고 그런 삶을 시작한 후 나는 훨씬 행복해졌다. 물론 상황적으로 늘 좋았던 건 아니지만, 내면은 더 단단해지고 현실에 만족하며 성장하는 힘을 키울 수 있었다. 나는 전업 작가는 아니다. 하지만 전업 작가를 꿈꾼다. 내 힘으로 생활하면서 글만 쓰고 살아갈 수 있다면 좋겠다. 지금과 같은 노력을 지속한다면 노년에는 가능하지 않을까 하는 생각으로 희망을 품고 살아간다. 아직 살아갈 날들이 많이 남았기에.

다양한 주제로 강의를 하며 사람들에게 늘 글쓰기의 중요성을 강조한다. 어떤 일을 하든 독서와 글쓰기를 함께했으면 좋겠다고 말한다. 독서와 글쓰기로 공감 능력이 커져 타인을 이해하는 폭이 넓어지니, 일을 하는 데 분명 도움이 될 거라는 믿음이다. 글을 쓰면서 내면을 들여다볼 수 있으니, 누군가에게 의존하지 않고 스스로 일어설 수 있다. 사람은 마음먹기 나름이라 절망적인 상황도 가벼이 넘길 수 있으며, 아무것도 아닌 일로 죽음을 생각할 수도 있는 존재다. 모든 것이 외부가 아닌 내면의 결정을 따른다. 하지만 대부분의 사람들은 모든 원인을 외부에서 찾으며 자신을 무능력한 사람으로 만들어버린다. 나 역시 한때는 타인을 원망하며 살았던 시기가 있었다. 지금은 어떤 일도 책임을 외부로 돌리지 않는다. 모든 것이 내 선택이고, 내가 마음 먹은대로 현실이 만들어지고 있다는 것을 알기 때문이다.

나는 작가다. 꾸준히 글을 쓰며 그 글을 통해 사람들과 소통하는 작가다. 누구나 작가가 될 수 있다. 각자 하고 싶은 일을 하면서 글을 쓰는 작가로 살아갈 수 있다. 글을 쓴다는 건 지금 하고 있는 일을 더 잘할 수 있다는 것을 의미한다. 글을 쓰고 있다는 건 생각하고 있다는 증거다. 요즘은 자신의 노하우를 담아 전자책을 내는 사람도 많고, 온라인에서 자신의 생각을 드러내며 작가로 활동하는 사람들도 많다. 반드시 책을 내야만 작가로 인정받는 세상이 아니다. 마음만 먹으면 얼마든지 작가의 삶을 살아갈 수 있다.

내가 하는 일은 다양하지만, 그중에서 가장 큰 보람과 자부심을 가지고 하는 일이 글을 쓰는 일이다. 나를 위해서 하는 일일 뿐만 아니라 타인에게도 도움이 되는 일이 바로 글을 쓰는 일이기 때문이다. 바쁜 일상에서 글을 쓰는 일에만 몰두할 수는 없지만, 일을 하는 시간을 제외하고 대부분은 글을 쓰는 데 투자한다. 나에게 글쓰기는 다른 즐길 거리와 맞바꾼 작업이다. 하고 싶은 거 다 하면서 책을 썼다면 이렇게 부지런히 책을 출간하지 못했을 것이다.

우리는 매일을 살아가며 수만 가지 생각을 흘려보내고 있다. 엉뚱한 생각도 있을 것이고, 재밌는 생각도 있을 것이다. 긍정적인 생각도, 부정적인 생각도 있을 것이다. 아무것도 하지 않으면 그저 스쳐 지나갈 생각일 뿐이지만, 글을 쓰기 시작하면 하나의 생각에 대해 깊이 있게 들여다보게 되고 알지 못했던 것까지 덤으로 얻을 수 있다.

해보지 않은 일을 시작할 때는 제대로 마음먹는 게 참 힘들다. 한 걸음만 떼면 되는데 쉽지가 않다. 그래서 시작이 반이라는 말이 있나 보다. 마음만 먹으면 글을 쓸 수 있는 공간이 많으며, 작은 목표를 이루면 더 큰 목표를 정하고 싶다는 욕심이 생기면서 자연스럽게 글쓰기와 가까워진 자신을 발견하게 될 것이다. 당장 글쓰기를 시작한다고 해서 어떤 물질적 보상이 주어지진 않지만, 우리가 글을 통해 얻는 수많은 가치는 물질적 보상에 비할 바가 아니다.

내가 진정 살아있다고 느끼는 때는 글을 쓸 때다. 내 안으로 들어갈 수 있는 유일한 시간이다. '왜 써야 하는지'는 글쓰기를 시작했을 때만 알 수 있다. 그 가치는 스스로 증명해야 한다. 당신이 무엇을 하든 글쓰기와 병행한다면 성장 속도는 배가 될 것이라는 사실을 확실하게 말해줄 수 있다. 그러니 글쓰기야말로 자신을 위한 최고의 투자임을 잊지 않길 바란다.

02

작가가 되는 글쓰기 루틴 만들기

코로나가 시작되면서 나는 집필에 몰두했다. 여섯 번째 책《나를 깨우는 책 읽기, 마음을 훔치는 글쓰기》는 집필에만 몰두하며 보낸 몇 달간의 결과물이다. 이렇게 일곱 번째 책을 쓰고 있는 지금은 상황이 나아져 다시 카페를 찾았다. 스케줄이 없는 날은 아침부터 카페에서 보낸다. 컨디션이 별로인 날에도, 아무것도 하기 싫은 날에도 습관적으로 카페로 온다. 다른 일을 해야 할 때면 잠시 집필을 늦추기도 하는데, 흐름이 끊기지 않도록 글을 연결하는 데까지 너무 긴 시간이 소요되면 안 된다. 일어나 잠깐이라도 글을 쓰고 다른 업무를 해야 안심이 된다. 작업을 마치는 시간이 매번 다르지만, 습관적으로 글을 쓰는 공간에서 글을 쓰는 행위는 원고를 완성하는 데 중요하다.

글을 쓰기 위해서는 글을 쓰고 싶은 환경을 먼저 만들어야 한다.

작더라도 나만의 공간이 절실하다. 직장인이라면 퇴근 후 좋아하는 카페에서 잠깐이라도 글을 쓸 시간을 확보할 수 있을 것이다. 주부라면 주방의 한 공간을 활용해 글을 쓸 수도 있고, 정리되지 않은 방을 따로 작업 공간으로 활용해도 좋다. 누구에게도 방해받지 않는 공간에서 나만의 시간을 확보할 수 있으면 된다.

나만의 글쓰기 공간을 만들면 읽고 싶은 책과 노트, 필기도구 등을 세팅해놓고 언제든 마음만 먹으면 글을 쓸 수 있도록 한다. 마음에 드는 노트나 필기도구는 글을 쓸 때 더 의욕을 고취시키는 작은 도움을 줄 수 있으니 애정이 가는 아이템을 준비하면 좋다. 단, 부차적인 것에 너무 많은 시간과 정신을 빼앗겨서는 안된다. 평소 밖에서 보내는 시간이 많다면 노트와 필기도구를 항상 가방 속에 넣고 다니면서 떠오르는 아이디어가 있을 때 바로 메모를 해놓는다면 글을 쓸 때 도움이 된다. 좋은 아이디어는 갑자기 떠오르는 경우가 많고, 시간이 지나면 기억이 나지 않는 경우가 허다하다. 당장 메모할 곳이 없으면 휴대폰 메모장에라도 꼭 저장해야 한다.

평소에 메모하는 습관이 없는 사람들은 사소한 것도 좋으니 메모부터 시작하면 좋을 것이다. 아침에 일어나서 그날 해야 할 일의 리스트를 적어본다거나 하루를 마무리하면서 다음 날의 계획을 세워 적어보는 것도 좋다. 책을 읽으면서 마음에 드는 문구를 필사한다거나 생각나는 것들을 자유롭게 기록해보는 것도 좋다.

평소에 메모하는 습관은 잡념을 떨쳐버릴 수 있는 좋은 방법이 되기도 한다. 우리는 하루에도 수만 가지 생각을 하면서 스스로를 괴롭힐 때가 많다. 당장 고민하지 않아도 되는 일에 연연하고, 떠올리고 싶지 않은 사람을 생각하느라 지금 당장 해야 할 일에 집중하지 못하니 말이다. 짧은 글이라도 쓰는 동안에는 자신도 모르게 몰입하게 되는 경험을 해보았을 것이다. 글을 쓰는 게 익숙해질 수 있도록 일상의 작은 노력이 쌓인다면 하나의 주제로 글을 쓰는 게 어렵지 않게 느껴진다. 어느 순간 자신의 이름으로 책 한 권 써보고 싶다는 욕심도 생길 것이다. 어떤 일이든 단계를 밟아가며 훈련하는 습관을 들이는 게 중요하다.

나는 책을 쓸 때는 몰입이 잘되어 일상을 빈틈없이 꽉 채우는 느낌이다. 어떤 잡음도 들어올 틈이 없다. 다른 중요한 업무를 하는 시간을 제외하고는 집필에 대해서만 생각한다. 길을 걸으면서도, 잠을 자려고 누웠을 때도 마찬가지다. 머릿속에 집필에 대한 생각이 가득 차 어느 순간 더 좋은 제목이 생각나기도 하고, 새로운 아이디어가 떠오르기도 한다. 나는 몰입의 시간이 좋다. 어쩌면 시간을 더 생산적으로 사용하기 위해 책을 쓰고 있는 건지도 모르겠다. 원고 쓰기를 끝낼 때까지 힘들지만, 끝내고 나면 또 다른 주제를 생각하고 있으니 말이다.

글쓰기를 시작하는 사람들이 글을 쓰기 전에 반드시 했으면 하는 것이 있다. 바로 버킷리스트를 작성하는 일이다. 꼭 이루고 싶은 것을 10개에서 50개 정도를 정해 작성하고 글을 쓸 때 잘 보이는 곳에 붙여둔다. 버킷리스트와 함께 꿈을 이루었을 때의 사진을 함께 붙여두고 시각화를 하면 더욱 효과적이다. 글을 쓰다가 지치거나 의욕이 떨어질 때마다 힘이 되어 줄 것이기 때문이다. 내 주위에는 일을 열심히 하는 사람들이 많다. 가끔 통화를 하면 열심히 일을 하다가도 동기부여가 되지 않아 시시때때로 자신감이 떨어지고 자기 의심을 하게 되어 고민이라고 말한다. 해야 할 일에 쫓겨 자기 마음을 들여다볼 시간도, 재정비할 시간도 없기 때문이다. 글쓰기는 어떤 순간에도 다시 일어설 수 있는 힘을 주기에 누구에게나 필요하다.

글을 쓸 준비가 되었다면 스스로 정한 목표를 떠올리면서 매일 같은 시간에 글을 쓰면 좋겠다. 일정한 시간을 정해 일정한 양을 꾸준히 쓰는 습관을 들이면 쓰지 않는 날이 개운하지 않을 정도로 자연스럽게 일상의 루틴이 된다. 일상의 모든 생각과 경험이 글의 소재가 될 수 있다. 글을 쓰면서 떠오르는 좋은 아이디어가 있다면 다음 글쓰기의 주제로 정해보는 것도 좋다. 처음 글을 쓴다면 시간을 정해서 쓰는 훈련이 도움이 된다. 5분, 10분, 20분, 1시간 등 원하는 시간을 정해서 글을 쓰면 집중도를 높일 수 있다. 시간을 정해 글을 쓸 때 다른 생각을 하지 않고 오로지 지금 쓰고 있는 글에 몰입하는 것이 중요하다. 쓰면서 계속 쓰고 있는 자신만을 의식하는 것이다.

정해진 시간이 끝날 때까지는 쉬지 않고 쭉 이어서 쓰는 것이다. 몰입해서 글을 쓰다 보면 생각지도 못했던 글을 쓰게 되는 경우가 있다. 스스로 검열하지만 않는다면 말이다.

글을 쓰는 일상에 적응이 되면 생각하는 훈련 또한 함께 이루어진다. 일상에서 그냥 흘려보내는 것들에 대해 깊이 있게 생각하게 된다. 자신에 대해서도 더 깊숙이 들어가 글을 쓸수록 내면이 치유되는 효과를 얻을 수 있다. 자신의 이야기를 글로 표현하는 게 어색하다면 제3자라 생각하고 글을 쓰면 될 것이다. 내 이야기가 아니라 지인의 이야기라 생각하고 쓰는 것이다. 우리는 누군가에게 이야기를 하면서 자신의 이야기를 타인의 이야기인 것처럼 전할 때가 있다. 너무 창피하고 부끄럽지만 말을 하고 싶을 때 그런 방식을 선택하는 것처럼, 글도 마찬가지다. 편하게 내 이야기를 쓸 수 있을 때까지 차분하게 기다려주는 마음이 필요하다.

지금까지 여섯 권의 책을 출간했지만, 자리에 앉으면 바로 집중이 되는 것은 아니다. 글이 잘 써지지 않으면 왔다갔다 움직이기도 하고, 특히 집에서는 책상 정리를 한다든지 청소를 한다. 조금 더 정돈된 상태라면 글이 잘 써질 거라는 믿음에서다. 그만큼 글쓰기가 즐겁기만 한 작업은 아니며, 몰입하기까지 어느 정도의 시간이 필요하다. 그래서 사람들이 글쓰기를 힘든 작업이라 생각하는 것 같다.

글이 바로 써지지 않을 때는 자리에 앉아 좋아하는 책을 30분 정도 읽고 글을 쓰기 시작하는 것도 도움이 된다. 열정을 불어넣기 위한 노력이다. 책을 읽으면서 집중도를 높이고 글쓰기로 자연스럽게 전환하기 위해서다. 어떤 날은 글이 술술 잘 써질 때도 있고, 생각처럼 잘 써지지 않을 때도 있다. 그럴 때는 독서 하는 시간을 더 많이 확보한다. 글을 쓰는 것보다 책을 읽는 것이 훨씬 쉬우면서도 빠르게 집중력을 높일 수 있다. 당장 글을 쓰지 않더라도 읽었던 책들은 모두 글을 쓰는 데 도움이 되기에 필요하다.

오늘은 공휴일이라 아들과 가까운 곳에 다녀왔다. 해야 할 일이 있더라도 가끔은 아들이 좋아하는 것을 함께해야 한다. 아침부터 저녁까지 대중교통을 이용해 시골길 구경도 하고 아들이 먹고 싶은 것도 사주며 많은 이야기를 나누었다. 행복해하는 아들의 얼굴을 보며 내 일만을 위해 살아가지 않겠다고 다짐했다. 또 내가 열심히 사는 이유도 이런 여유를 즐기기 위해서라는 것을 잊지 말아야겠다고. 미래의 삶을 위해 당장의 행복을 놓치는 어리석은 선택은 하지 말아야 한다. 오늘 가족과 함께하는 소중한 시간이 다시는 오지 않을 수도 있다는 것을 나는 경험으로 알고 있다.

그동안 습관적으로 반복했던 일상의 패턴을 바꾸는 일은 생각보다 어렵다. 해야 할 일을 하는 시간을 제외하고 타인과 어울리기를 좋아했던 사람이라면 글을 쓰기 위해 시간을 확보해야 한다. 이전과 같은 일상을 보내면서 새로운 습관을 만들기는 힘들다. 버려지는 시간과 일상의 패턴을 점검해야 한다. 습관처럼 반복했던 행동들을 돌아보고 글을 쓰는 습관을 만들어가기 위해 어떤 습관을 대체하면 좋을지 생각해야 한다.

하루라도 친구와 통화를 하지 않으면 견딜 수 없었던 내가 하루 종일 혼자 있어도 외롭다고 느끼지 않는 건 글을 쓰면서 위안을 얻기 때문이다. 책으로 친구를 만나고 글을 통해 내 안에 있는 나와 만날 수 있으니 외롭지 않다. 가끔씩 밀려오는 외로움도 크게 나를 해치지 못한다. 나는 이미 글을 통해 나를 지킬 만큼 강해졌으니까.

7년 전, 나는 작가가 되고 싶었다. 꾸준히 글을 쓰며 작가가 되었고, 지속적으로 글을 쓰는 작가로 살아가고 있다. 습관은 우리의 삶을 지배한다. 목표 없이 무료한 일상을 보내는 것이 습관이 되면 인생 전체를 갉아먹는다. 의미 없이 하루를 보낼 것인가, 단 하루를 살더라도 가치 있게 살 것인가는 스스로가 선택할 수 있다. 삶을 살아가는 태도는 오롯이 자신의 선택임을 잊지 말자. 작가의 삶을 닮아가는 사람은 결국 작가가 된다.

03

쓰는 사람의 똑똑한 독서법

지금처럼 하나에 집중하기 어려운 시대에 책을 읽어 낼 수 있는 능력을 가진다는 것은 그 자체만으로도 남들과 차별화된다. 글을 몇 줄 읽다가 핸드폰을 들여다보기를 반복하며 이도 저도 아닌 독서를 하는 사람들이 대부분이기 때문이다. 가만히 앉아서 책을 읽는 것도 힘든데 하물며 글까지 쓴다는 것은 더더욱 고된 일이라 여긴다.

나는 책을 사랑하는 사람이다. 침대 머리맡에도 책이 서너 권은 꼭 있다. 잠들기 전에 꼭 책을 읽고 잠을 잔다. 아무리 피곤해도 단 한 줄의 글이라도 읽어야 하루를 잘 살아낸 것 같은 기분이 든다. 무인도에 갇혀도 책이 있다면 그리고 펜이 있다면 지루하지 않게 살아갈 수 있을 것 같다. 책상 위에는 수십 권의 책이 쌓여있다. 특히 집필을 할 때는 책상 주위가 책으로 어수선하지만 나름 선별해서 쌓아둔 책들이며 필요할 때는 빠르게 찾을 수 있다.

사실 글을 쓰기 전에는 몰입독서를 하지 못했다. 필요할 때마다 다양한 주제의 책을 찾으면서 산만한 독서를 했던 것이 사실이다. 하나의 주제로 글을 쓰면서 관심사가 비슷한 저자들의 다양한 책들을 섭렵하며 편견에 사로잡히지 않는 폭넓은 독서를 하게 된 것이다. 책을 쓸 때는 비슷한 주제의 책을 포함해 수십 권의 책을 읽으며 꼬리에 꼬리를 무는 독서로 책을 통해 좋은 책들과 인연이 되어 멈출 수 없는 독서의 세계로 빠져든다. 더 알고 싶다는 욕구가 솟아나는 것이다. 이런 독서의 기쁨을 많은 사람들이 알았으면 좋겠다는 생각을 늘 한다.

책을 통해 배우면 배울수록 숨겨져 있던 나의 어리석음이 수면 위로 떠오른다. 어릴 때는 나이를 먹으면 그만큼 현명해질 거라 생각했다. 하지만 노력 없이 나이는 먹을 수 있을지 몰라도 노력 없이 지혜로워질 수는 없다. 노력으로 시행착오를 줄여나가는 사람은 현명한 사람이다. 어리석은 사람은 나이를 먹어도 같은 실수를 반복한다. 한 번도 자신의 실수에 대해 진지하게 바라보고 반성하며 깨닫는 기회를 주지 않았기 때문이다. 사람은 쉽게 변하지 않는다는 말을 많이 하는 이유도 그만큼 자신을 돌아보며 변화시키는 사람이 적기 때문이라 생각한다. 살던 방식대로 사는 것이 가장 쉽기 때문이다.

독서를 하지 않는 사람들에게 책을 읽지 않는 이유를 묻는다면 10가지도 넘게 말할 것이다. 당장 먹고 살기 위해 해야 할 일이 있고, 그 누구도 독서를 하라고 강요하지 않는다. 스스로 필요에 의해, 즐거움을 찾고자 펼쳐야 하는 것이기 때문에 쉽지 않다. 어제까지 책과 친하지 않았더라도 상관없다. 오늘부터 친해지면 된다. 어제까지 인생 1막이었다면 오늘부터 인생 2막을 열면 된다.

나는 책을 읽어야 하는 단 하나의 이유를 말하고 싶다. 자신의 의지로 인생을 변화시킬 수 있는 가장 쉬운 방법이 독서라고. 적은 비용과 적은 시간을 투자해 남들이 오랜 시간과 노력으로 얻은 것들을 내 것으로 만들 수 있는 방법이기 때문이다. 어떤 책은 내 인생의 10년을 구원해 주기도 하고, 어떤 책은 내가 30년을 노력해도 얻을 수 없는 것을 알려 주기도 한다. 물론 충분한 만족을 주지 못하는 책도 있지만, 그런 책을 통해서도 배울 것은 있다. 적어도 '이런 책은 쓰면 안 되겠다.'라는 깨달음은 주니까.

책을 좋아하는 사람과는 하루 종일 대화를 나누어도 지겹지 않다. 좋아하는 책, 배움을 얻은 책, 추천해 주고 싶은 책 등 책에 대해 할 말이 많다. 상대방의 취향을 알아차리기도 좋다. 즐겨 읽는 책이 그 사람을 말해주기 때문이다. 삶이 바빠서 책을 읽을 수 없다고 말하는 사람은 정말 읽을 시간이 없어서가 아니다. 읽고 싶은 마음이 없기 때문이다. 다른 것보다 우선하지 않기 때문이다. 당장 눈앞의 것만 생각하며 살아가는 사람은 성장할 수 없다. 미래를 향한 준비를 하고 있는 사람만이 성장의 기쁨을 느낄 자격이 있다.

글을 쓰기 시작하면서 내 글도 변화했지만 내가 읽는 책들도 달라짐을 느낀다. 나는 내가 쓰고 싶은 책과 비슷한 수준의 책들을 즐겨 읽는다. 그리고 자주 내가 쓰고 싶은 책보다 수준이 높은 글을 읽는다. 나의 글쓰기 수준을 높이기 위해서다. 책을 읽으며 자극을 받는다. 나의 부족함을 깨닫고 나도 이런 책을 쓰고 싶다는 생각이 든다.

쓰고 싶은 주제의 책이 있다면 우선은 주제가 비슷하고, 자신이 쓰고 싶은 책과 수준이 비슷한 책을 읽으면 좋을 것이다. 읽다 보면 '이렇게 쓰고 싶다.'에서 '이보다 더 잘 쓰고 싶다.'는 마음으로 바뀌게 될 테니까. 꾸준히 독서를 하며 지치지 않고 글을 쓰는 이유는 지금 내가 뛰어넘을 수 없을 만큼 훌륭한 책 스승이 너무나 많기 때문이다. 자만할 수 없을 만큼, 이 정도면 괜찮다는 생각이 들지 않을 만큼 말이다.

글을 쓰면서 독서를 소홀히 한다면 자신의 글에만 빠져서 한계에 갇힐 우려가 있다. 실제로 글을 꾸준히 쓰지만 조금도 나아지지 않는다고 걱정하는 사람을 많이 보는데, 어김없이 독서를 병행하지 않는 경우다. 더 나은 글을 쓰고 싶다면 더 열심히 독서를 해야 하고, 지금 자신에게 필요한 양분을 공급해 줄 책을 선별해서 읽어야 한다.

사람들을 만나거나 강연을 하다 보면 어떤 책을 즐겨 읽느냐는 질문을 자주 받는다. 나는 다양한 분야의 책을 읽는다. 휴식할 때 읽는 책, 공부를 할 때 읽는 책, 책을 쓰기 위해 읽는 책 등 다양한 목적의 책들을 동시 다발적으로 읽어나간다. 원하는 분야에서 역량을 강화하려면 공부를 해야 하고, 혼자서 할 수 있는 최고의 공부는 바로 독서다. 잠들기 전 하루를 돌아보면서 마음을 가다듬기 위해 마음을 편안하게 해주는 책을 읽고 잠이 들면 좋은 꿈을 꾼다. 에너지가 소진되어 열정이 사라질 때 다시 힘을 낼 수 있도록 나를 채찍질하는 책들을 늘 가까이 둔다. 나의 스승은 책이다. 그때그때 원하는 조언을 해주는 멘토는 늘 가까이에 있다.

나는 현재 존재하지 않는 작가들이 쓴 책을 자주 읽는다. 죽은 뒤에도 작가가 전달하려는 메시지가 현존하는 사람들에게 도움이 된다면 그는 훌륭한 작가며, 그가 쓴 책은 반드시 읽어야 하는 책이라는 생각이다. 내가 쓴 글이 내가 죽은 후에도 사람들에게 사랑받을 수 있다면 나는 작가로서 성공한 인생이라 생각된다. 그러기 위해 부단히 노력하고 있다. 나도 할 수 있다는 마음으로 살아간다.

글을 쓰다 보면 한 번도 읽지 못했던 책에 관심이 간다. 내게 어려운 책은 이전에 없던 사유를 이끌어 내기 때문에 도전의식을 만들어 낸다. 쉬운 책만 읽고 싶지 않다. 킬링 타임용 텍스트는 잘 읽지 않는다. 읽으면서 시간을 죽일 뿐, 읽고 나서 남는 것은 없기 때문이다. 읽고 나서 이전으로 돌아갈 수 없게 만드는 책, 나를 변화시키는 책이 내게 좋은 책이다. 이해하기 어려운 책은 처음에는 전체적으로 빠르게 통독하고 며칠 뒤 다시 꼼꼼하게 읽어보면 이해가 잘된다. 특히 책을 읽으면서 작가가 글을 쓴 의도를 파악하기 위해 노력했으면 한다. 윌리엄 서머싯 몸의 말처럼 쉽지는 않을 것이다.

"작가는 책 한 권을 쓰느라 몇 달을 보내며 자신의 진심을 쏟아붓지만, 그 진심을 읽는 독자는 거의 없다."

이처럼 독자의 마음속에 파고드는 글을 쓰기란 쉽지 않다. 하지만 읽는 이가 없다면 쓰는 의미도 없으니, 작가의 존재 이유는 바로 독자일 것이다. 나의 진심이 독자에게 닿을 수 있도록 노력하고 또 노력하는 수밖에 없다. 글을 읽는 독자의 입장이 되어도 마찬가지다. 작가의 진심을 파악하는 데 온 신경을 집중해야만 배울 점을 찾을 수 있을 것이다.

요즘은 전자책이 많이 나오고 있어서 이동할 때도 편리하게 독서를 즐길 수 있다. 하지만 대중교통을 이용하면서 전자책을 읽는 사람을 거의 본 적이 없다. 대부분 스마트폰을 만지작거리는 모습이다. 내가 종이책을 선호하는 이유는 책을 읽는 과정이 우리에게 주는 특별한 것이 있기 때문이다. 집중력과 지루한 시간을 견뎌내는 능력을 키울 수 있다. 읽고 싶어서 꺼내든 책이어도 처음부터 끝까지 몰입하기는 어렵다. 한 권의 책을 끝까지 읽어내는 힘은 우리의 삶에서 필요한 인내심을 길러준다.

책을 읽다가 이해가 되지 않는다면 전체를 가볍게 읽고 며칠 뒤 다시 책을 펼쳐 꼼꼼하게 읽어보면 이해가 잘된다. 읽기가 어렵다고 무조건 쉬운 책만 읽으려 한다면 지금의 수준에서 벗어날 수 없다. 어려운 책도 여러 번 읽다 보면 명확하게 이해가 될 수 있으니 섣불리 자신의 수준을 정해 쉽게 포기하지 않았으면 한다. 처음에 어려웠던 책이 만만해질 때 우리의 독서 수준은 한 단계 높아지고 다음 단계로 나아갈 수 있다.

독서는 쉽게 얻는 쾌락이 아니기에 누구에게나 즐거운 활동일 수 없다. 나에게 독서는 어떤 면에서는 도전이다. 책을 읽다 보면 나와 사고의 깊이가 다른 글을 만난다. 나는 한 번도 생각해보지 못했던 것을 말해주는 책은 뜻하지 않은 선물과 같다. 이런 책을 만나면 절대 이전의 사고로 돌아갈 수 없다는 생각으로 가슴이 벅차다. 대부분의 사람들은 타인의 불행으로 삶의 위안을 얻는다고 말한다. 나는 타인의 불행이 아니라 스스로의 힘으로 일어설 수 있는 사람이길 원한다. 책을 읽지 않고서 그럴 수 있는 사람을 지금껏 본 적이 없다. 외로운 세상에서 홀로서기 위해 우리는 읽고 또 읽어야만 하는 것이다.

04

작가에게 필요한 기본기

요즘은 온라인에서 다양한 활동을 하면서 자신의 생각을 글로 표현하는 사람들이 늘었다. 글로써 생각을 전달하고 소통하는 일상이 자연스러워졌다. 글을 쓰지 않고도 살아갈 수 있을 거라 생각했던 사람들은 그 믿음에 확신을 가질 수 없게 되었다.

SNS에 올린 글들을 읽을 때면 원치 않는 반응에 곤란을 겪는 사람들을 보게 된다. 자신의 의도와 다른 반응에 당혹스러운 것이다. 우리는 생각을 표현하는 방법을 배우지 못해 늘 오해를 사고, 자신의 의도를 제대로 전달하지 못해 어려움을 겪는다. 생각을 제대로 표현하는 일이 그리 쉽지 않다는 것에 좌절하며 글을 쓰지 않고도 살아갈 수 있다면 언제까지라도 그 길을 선택할 사람이 많을 것이다.

강의를 하다 보면 다양한 분야에서 활동하는 사람들을 만난다.

코로나로 인해 업무적으로 어려움을 겪는 사람이 생각보다 많았다. 대면으로 영업을 잘했던 사람은 다른 돌파구를 찾기 시작했고, 온라인 세상과 단절된 삶을 살았던 사람들은 더 이상은 불가능하다는 것을 깨닫기 시작했다. 자신을 알리기 위해, 무언가를 팔기 위해서도 우리는 글을 써야만 한다. 사람들은 우리가 쓴 글을 통해 우리를 평가한다.

우리가 글을 쓸 수 있는 공간은 생각보다 다양하다. 블로그 외 다양한 플랫폼이 우리의 글을 기다리고 있다. 그저 생각하고 있거나 관심이 있는 이야기를 쓰기 시작했는데, 글을 쓰는 것에 재미를 느끼기 시작해 다양한 곳에서 작가로 활동하는 사람들이 있다. 글을 쓰다 보면 뜻하지 않은 기회를 만나게 되기도 하는데 그중 하나가 출판이다. 블로그에 꾸준히 글을 쓰며 책을 출간한 사람들이 내 주위에도 많다. 꼭 책을 출간하지 않더라도 지속적으로 글을 쓰고 있다면 작가라고 생각한다.

글을 쓰고 싶다면, 글을 쓰는 사람으로 살아가고 싶다면 우선은 독서에 투자해야 한다. 쓰기는 쓰기를 통해서만 배울 수 있다고 하지만, 쉼 없는 읽기를 병행하는 것이 기본기를 다지는 현명한 방법이다. 쓰고자 한다면 읽기 쉬운 책만 찾아서는 안된다. 세상에는 쉽지만 자신에게 도움이 되지 않는 책과 어렵지만 읽을 때마다 새로운 것을 배울 수 있는 책이 있다. 모든 책에서 하나의 배움을 얻겠다는 열린 마음으로 책을 펼치지만, 아쉬운 책이 있는 건 사실이다. 어려워도, 이해되지 않더라도 정복하고 싶은 책이 있다면 작가가 될 자격이 충분하다.

나는 알베르 카뮈의 책을 좋아한다. 《이방인》에 비해 《시지프 신화》는 어려운 책이다. 소설과 철학적 에세이라는 장르의 차이가 있지만, 작가의 사상이 반영되어 있다는 점에서 구분하고 싶지는 않다. 카뮈가 《시지프 신화》에서 말했던 것처럼 '위대한 소설가는 철학적 소설가'라는 말에 공감한다.

책과 친해지는 가장 좋은 방법은 자신과 잘 맞는 작가를 선정해서 작가가 쓴 책들을 연결해서 읽는 것이다. 책뿐만 아니라 모든 사물, 사람과의 관계도 애정이 깃든 것에 마음을 쏟을 수 있다. 또 편견 없는 독서는 끊임없는 사고를 불러일으키며, 사고가 끝나는 지점에서 생각을 글로 표현할 수 있기 때문에 중요하다.

작가에게 필요한 기본기를 다지기 위해 다섯 가지 훈련이 필요하다. 첫 번째, 일상에서 글의 주제를 찾는 연습을 꾸준히 하는 것이다. 두 번째는 주제를 잘 표현하는 제목을 정하는 것이다. 세 번째는 어떤 소재를 활용해서 글을 쓸 것인지 결정한다. 네 번째, 쓰기 시작한 글은 무조건 끝을 보는 것이며, 다섯 번째는 작성한 글을 마음에 들 때까지 다듬는 것이다.

꾸준히 글을 쓰는 작가들은 끊임없이 주제를 찾아 글을 쓴다. 주제를 잘 정하는 것도 작가의 능력이다. 자신의 삶뿐만 아니라 세상과 타인의 삶에 관심을 가질수록 쓰고 싶은 주제를 많이 떠올릴 수 있다. 글을 써보지 않은 사람들은 막상 글을 쓰려고 노트와 연필을 준비했는데 무얼 써야 할지 고민하는 경우가 많다. 일상의 경험을 떠올리며 다양한 주제를 정할 수 있다.

독서를 즐겨한다면 '독서'에 대해 떠오르는 단어들을 나열해본다. 문장이 아니라 단어를 적어보는 것이기 때문에 접근하기가 수월하다. 동기부여, 마음의 양식, 기분 전환, 공부 등 생각나는 단어들이 있을 것이다. 독서를 하면서 좋았던 것, 독서를 통해 얻은 것들을 떠올리면서 단어를 나열해보며 가장 하고 싶은 말을 한 문장으로 표현해본다. '독서는 기분 전환에 좋다.'라는 문장을 완성했다면 그 문장을 뒷받침해 주는 경험을 떠올리며 글을 쓰는 것이다. 자신이 평소 관심을 가지고 있는 분야에 대해 먼저 써보면 좋겠다.

제목은 주제를 담고 흥미를 끄는 것이어야 한다. 사람들은 글의 제목을 보고 읽을지 말지를 고민하기 때문이다. 주제를 함축하는 제목, 궁금증을 일으키는 제목, 독자의 문제를 해결해 줄 수 있는 제목 등 많은 고민이 필요하다. 마음에 드는 제목을 정하면 글을 더 잘 쓰고 싶다는 마음이 생긴다. 글을 쓰는 동안 글의 제목을 여러 번 확인하면서 주제에서 벗어나지 않는 글을 쓰는 연습이 필요하다.

제목은 그럴듯하게 잘 정했지만 어떤 내용으로 채울지 고민하는 경우가 많다. 주제를 잘 드러내는 글을 쓰기 위해 어떤 소재, 즉 어떤 글감으로 글을 써나갈지를 정한다. 주제와 제목을 정했다는 건 본인이 관심이 있다는 것이며, 이와 관련한 에피소드 등 다양한 글의 재료를 품고 있을 확률이 높다. 나의 경우 책을 쓸 때 어떤 내용으로 써야 할지 생각이 잘 나지 않으면 계속 제목을 들여다보면서 생각날 때까지 눈싸움을 한다. 그러면 시간이 좀 걸리더라도 떠오르는 이야기가 꼭 있다. 소재는 범위를 넓혀서 생각해야 한다. 그저 자신의 경험 안에서만 한계 지을 필요는 없다.

또, 지난날을 돌아보며 오래 기억이 남는 일이나 인생에 큰 영향을 준 사건, 경험 등을 주제로 글을 써볼 수 있다. 갑자기 떠오른 경험 하나를 주제로 잡고 경험을 통해 어떤 이야기를 하고 싶은지를 생각하는 것이다. 예를 들어, 친구와 크게 싸운 경험이 떠오른다면 이 경험으로 나는 무엇을 깨달았는지 써보는 것이다. 모든 경험과 모든 생각은 글의 주제가 될 수 있다. 어떤 메시지를 전하고 싶은지에 초점을 맞춰 글을 쓰면 된다. 우리는 매일 다른 생각, 다른 경험을 하며 살아간다. 가끔 '이런 내용도 글이 될 수 있을까요?'라고 질문하는 사람들이 있다. 자신의 경험에 대한 가치를 낮게 매겨 글을 쓸 가치가 없다고 미리 판단하는 것이다. 글을 쓸 때 어느 정도의 자신감이 뒷받침되어야 하는 이유다.

주제와 제목을 정하고 어떤 내용을 쓸지 정했다면 정해진 분량을 어떻게든 채우기 위해 노력해야 한다. 몰입하는 시간이 필요하기 때문에 시간을 정해서 쓰는 것이 효과적이다. 정해진 시간 안에 목표한 분량을 쓰기 위해 노력하는 것, 끝까지 포기하지 않고 쓰는 태도는 스스로에게 동기부여가 된다. 정해진 분량을 채우는 훈련은 나중에 한 권의 책을 쓸 때 큰 힘을 발휘한다.

길든 짧든 모든 글은 다듬는 퇴고의 과정이 반드시 필요하다. 블로그에 글 하나를 올리고 나서 여러 번 글을 수정하는 사람들을 본다. 발행하기 전에 퇴고를 하는 과정이 번거롭고 귀찮아서 그냥 올렸다가 나중에 마음에 들지 않는 부분이 발견되어 수정하는 것이다. 자신이 쓴 글을 아무리 봐도 무엇을 고쳐야 할지 모르겠다면 소리 내어 읽어본다. 또 다른 방법은 프린트를 해서 읽어보는 것이다. 보는 눈이 달라지면 보이는 것이 달라진다. 중요한 것은 하나의 글을 끝까지 써내는 것과 마무리하는 습관이다.

오랜 시간 글을 써온 사람들은 인고의 과정을 거친 사람들이다. 처음부터 잘할 수 있는 일은 어디에도 없다. '나도 할 수 있다.'는 자신감으로, 부족하더라도 끝까지 써내겠다는 의지로 우리는 글을 쓰는 인생을 시작할 수 있다.

05

상처를 치유하고 용서하는 글쓰기

오랜 직장 생활을 그만두고 육아에 전념할 때 우울한 날들이 지속되었다. 나만 이렇게 힘든 것이 아니라는 것을 증명이라도 하려는 듯 닥치는 대로 책을 읽었다. 책 속에서 수많은 사람들의 상처와 아픔을 보고부터는 더 이상 엄살을 부릴 수 없었다. 책을 읽기 시작하면서 내가 느끼는 마음의 고통은 힘을 잃기 시작했다. 어느 순간 이들처럼 내 이야기를 써보고 싶다는 마음이 들었다. 글을 쓰면서 진짜 나를 만났고, 글쓰기를 멈출 수가 없게 되었다.

기억은 진실이 아니다. 이후의 삶에서 다양한 경험을 하며 내가 가진 기억을 다시 쓴다. 글을 쓰지 않았다면 내가 가진 상처에서 영원히 벗어나지 못했을 것이다. 내 안에서 나를 괴롭혔던 사람들을 용서할 수 없었을 것이다. 그리고 용서할 필요가 없는 사람들에 대해서 더 이상 생각하지 않게 되었다. 어린 시절의 상처를 대수롭지 않게 생각하는 사람들이 있다. "우리 때는 다 그랬지."라는 말은 위안이 되지 않는다. 어린 시절 나를 상습적으로 괴롭혔던 친구는 성인이 되어 아무렇지 않은 듯이 내게 메시지를 보냈지만, 단 한 번도 그때의 괴롭힘에 대해 사과하지 않았다. 아마 기억조차 못하고 있는 듯했다. 나는 용서할 수 없는 사람일지라도 글을 통해 가벼이 흘려보낸다. '그래, 나도 누군가에게 그렇게 상처를 줬겠지!' 하면서. 글을 쓰면서 나의 상처는 희석된다. 그리고 점차 기억에서 사라질 것이다.

자신이 어떤 사람인지 알려면 자기 이야기를 글로 써봐야 한다. 남들이 바라볼 땐 별 문제 없어 보이는 일상일지라도 알 수 없는 허무함에 우울증을 겪는 사람들이 많다. 인생에 대한 고민은 사춘기 청소년만 하는 것이 아니다. 특히 20대에서 30대의 삶으로 향하면서, 30대에서 40대에 들어서면서, 40대가 끝나고 50대의 삶이 시작되면서 삶에 대한 진지한 고민을 한다. 지금까지 나는 잘 살아 온 것인지, 앞으로의 인생은 어떠해야 하는지 스스로 고민하고 답을 찾기 위해서 우리는 글쓰기를 시작해야 한다.

코로나로 오프라인 강의가 줄어들어 온라인으로 글쓰기 클래스를 시작했다. '힐링 글쓰기 클래스'라는 이름으로 4주간 글쓰기 강의를 하며 수강생들에게 매주 글쓰기 과제를 내주고 수업 때 피드백을 해주었다. 다양한 주제로 글을 쓰며 지난날을 돌아보는 시간을 가졌다. 서로의 글을 읽고 느낌을 채팅창에 남겨주기도 하면서 이해하고 공감하며 따뜻한 시간을 보냈다.

클래스를 운영하면서 누구나 살아오는 동안 잊지 못하는 상처 하나쯤은 있다는 것을 알게 되었다. 수강생들은 혼자 가슴에 품고 있던 상처를 글을 쓰며 끄집어내는 경험을 통해 속이 후련하고 마음이 편안해졌다고 했다. 다른 사람들의 글을 읽으며 혼자만 힘든 인생은 없다는 것을 깨닫는 계기가 되었고, 지금의 삶에 더욱 감사하는 마음을 가지게 되어 보람된 시간이었다고 했다.

얼마 전 코오롱 인더스트리 기업 신입사원을 위한 동기부여 강연을 두 차례 진행했다. 현재 일을 하며 느끼는 감정에 대해 글로 표현하고 발표하는 시간을 가졌다. 생각을 글로 정리하면서 지난 시간을 돌아보고 비전을 세울 수 있었다. 어제보다 더 긍정적이고 활기찬 에너지로 일을 하기 위한 동기를 부여하는 시간이었다. 함께 글을 쓰고 발표를 하다 보면 평소에 알지 못했던 상대방을 이해하게 된다. 바쁜 일상에서는 자신의 말에 귀 기울여 주는 사람을 찾기 힘들고, 그러기에 속마음을 드러내는 데는 늘 용기가 필요하기 때문이다.

코로나로 많은 사람들이 직장을 잃었고 사업을 접었다. 타인의 큰 상처와 실패보다 자신의 작은 실수와 아픔이 더 크게 와 닿는 건 누구나 마찬가지일 것이다. 일을 하다가 어느 새 나태해진 자신의 모습을 모른 척 지나쳐버리면 처음에 가졌던 마음은 어느 순간 사라지고 만다. 어떤 마음으로 이 일을 시작했는지 가끔씩이라도 떠올려볼 필요가 있다. 사람들을 만나면서 가장 안타까운 부분은 힘든 마음을 해소할 길이 없어 원치 않는 선택을 할 때다. 그저 놓아버리면 모든 것이 끝날 것 같지만, 우리의 삶은 그리 단순하지 않다. 포기하면 포기할수록 더 힘들어지는 것이 인생이다. 포기도 후회하지 않을 용기가 필요하고, 생각 없는 선택은 인생을 더욱 고달프게 만드니까.

포스코 인터내셔널 기업 자원봉사자 단원들을 위한 '자존감을 높이는 글쓰기' 강연을 진행했다. 봉사 활동을 하면서 의욕을 상실하거나 동기부여가 되지 않는 경우가 많아 고민이었다. '지금도 후회되는 그때 그 순간'이라는 주제로 5분 동안 글을 쓰고 발표하는 시간을 가졌다. 짧은 시간 동안 집중하며 써낸 글을 누군가 들어주는 것만으로도 위안을 얻을 수 있는 시간이었다. 발표를 하는 사람들은 그동안 억눌렀던 감정이 올라오는 경험을 했다. 서로의 상처에 귀 기울여 주는 값진 시간이었다.

누구나 말 못 할 상처 하나쯤은 안고 살아가며, 우리는 타인의 아픔을 통해 자신의 삶을 들여다본다. 세월이 흘러 이제는 괜찮다고 생각하더라도 어느 순간 훅하고 치고 올라오는 감정에 자신도 어쩔 줄 몰라 하는 경우가 많다. 나 역시 그렇다. 어느 날 구슬픈 노래 한 곡을 듣다가 생각나는 사람도 있고 떠오르는 기억도 있다. 알 수 없는 눈물이 흐를 때면 '아직 완전히 떠나보내지 못했구나.'하고 알아차리게 된다. 지금의 삶에서 힘을 발휘하지 못하는 고통의 기억이더라도 그때의 순간을 떠올릴 때 그런 감정이 생길 수 있다. 그저 흘러가도록 내버려두면 된다.

내가 떠나보내야 하는 것은 사람만이 아니다. 그때 그 시절의 힘들었던 감정 또한 마찬가지다. 힘든 마음을 쉬지 않고 미친 듯이 써내려가다 보면 마음 깊숙이 숨겨져 있는 내 마음과 마주하는 순간이 온다. 그럴 때 피하지 말고 계속해서 그 마음이 글이라는 밧줄을 잡고 올라올 수 있도록 허락해야 한다.

자존감이 낮아 아무것도 할 수 없다고 느낄 때, 글을 써보라. 글을 쓰면서 사소하지만 무언가를 해낸 적이 있는 자신을 발견하게 될 것이다. 자신의 잘못을 스스로 뉘우치며 더 나은 내가 되기를 간절히 바라고 있는 자신을 바라보게 된다. 감춰두었던 아픔을 꺼내어 떠나보낼 수 있는 용기를 얻게 될 것이다. 무엇이 되었든 글을 쓰면서 우리는 이전과는 다른 내가 될 수 있다. '인정하지 못했던 나'에서 '인정하고 믿어주는 나'로 말이다.

우리를 고통에 빠뜨리는 강력한 감정은 분노의 감정이다. 화를 다스리지 못해 고통을 겪는 사람들을 본다. 살면서 절대 용서할 수 없는 사람에 대해 글을 써보자. 나는 왜 그 사람을 용서하지 못하고 있는지 글을 쓰며 생각해보자. 글을 쓰면서 마음이 차분해지면 그때의 내 모습을 객관적인 관점에서 바라보게 되고, 나 역시 어느 정도는 책임이 있다는 것을 스스로 인정하게 된다. 어쩌면 그 사람이 아닌 자신을 용서하지 못하고 있었는지도 모른다. 하지만 나에게 큰 상처를 주어 도저히 용서할 수 없는 사람이 있다면 억지로 용서할 필요는 없다. 세상에는 용서받을 자격조차 없는 사람도 있으니까. 상대방에 대한 분노가 자신의 영혼을 갉아먹지 못하게 막는 것은 내 인생에 대한 예의다. 그래서 떠올리고 싶지 않지만, 나를 힘들게 하는 사람에 대해 글을 써보는 것이다. 글을 쓰면서 나를 화나게 만드는 존재를 의미 없는 존재, 희미한 존재로 만드는 것이다. 이렇게 글쓰기는 우리의 상처를 치유하고 용서할 수 없는 사람을 용서하게 만든다.

소설가, 극작가, 평론가로 20세기에 활약하며 인기를 얻었던 그레이엄 그린은 우울증 때문에 글쓰기를 시작했다. 청소년기에 괴롭힘과 극심한 우울증에 시달리면서 자살을 기도하기도 했다. 그때 정신과 의사가 치료의 한 방편으로 글쓰기를 권했다. 그는 절망에서 자신을 구원하기 위해 글을 썼으며, 그의 작품은 많은 대중에게 폭발적인 인기를 얻었고 문단에 자신의 이름을 알렸다. 자신의 기억에 대해서, 아픔에 대해서 글을 쓴다는 것은 더 이상 내면에 있는 것과 다투지 않고 화해하고 있다는 증거다.

우리는 막연히 생각할 때와 생각을 글로 쓸 때 느끼는 감정이 다르다. 내가 가진 상처가 글을 통해 내면 깊숙이 침투해 마음속을 휘젓고 거리두기를 반복하며 자연스럽게 내면을 치유한다. 우리는 살아가면서 얼마나 많은 순간을 즉흥적인 감정에 휩싸여 망치고 있는가. 조금만 찬찬히 생각해보면 별거 아닌 일로 분노하고 화를 내며 자신을 괴롭히고 타인을 괴롭히지 않는가. 그동안 자신을 괴롭혔던 일에 대해, 절대 잊을 수 없는 것에 대해 글을 써보라. 글을 쓰면서 자신을 믿는 법을 터득하게 되고, 자신을 괴롭혔던 일들이 사소하게 느껴지게 될 것이다. 글을 쓰며 마음을 다스리고 조금 더 인내하는 사람이 될 수 있으니 글쓰기의 가치는 글을 쓰는 고통에 비할 수 없다.

06

더 나은 세상을 위한 글쓰기

내가 쓰는 글은 글을 쓸 거라고 전혀 예상하지 못했던 순간부터 오랫동안 생각했던 것들이다. 나의 경험이 나 혼자만의 것이라 생각하지 않았고, 그런 생각은 조금씩 자라나 글이 되었다. 내가 느꼈던 불편했던 감정과 어쩔 수 없다고 생각했던 수많은 사건들은 살아가면서 내게 질문을 던졌다. 글을 쓰지 않았다면 사라지고 말았을 생각들이 글을 쓰면서 깊이를 더해 간다. 세상과 나를 연결할 수 있는 단 하나의 길이 '글쓰기'라는 것을 알고 있다.

중학생 아들은 매일 저녁 글을 써서 내게 가져온다. 대통령이 되겠다는 꿈을 가지고 있는 아들은 역사에 관심이 많아 매일 역사를 주제로 글을 쓴다. 글을 쓰면서 글씨도 반듯해지고 제법 글쓰기 실력이 늘어났다. 대통령이 되겠다는 꿈을 꾼 건 초등학교 때부터다. 초등학교 때 친구들을 가끔 만나면 "아직도 대통령이 되겠다는 꿈을 꾸고 있냐?"며 물어본다고 한다. 처음에 그렇게 말했을 땐 웃고 넘겼던 친구들도 이제는 "네가 대통령이 된다면 내가 꼭 뽑아줄게." 라고 한단다. 대통령이든, 다른 무엇이든 네가 꿈꾼다면 그리고 노력한다면 안될 이유가 없다고 말해준다. 꿈을 꾸는 것도 좋지만 꿈을 이루기 위해 노력하는 과정이 훨씬 중요하다는 것을 알려준다.

며칠 전 부산에 있는 동아대학교 미디어커뮤니케이션학과에 독서와 글쓰기를 주제로 강연을 다녀왔다. 독서와 글쓰기의 중요성, 좋은 책을 선별하는 방법, 글쓰기 습관을 만드는 법, 온라인 글쓰기 등에 대해 알려주고 소통하는 소중한 시간이었다. 학과 교수님은 나의 대학 선배다. 해마다 후배들을 위해 강연 요청을 해준다. 학생들이 글쓰기와 친해지도록 종이 노트와 연필을 제공해 과제를 받고 있었다. 책과 글쓰기가 아니더라도 흥밋거리가 넘치는 지금의 세상에서 이렇게라도 글을 쓸 수 있게 한다는 것은 의미가 있다. 경험해보지 않아 깨닫지 못하는 사람들이 많으며, 알지 못했던 세상을 경험하고자 마음먹는 사람들은 생각보다 적기 때문이다.

SNS에는 행복한 순간만 있다. 나는 불행한데 다른 사람들은 사진의 모습처럼 마냥 행복하기만 한 것 같아 우울해진다. 그 누구도 자신의 불행을 자랑하고 싶진 않다. 핸드폰에 하루 종일 의존하며 살아가더라도 얼굴을 본 적 없는 사람들과 진심으로 소통하고 서로를 위로할 수 있는 힘은 쉽게 가질 수 없다. 비대면 사회의 인간관계는 대면 사회보다 어렵다. 말을 잘하지 못하는 사람도 대면으로는 눈빛이나 행동으로 충분히 의사를 전달할 수 있기 때문이다. 반면에 사람을 만나 이야기하고 의사 표현하기를 어려워하는 사람들은 비대면 사회가 편하다고 한다. 자신의 부족한 부분을 피할 수 있어서 말이다. 하지만 자신의 진심을 제대로 드러내는 것은 생각보다 어렵다. 더 신중하게 생각하고 표현해야 하는 것이다.

나는 마케팅을 배우는 수강생들에게 SNS에서 짧은 글을 쓰기 전에 블로그에 긴 글을 쓰는 연습을 하라고 말한다. 자신의 생각을 긴 글로 설명하는 것보다 핵심을 담아 짧은 글을 쓰는 게 훨씬 어렵기 때문이다. 긴 글을 쓰는 연습이 된 사람은 짧은 글로 요약하는 것도 수월하게 할 수 있다. 짧지만 임팩트 있는 글을 쓰기 위해 생각을 정리하며 쓰는 훈련이 충분히 뒷받침되어야 한다.

블로그를 시작하는 사람들은 처음에는 단 몇 줄을 쓰기도 힘들다고 하소연한다. 평소에 글을 써보지 않은 사람일수록 힘겨움을 느낀다. 매일 조금씩 글을 쓰다 보면 생각을 끄집어내기가 더 수월해져 좀 더 길게 쓸 수 있게 된다. 이렇게 훈련에 훈련을 거듭하면 긴 호흡으로 하나의 글을 쓸 수 있다. 블로그로 글쓰기와 친해지고 SNS에서 글을 쓰며 활동을 한다면 어렵지 않게 생각을 표현하고 사람들과 소통하며 즐길 수 있을 것이다.

지금은 누구나 자유롭게 자신을 어필할 수 있는 시대다. SNS를 통해 자신이 좋아하는 것, 하고 있는 일을 알리며 같은 생각을 갖고 있는 사람들과 커뮤니티를 형성한다. 간혹 자신을 오해하는 사람들을 보게 되면 혼란을 겪기도 한다. 내가 누군지 제대로 정의하지 못한다면 사람들이 나를 정의 내리는 대로 살아야 한다. 그런 의미에서 자신에 대해 깊이 있게 고민하며 스스로를 제대로 알리는 글쓰기는 필수다.

많은 사람들이 퍼스널 브랜딩에 관심이 많다. 누구나 자신의 가치를 세상에 알리고 싶어 한다. 자신을 알릴 수 있는 매체도 다양하며, 비용을 들이지 않고 활용할 수 있는 시대다. 하지만 방법을 알아도 자신을 알지 못해 아무것도 할 수 없는 사람들이 많다. 전문가가 조언을 해주더라도 자신의 것으로 만들지 못한다. 전문가의 도움을 받기 전에 스스로 답을 찾아야 하는 과정을 생략했기 때문이다. 전문가들 역시 자신의 가치와 강점을 찾아가기 위한 노력에 가장 많은 시간을 보낸 사람들이다. 전문가는 도움을 주는 사람일 뿐이다. 내가 어떤 목표를 가지고 어떤 삶을 살아갈 것인지, 내가 가진 어떤 가치를 세상에 알릴지는 자신만이 찾을 수 있다. 내가 어떤 사람인지, 어떤 가치를 가진 사람인지를 파악해 사람들에게 내게서 원하는 가치를 제공할수록 나의 영향력이 커진다. 사람들은 필요한 것을 찾기 위해 시간을 투자한다. 필요한 것을 제공하는 사람에게 더 많은 관심을 보이며 도움을 얻은 만큼 도움을 주고 싶어 한다. 그러니 무작정 글을 써서 올리기 전에 혼자 고민하는 시간을 충분히 가졌으면 한다.

요즘 한 달에 두 번씩 꽃집 사장님을 만난다. 현재 소상공인을 위한 지원 사업에 참여해 컨설팅을 진행하고 있는 업체 중 하나다. 그녀는 10년 넘게 꽃집을 운영하고 있다. 최근 이런저런 일들로 고민이 많아 오랫동안 운영한 블로그에 관심이 줄어든 상태였는데, 지속적인 컨설팅을 하면서 다시 열정을 끌어올려 지금은 매일 글을 쓰고 있다. 글을 쓰면서 일에 대한 의욕이 높아져 신제품 개발도 열심히 하고 있다. 덕분에 주문량도 많이 늘었고, 예전에 소통했던 고객들과도 다시 이어졌다. 현재 브랜드 인지도가 높지 않아 고민이라고 했지만, 그동안 노력했던 부분들을 잘 연결하고 활용한다면 차별화된 브랜드를 만들어 갈 수 있을 거라는 생각이 든다.

나는 창업 교육으로 많은 소상공인을 만난다. 그들에게 글쓰기의 중요성을 늘 강조한다. 일에 대한 생각과 열정, 일과 관련된 다양한 스토리, 사람들과의 소통, 상품을 소개하는 것 모두 글쓰기와 연관되어 있다. 글을 쓸수록 타인을 설득하는 데도 유리하다. 코로나 시대가 되면서 글쓰기의 중요성은 더욱 커졌다. 온라인으로 글을 써보지 않았던 사람들도 개인 채널을 만들어 글을 쓰고 생각을 표현하기 시작했다. 영상으로 말을 하는 것도 글로 먼저 작성하면서 정리한 후 말을 하는 것과 정리되지 않은 생각을 말하는 것은 다르다.

다양한 온라인 강의 영상을 촬영하면서 완벽하게 대본을 작성한 후 촬영하는 것과 그렇지 않은 경우는 완성도에서 차이가 많이 난다. 최근 네이버 비즈니스 스쿨에 한 달 전 촬영한 강의 영상이 업로드되었다. 몇 달간 교육 담당자와 함께 기획하고 완성해 나가며 많은 수고가 있었지만, 노력한 만큼 완성도가 높은 영상이 나와서 만족스러웠다. 촬영 전날 내가 작성한 대본을 꼼꼼하게 체크하며 여러 번 읽으면서 연습을 해서 그런지 촬영 당일에 매끄럽게 진행할 수 있었다. 평소에 글을 쓰지 않았다면 강의안을 만드는 것도, 내용을 정리하는 과정도 힘들게 느껴졌을지 모른다. 내가 하는 모든 일이 글쓰기와 무관하지 않다.

글을 쓰면서 누군가에게 도움을 주는 삶은 가치 있다. 자신이 아는 것을 사람들에게 공유하며 배움을 전하는 것은 의미 있는 일이다. 우리는 함께 살아가는 존재이기에 나만 잘된다고 행복해지지 않는다. 원하는 삶의 모습이 있다면 스스로 찾기 위해 노력해야 하고, 스스로 증명할 수 있다면 타인의 삶에도 영향을 주게 될 것이다. 더 나은 세상을 원한다면 자신이 원하는 것이 무엇인지부터 알아야 한다. 그리고 그런 세상을 위해 할 수 있는 일이 무엇인지 찾아가야 한다. 내가 글을 쓰며 나를 바꾸고 타인을 변화시킬 수 있는 힘을 키우듯이 많은 사람들이 글을 쓰며 성장하는 삶을 살아가길 바란다.

07

글쓰기 목표를 이루기 위한 멘탈 강화법

어니스트 헤밍웨이는 이런 말을 남겼다.

"진정한 작가에게는 각각의 작품이 이룰 수 없는 것에 다시 도전하는 새로운 시작이다. 항상 작가는 한 번도 이루어진 적이 없거나 다른 이들이 도전했다가 실패한 것에 도전해야 한다. 그러고 나면 이따금 큰 운이 따라 성공하게 된다."

그동안 글을 통해 변화한 사람들을 자주 봐왔다. 아무런 목표도, 즐거움도 느끼지 못했던 한 청년이 글을 쓰기 시작하면서 목표를 정하고 열정을 쏟는 모습을 봤으며, 글을 쓴 후 인생이 크게 달라진 사람도 있었다. 거창한 목표는 필요 없다. 즐겁게 받아들일 수 있을 정도의 목표를 정하면 된다. 부담스럽지 않다면 목표를 크게 잡아도 되지만, 지금의 현실에서 도저히 상상할 수 없는 목표라면 오히려 독이 될 수도 있다. 목표를 정하는 것은 현실과 얼마나 차이가 나는지가 중요하지 않다. 내가 바라볼 수 있는, 상상할 수 있는 지점이 나의 목표가 된다. 중요한 것은 우리 모두에겐 아직 발견되지 않은 보물이 숨겨져 있다는 사실이다. 그리고 그것을 스스로 얼마나 인정하느냐에 달렸을 뿐이다.

새로운 주제로 글을 쓸 때마다 새로운 도전이라 생각한다. 책을 쓰면 쓸수록 수월하지 않느냐는 질문을 받지만, 사실 그렇지 않다. 주제가 달라지고, 그동안 내 생각도 많이 변화했기 때문이다. 늘 새로운 시작이다. 글 쓰는 근육은 쓰면 쓸수록 단련되어 마음을 제대로 먹으면 언제라도 끝낼 수 있다는 자신감은 있다. 책을 쓰는 동안에는 곁눈질을 해서는 안 된다. 말없이 앉아 생각하고 쓰기를 반복하는 일상을 견뎌내야 한다. 규칙적으로 운동을 하고, 음식을 조절하는 것도 글을 쓰기 위해 신경 쓰는 부분이다. 컨디션이 좋지 않으면 정신력이 함께 무너지기 때문이다.

아마 글을 쓰는 사람은 누구든지 글로 성공하고 싶다는 욕심이 있을 것이다. 정도의 차이가 있겠지만. 욕심을 가지지 않고 뭔가를 해낸 적은 없다. 첫 책을 쓸 때는 몸과 마음이 너무 힘들었지만, 반드시 책을 출간한다는 목표를 가지고 이겨냈다. 새벽 늦게까지 잠을 자지 않고 글을 쓸 수 있었던 건 그만큼 간절했기 때문이다. 간절하지 않다면 자신을 이길 수 없다. 우리는 살아가면서 타인보다 자신을 이기지 못해 좌절한다. 세상에서 가장 힘든 일은 자신을 변화시키는 일이다. 타인의 삶에 집중하고, 타인을 분석하는 일은 참 쉽다. 타인과 나를 비교하는 일은 더 쉽다. 그래서 멘탈 무너뜨리기는 노력 없이도 할 수 있는 일이다.

글을 꾸준히 쓰겠다고 결심했다면 블로그에 매일 감사 일기를 쓰거나 일상의 경험과 생각을 써보면 좋겠다. 자신의 일기장에 편하게 생각을 적어보는 것도 괜찮다. 책을 쓴다면 기한을 정해서 매일 조금씩 집필을 해야 한다. 나는 책을 쓰기 시작하면서 나름의 목표 일을 정하고 썼다. 지금 쓰고 있는 일곱 번째 책은 다른 책보다 더 긴 시간을 투자하고 있다. 강연과 다른 일들로 바빠 틈틈이 시간을 짜내어 집필에 몰두하고 있다. 포기하지 않고 쓸 수 있는 힘은 '간절함'에서 나온다는 것은 변함이 없다.

글을 쓰든, 일을 하든 우리는 항상 멘탈을 강화시키기 위해 애써야 한다. 무너진 멘탈로 해낼 수 있는 일은 어디에도 없기 때문이다. 창업을 시작하고 악성 고객으로 인해 일을 그만두는 사례도 많이 본다. 정보가 부족해서가 아니라 사람 때문에 일이 즐거워지거나 힘들어지기도 하는 것이다. 세상은 홀로 살 수 없기에 사람을 상대하지 않고 살아갈 수 있는 사람은 드물다. 한 사람의 삶을 들여다보고 이해하는 일은 여간 힘든 것이 아니다. 단시간에 파악하기 어렵기에 오해도 발생하고 힘든 시간을 보내기도 한다. 하지만 자신을 힘들게 하는 사람으로 인해서 내가 가진 중요한 가치들을 포기할 필요는 없다. 포기는 스스로 깊이 생각하고 판단한 후 결정해야 하는 중요한 부분인 것이다. 그래서 우리는 멘탈을 강화시키려는 노력을 지속해야 한다.

멘탈이 강해지는 과정은 단순한 상승 곡선이 아니다. 멘탈이 약해지고 강해지는 과정을 수없이 반복하는 과정이다. 멘탈이 약해지는 순간 다시 회복되었다가 어느 순간 다시 약해지더라도 회복되기까지의 시간이 단축되면서 조금씩 강해진다. 멘탈이 약해지는 것은 한순간이지만, 회복과 강해지는 시간은 오랜 시간이 걸린다. 강한 것을 얻기 위해서는 그만큼의 노력과 인내가 필요한 법이다.

창업을 시작했을 때가 생각난다. 처음으로 장사를 시작하면서 참 많은 눈물을 흘렸다. 거래처 때문에 울고, 상처 주는 말을 하는 고객 때문에 울었다. 나 자신이 그렇게 하찮게 느껴질 수가 없었고, 이런 감정으로 계속 일을 할 수 있을까 하는 고민을 한동안 했더랬다. 하지만 그 시간을 아파하고 견뎌내면서 나는 조금씩 더 강한 사람이 되었다. 조직생활을 하면서 한정된 사람들 속에서 느꼈던 힘듦과는 많이 달랐다. 새로운 세상에 발을 디디면 그만큼 적응시간이 필요하다는 것을 깨달았다.

지금도 새로운 일을 할 때면 그때처럼 적응시간이 필요하다는 것을 안다. 새로운 도전을 통해 지금까지 성장해 오면서 내게 가장 큰 힘이 되었던 건 글이 주는 힘이었다. 무엇에 도전하든 자신만의 글을 쓰는 사람으로 살아간다면 그만큼 더 강해질 수 있을 것이라 확신한다. 글을 쓰면서 단단한 내면을 가질 수 있기에 남들보다 빠르게 성장할 수 있다.

내 생각에 우리의 멘탈을 쥐고 흔드는 가장 강력한 적은 '외로움' 같다. 나이를 먹을수록 외로움은 가장 큰 두려움으로 다가온다. 우리의 부모님들은 젊은 시절엔 허리띠 졸라매고 우리를 키웠고, 나이가 들어서는 지독한 외로움과 싸우며 살아간다. 부모와 자식 간에도, 친한 친구라 해도 자신의 마음을 조건 없이 보듬어 줄 이가 아쉬운 세상이다. 누군가의 위로가 절실한 순간, 단 한마디 위로의 말을 들을 수 있다면 이 순간을 이겨낼 수 있을 것 같은데, 곁에 아무도 없을 때 우리는 무너진다. 이 순간을 혼자서 견뎌낼 수 있다면 우리는 이전보다 강한 사람이 된다.

글을 쓰는 것은 외로움을 이겨내는 과정이다. 글은 혼자서 쓰는 작업이며, 다른 사람의 존재가 오히려 방해가 되는 고독한 행위다. 스스로 선택한 외로움이기에 강해질 수 있다. 글쓰기 목표를 정하고 완수할 때까지 포기하고 싶다는 마음과 스스로에게 자격 여부를 따지고 싶은 마음이 반복해서 찾아온다. 오랫동안 글을 써온 작가들도 어느 순간 자신의 글이 형편없다고 느끼며 마감일이 다 되어서야 첫 문장을 쓰는 사람도 있다. 글은 쓸수록 늘지만 쓸수록 더 외롭고 힘든 작업인 것 같다. 힘들지만 그만둘 수 없는 것이 내게는 글쓰기다. 어쩌면 잘 살아내기 위해서 글을 쓰고 싶은 것인지도 모르겠다. 글을 쓰는 동안의 내 모습이 가장 마음에 들기 때문이다.

글을 쓸 때는 그 어느 때보다 몰입이 잘된다. 복잡한 카페에 앉아 글을 쓰더라도 아무런 소리도 들리지 않고, 사람들의 모습에 눈길이 가지도 않는다. 그저 노트북과 내 손가락의 움직임만 느껴질 뿐이다. 몰입이야말로 글쓰기의 가장 큰 매력이 아닐까 한다. 어떤 장소에서도 자신에게 갈 수 있는 방법이니까. 카페에서 글을 쓰다 잠시 밖으로 나가 햇볕 아래서 잠깐 걸었다. 오늘은 정말 글쓰기 좋은 날씨라는 생각이 들었다. 비가 내리면 빗소리를 들으며 글을 쓸 수 있어 환상적이고, 맑으면 맑은 대로 완벽한 날이다. 이 원고를 마치고 나면 나는 또 다른 주제를 생각하며 집필을 준비할 것이다.

강한 멘탈은 일상의 노력이 쌓이면서 자연스럽게 따라오는 선물이다. 멘탈이 강해지면 마음의 여유가 생기고 생색내지 않으며 모든 것에 감사한 마음이 든다. 청룡영화상 시상식장에서 남우주연상을 받은 배우 황정민의 밥상 소감은 오랫동안 우리에게 감동을 주었다. 그가 보여준 겸손과 여유로움의 이면에는 포기하지 않는 인내와 꾸준한 노력이 존재한다는 것을 우리는 느끼기 때문이다.

나쁜 것, 보잘것없는 것은 쉽게 얻을 수 있지만 좋은 것, 소중한 것은 노력을 통해서만 얻을 수 있다. 사랑을 얻기 위해서는 끈질긴 노력이 필요하지만, 분노를 얻기 위해 고된 노력은 필요 없는 것처럼. '노력'이라는 단어를 자주 사용하면서 정작 노력하는 것은 피로하다 느끼는 우리는 주어지는 것에 감사함을 느끼지 못해 소중한 것을 잃고 나서야 그 가치를 깨닫는다. 스스로 나약한 존재로 만들어 무너져 내리는 멘탈을 방치한다. 글 쓰는 습관은 우리를 강하게 만들어 주지만, 목표 없는 글쓰기는 무의미하다. 명확한 목표를 정해 글 쓰는 습관에 익숙해진다면 당신은 충분히 강해질 수 있다.

08

일과 병행하며 작가로 살아가기

처음에 책을 쓰기 시작할 때 내가 가장 부러웠던 사람은 자신의 이름으로 책 한 권을 출간한 사람이었다. 처음이라 어려움이 컸던 나는 이렇게 힘든 일을 해낸 사람들이 대단하게 느껴졌다. 그들이 했다면 나도 할 수 있다는 마음으로 포기하지 않고 썼다. 책이 세상에 나오면서 나의 부러움의 대상은 달라졌다.

지금도 첫 책을 쓸 때의 마음을 기억한다. 창고로 사용하던 방을 정리해 가족들이 잠든 시간에 책을 썼다. 밤부터 새벽 5시까지 쓸 때도 있었고, 일찍 잠든 날은 새벽 5시에 일어나 쓸 때도 있었다. 지금 생각해보면 분명 수면이 부족해 많이 피곤했을 텐데, 나의 열정은 대단했고 원고를 끝낼 때까지 식지 않았다.

창업의 과정을 책에 담으면서 그동안의 경험과 시행착오의 과정을 정리해 나갔다. 아무것도 모르는 가운데 창업을 시작할 누군가를 위해 창피했던 경험도 아낌없이 썼다. 일을 하면서 힘든 순간도 많았지만, 글을 쓰면서 깨달은 것은 소중하지 않은 경험은 없다는 것이었다. 후회가 없을 만큼 온 마음을 다해 글을 썼고, 노력은 나를 배신하지 않았다.

첫 책은 생각보다 반응이 좋았고, 책을 통해 강연 요청이 들어왔으며, 창업을 준비하는 사람들에게서 컨설팅 요청도 들어오기 시작했다. 책을 쓰면서 이미 많은 것을 얻었는데, 그것은 시작에 불과했던 것이다. 출간 이후 나의 모든 것은 달라졌다. 나는 세상을 향해 두려움 없이 나아갈 준비가 되었고, 첫 책이 출간된 지 얼마 되지 않아 두 번째 책을 세상에 내놓았다. 그렇게 여섯 권의 책을 쉼 없이 썼다. 더 이상 인생을 허비하고 싶지 않았고, 할 수 있는 한 최선을 다해 인생을 바꾸고 싶다는 간절함을 가지며 살아가고 있다.

내가 아는 한 사람은 몇 권의 책을 냈는데, 어떤 책도 돈이 되지 않자 이제 쓰지 않겠다고 말했다. '내가 만약 처음부터 돈을 목표로 책을 썼다면 지금 이렇게 일곱 번째 책을 쓸 수 있었을까?' 하는 생각을 했다. 책을 쓰는 과정에서 얻는 것이 없었다면 이렇게 힘든 과정을 되풀이할 수 없었을 것이다. 내 일을 하면서 꾸준히 책을 썼기 때문에 더 단단한 내가 될 수 있었고, 내가 하고 있는 일을 더 잘 해낼 수 있었다.

책을 통해 다양한 기회가 주어졌으며, 새로운 기회로 만난 사람들은 내가 끈기 있게 책을 쓴 것을 대단하게 생각했다. 노력의 시간을 알아봐 주는 사람들이 고마웠다. 책을 보고 연락을 해오는 독자들 또한 계속 책을 쓸 수 있는 힘이 된다. 내 글을 읽고 용기를 얻을 때 글을 쓰는 보람을 느낀다. 사람은 쉽게 해낼 수 없는 일을 할 때 스스로 자부심이 생기며, 자신감 또한 커질 수 있는 것이라 생각한다.

글을 쓰기 시작하면서 세상을 바라보는 시야가 넓어졌다. 과거에는 당장의 현실에 연연하며 살았다면 지금은 멀리 내다보며 살아가려 애쓴다. 지금 내가 하는 일과 지금의 선택이 앞으로 내 삶에 어떤 영향을 주는지, 내가 원하는 삶의 모습에 다가갈 수 있는 길인지 한 번 더 생각해본다. 글을 쓰면서 마음의 여유가 생겼고, 사소한 일로 일희일비하지 않는 사람이 된 것이다. 이것만으로도 나는 글을 쓰며 얻어야 할 모든 것들을 얻었다고 생각한다.

나이가 들었을 때의 내 모습을 떠올려보면 글을 쓰고 있었으면 좋겠다는 생각을 늘 한다. 외로움을 이겨내기 위해 가장 좋은 방법임을 알기 때문이다. 앞을 볼 수 있고 글을 쓸 수 있다면 죽는 순간까지 글을 쓰며 외롭지 않게 나를 지키면서 살아갈 수 있을 것이다. 그때를 상상하며 글을 쓴다. 바쁜 일상을 보내면서도 글쓰기를 놓지 않는 것은 이런 꿈을 꾸며 희망을 안고 살아가기 때문이다.

지금 당장 해야 할 일이 많아 글을 쓸 시간이 없다고 하소연하는 사람들이 있다. 자신의 일을 더 많은 사람들에게 알리고 싶고 유명해지고 싶은데 여유가 없다는 것이다. 하루 종일 글을 쓸 여유가 있다고 해도 많은 시간을 할애해 글을 쓰기는 쉽지 않을 것이다. 책을 읽는 것도, 글을 쓰는 것도 마음의 문제라는 것을 안다.

직장에 다니는 사람들은 주말을 위해 평일에 최선을 다한다. 주말에 충분히 에너지를 충전하고 다시 한 주를 살아낸다. 주어진 일에 최선을 다하는 것은 당연하다. 열심히 살았는데 왜 작년과 다르지 않은지 불만을 토로하는 사람들이 있다. 눈을 떠서 그날 해야 할 일만 하고 나머지 시간은 휴식과 수면으로 채운다면 과연 성장할 수 있을까. 만족스러운 삶을 살아가는 대부분의 사람들은 자신을 위해 일한다. 타인을 위해 일할 수밖에 없는 환경일지라도 자신의 삶을 우선으로 생각하며 자신을 위해 해야 할 일을 반드시 한다. 나를 성장시켜 주는 것은 스스로의 필요에 의해 의도적인 노력을 기울일 때다. 물론 직장 생활을 하면서도 충분히 성장할 수 있다. 남들보다 나은 성과를 만들기 위해 개인적인 역량을 강화하는 일은 스스로 선택할 수 있다. 저녁 시간과 주말을 활용해 운동으로 자기관리를 해서 더욱 의욕적인 삶을 살아갈 수 있으며, 자신을 계발할 시간을 가짐으로써 미래를 위한 준비를 할 수 있다.

지금 해야 하는 일에 충실히 임하면서도 자신의 꿈을 향한 노력의 시간은 반드시 필요하다. 언제까지나 타인이 주도하는 삶에 이끌려 갈 수는 없기 때문이다. 당장의 환경을 바꿀 수 없더라도 원하는 삶을 위한 준비는 늘 필요하다. 나에게 미래를 위한 준비의 시간은 바로 책을 쓰는 시간이다. 그래서 피곤하고 힘들어도 '남이 시킨 일'뿐만 아니라 '내 일'을 놓지 않고 하는 것이다. 언제나 중심은 자신이 잡고 살아야 한다.

서점에 가면 다양한 분야의 책들이 눈길을 사로잡는다. 글 쓰는 건축가, 글 쓰는 예술가, 글 쓰는 요리사 등 글을 쓰면서 자신의 일을 해내는 사람들을 본다. 한 가지 일도 힘들 텐데 어떻게 글을 쓸 수 있는지 사람들은 의아해하지만, 그들이 일을 더 잘할 수 있게 도와준 것이 글이라는 것을 나는 안다. 글은 이렇게 자신이 하는 일의 가치를 발견하게 해주며, 더 잘해 나갈 수 있게 도와준다. 우리는 글을 통해 다양한 분야의 사람들이 어떻게 일을 하며 살아가는지 알게 되고, 글을 쓴 사람은 읽는 사람보다 더 많은 혜택을 얻는다.

글이 좋아 글만 쓰는 삶도 있지만, 나는 다양한 경험의 가치를 포기하고 싶지 않다. 삶을 제대로 살아가지 못하면서 글을 잘 쓸 수 있다고 믿지 않는다. 세상 속에서 사람들과 소통하며 다양한 경험을 한다면 더 좋은 글을 쓸 수 있을 것이다. 글을 쓰며 외로움을 자초하더라도 세상을 외면하지 않고 복잡한 세상 한가운데서 살아가더라도 자신을 잃지 않으려 노력하는 삶을 원한다.

지금 하고 있는 일에 대해 글을 쓰고 다른 사람들에게 도움을 줄 수 있다면 좋을 것이다. 자신이 쓴 글을 모아 한 권의 책으로 만들 수도 있다. 일을 하면서 글쓰기와 병행한다면 힘든 마음을 누군가에게 기대지 않아도 된다. 포기하지 않고 자신의 일을 해 나갈 수 있는 힘을 얻을 수 있다. 글을 쓰면서 자신의 재능을 발견해 원하는 일을 찾은 사람들도 있다. 당신이 어떤 일을 하고 있는지와 상관없이 글쓰기는 그 일을 더 잘할 수 있도록 도와줄 것이다. 일 자체에 매몰되지 않도록 일을 어떻게 해 나갈지 끊임없이 고민하게 될 테니 말이다.

나이를 먹어도 세상과 단절되지 않은 삶, 주체적인 삶을 살아가기 위해 나는 글쓰기를 선택했다. 과거의 나를 변화시키고, 지금의 나를 충만하게 해주며 앞으로의 삶을 기대하게 만드는 것은 바로 글을 쓰는 것이다. 혼자여도 외롭지 않은 사람으로 살아가기 위해 언제까지라도 글을 쓰며 살아갈 것이다.

09

될 때까지 포기하지 않고 쓰기

여섯 권의 책을, 그리고 지금 쓰고 있는 책을 끈기 있게 쓸 수 있는 건 나름의 일관성 있는 자기 믿음 때문이다. 책 한 권을 쓸 때마다 매번 악전고투의 연속이지만, 글을 쓰는 삶이 내게 주는 불변의 가치와 의미를 생각한다. 글을 쓰기 위해 엄청난 재능이 필요하다는 생각을 해본 적이 없다. '재능'이라는 말은 아무것도 없는 가운데 포기하지 않고 그 일을 하고 있는 사람들을 좌절시킬 뿐이다. 포기하지 않는 마음이 재능이며, 끈기를 가지고 될 때까지 해내는 정신이 재능이다. 그러니 재능은 노력으로 만들어 낼 수 있는 것이다.

나는 누군가에게 집요하게 하고 싶은 말을 글로 쓴다. 현재의 상황과 책 주제의 선정은 밀접한 관련이 있다. 현실에서 스스로 힘을 얻기 위해, 그리고 현시점에서 한 단계 더 높은 곳으로 발돋움하기 위한 주제를 정하고 글의 마침표를 찍을 때 실제로 그런 내 모습을 발견한다. 그런 기대감이 있기에 책 쓰기를 포기하지 않는다.

일곱 번째 책을 쓰면서 여느 책보다 시간이 많이 소요되고 있다. 글을 쓰는 동안 '인생'이라는 장애물이 시시때때로 나를 방해하지만, 머릿속으로는 온통 집필에 대한 생각뿐이다. 그전의 책보다 나은 책을 쓰고 싶기 때문이다. 나는 내 영혼을 갈아서 책을 쓴다. 온 마음으로 글을 쓰고 있는 지금 이 순간, 나는 진정으로 살아있음을 느낀다.

무언가를 배우면서 그 공간이 정말 소중했던 때는 작가교육원에서 드라마작가 공부를 할 때였다. 드라마 작가가 되고자 큰 꿈을 안고 강의실에 앉아있던 사람들과 함께했을 때 다시 학생 시절로 돌아간 듯한 기분이었다. 사람이 살아가는 데 가장 중요한 것이 '희망'이라는 걸 상기시킬 수 있었다. 나이도 다르고 하는 일도 달랐지만, 글을 쓰고 싶고 자신이 쓰는 글을 작품으로 남기고 싶은 마음은 모두가 같았다. 이미 현직에서 방송작가로 일하고 있는 사람들, 초등학교 교감 선생님, 가정주부, 대학생, 직장인 등 다양했다. 우리는 늘 글을 주제로 이야기를 나누었으며, 가끔 회식을 할 때도 왜 글을 쓰게 되었는지가 최대 관심사였다. 글에 대한 뜨거운 열정으로 소통했던 그때 그 사람들이 그립다.

내가 존경하는 드라마작가는 노희경 작가님이다. 노희경 작가님의 인터뷰 글이 담겨 있는 책《드라마를 쓰다》를 보면 드라마를 공부하는 후배들이 어떻게 하면 드라마를 잘 쓸 수 있는지에 대한 질문에 답을 하는 내용이 나온다.

> "사랑도 입으로 하고, 글도 입으로 쓰고, 그런데 매일 쓰는 사람은 아무도 못 당하고, 사랑도 실천하는 사람 앞에서는 아무도 못 당한다. 작가되기는 어렵지 않다. 대신 정말 하고자 하는 마음만 있으면 매일 써야 한다. 학생들에게 물어보면 다 열심히 한다는 거야. 뻥치지 말자, 목숨 걸고 해야 한다."

노희경 작가님의 말씀이 맞다. 매일 꾸준히 쓰는 사람을 이길 자는 없다. 2년 가까이 교육원을 다니면서 열심히 해야지, 해야지 하면서 다닐 때만 열심히 대본을 썼다. 바쁘다는 핑계로 대본 쓰기를 미루다 최근에 한 방송사의 단막극 공모전에 대본을 제출했다. 좋은 결과는 기대하지 않는다. 내 힘으로 대본을 마무리해서 응모를 했다는 것에 큰 의미를 둔다. 앞으로 내 일을 하면서도 대본 공부를 하고 대본을 쓰며 공모전에 꾸준히 응모할 것이다.

되고 싶은 게 있으면 될 때까지 노력하는 것이 답이다. 노력하지도 않고 꿈을 이룰 수는 없다. 작가가 되려면 글을 써야 하고, 배우가 되고 싶으면 연기 연습을 꾸준히 하는 게 답이다. 우리 주위에는 끈기 있게, 그리고 미친 노력으로 원하는 일을 얻어낸 사람들이 있다. 그들과 자신을 분리하며 예외를 만들지 않았으면 한다.

책이 좋아 즐겨 읽고 그러다 보면 글이 쓰고 싶어지는 것은 자연스러운 현상이다. 대부분 관심 분야의 책을 자주 읽으면서 자신의 꿈도 같은 방향으로 나아간다. 소설을 좋아하는 사람이 소설가를 꿈꾼다거나 드라마를 좋아하는 사람이 드라마 작가를 꿈꾸게 되는 경우가 많다. 글을 쓰다 보면 읽는 것과는 다르다는 것을 깨닫고 꿈을 포기하게 되기도 한다. 다양한 글을 써보면서 자신에게 가장 잘 맞는 글을 쓰면 좋을 것이다. 노희경 작가님은 처음에 소설가가 꿈이었지만, 드라마 대본을 쓰는 게 더 낫겠다는 선배의 조언으로 드라마를 시작한 사람이다.

우리가 봤을 때 대단해 보이는 사람들이 처음부터 자신의 재능을 단번에 파악해서 시작했던 것은 아니다. 어쨌든 글쓰기를 놓지 않았기 때문에 결국 자신의 길을 찾게 된 거라 생각한다. 글이 좋아 글을 쓰고 싶은 사람은 결국 자신의 글을 쓰게 될 것이다. 그러니 무엇부터 시작해야 할지 모르겠다고 불평하기 전에 지금 쓸 수 있는 글을 쓰면서 글과의 연을 끊어내지 않는다면 자신에게 잘 맞는 글쓰기 방식을 찾아가게 되리라 믿는다.

첫 책을 출간하고 지속적으로 책을 쓴 지 7년 차가 되었다. 작년 중순부터 개인적으로 좋은 기회가 찾아오고 있다. 강의를 하기 시작하면서 나의 롤모델이었던 김미경 대표님이 운영하는 MKYU에 섭외가 되어 블로그 마켓 창업 강의를 촬영할 기회를 얻었다. 라이브 강의 때 김미경 대표님을 직접 만나 내 책에 사인을 해서 드렸는데 얼마나 가슴이 뭉클했는지 모른다. 대표님의 책과 강연이 지금까지 내가 열정을 잃지 않고 노력하는 데 큰 도움이 되었기에 감사함을 전했다.

한여름에 촬영하는 온라인 강의 영상이라 어려움이 있었다. 소음 때문에 촬영을 시작하면 에어컨을 사용할 수가 없었기 때문이다. 나는 매번 한 시간가량 일찍 도착해 촬영장 옆 카페에서 강의 촬영 준비를 했다. 타이트하게 진행하면서 힘들었지만 그만큼 보람도 있었다. 온라인 영상촬영이 끝난 후 담당 작가님과 잠깐 이야기를 나누었는데, 강의 파일을 전날에 일찍 보내주고 빨리 진행할 수 있도록 협조해 줘서 고맙다고 했다. 그리고 섭외된 강사 중 내가 가장 많은 책을 썼다고 인정해 주셔서 감사했다. 책을 꾸준히 쓰지 않았다면 이런 기회는 찾아오지 않았을 것이다.

좋은 기회는 또 하나의 경력을 만들어 내고 그 경력은 또 다른 기회를 가져다준다. 10년을 다닌 회사를 그만두고 5년이라는 경력 중단의 시기가 있었지만, 다시 사회로 나갈 거라는 믿음과 희망을 잃지 않았다. 홀로 창업을 시작해 꾸준히 책을 쓰고 내 일을 하면서 매일 성장하는 삶을 살아가고 있다.

온라인에서 다양한 사람들을 볼 때면 나보다 대단하고 멋지며 화려한 사람들이 눈에 띈다. 부럽기도 하고 존경스럽기도 하다. 많은 자극을 받았지만, 결론은 하나다. '지금 내가 할 수 있는 일에 최선을 다하자!'라는 생각이다. 타인과 나를 비교하며 시간을 허비하는 것에 이미 나는 많은 시간을 흘려보냈기 때문이다. 경력 중단의 시간은 아쉬움과 동시에 내 삶의 소중함을 느끼게 해준 값진 시간이었다.

일상에서 가슴이 가장 뜨겁다 느끼는 순간은 글을 쓰는 순간과 강연을 하는 순간이다. 지금 나는 글을 쓰며 내 안에 뜨거운 피가 흐름을 느낀다. '열정'이라는 것은 빨리 끓어올랐다가 빨리 식기도 한다. 누구나 열정을 가질 수 있지만, 열정을 유지하기 위해서는 노력이 필요하다. 노트북을 켜면서부터 항상 글이 잘 써지는 것은 아니다. 한 시간 이상 글을 쓰다 보면 글이 잘 써지기 시작한다. 나와 노트북이 일체가 되는 순간이 온다. 적어도 이 시간이 찾아오기를 기다려야 하는 것이다. 조금 쓰다가 집중이 안된다고 쓰기를 멈추는 사람들이 많다. 글을 쓸 수 있는 집중력은 쉽게 찾아 오지 않는다는 것을 기억했으면 한다. 글쓰기만큼 기다리는 작업이 또 있을까.

꾸준히 글을 쓰며 하나의 결과물을 만들어 내기 위해서는 끈기가 필요하다. 목표 지점에 도달할 때까지 끊임없이 자신과 싸워야 하기 때문이다. 회사 업무처럼 강제적인 일이 아니기 때문에 끈기 있게 완성해 가는 과정이 힘겹다. 하루 정도 글쓰기를 멈출까 싶다가도 그 마음을 이기고 오늘 분량을 채우면 후회가 없다. 세상에서 가장 이기기 힘든 대상은 바로 자신이라는 것을 글을 쓰며 깨닫는다.

오랜 시간 작가로 살아가기 위해 필요한 것이 무엇일까. 대부분의 사람들은 타고난 재능이라고 생각하지만, 나는 그렇지 않다고 생각한다. 훌륭한 작품을 쓰고 나서 더 이상 글을 쓰지 않는 사람도 있고, 형편없는 글을 쓰다가도 어느 순간 뛰어난 글을 쓰는 사람도 있기 때문이다. 글을 쓰기 시작하면서 나에게도 글쓰기 선생님이 여러 분 계셨다. 칭찬보다는 질책을 먼저 하는 선생님도 계셨고, 부족한 부분보다 잘한 점을 짚어주시는 선생님도 계셨는데, 나는 후자의 경우가 글쓰기에 더 많은 도움이 되었다. 작가에게 영향을 미치는 것은 밀려왔다 쉽게 사라지는 뜨거운 열정보다는 자신감이나 자존감 또는 끈기가 아닐까 하는 생각이다. 그리고 세상에 대한 끝없는 호기심이 필요하다.

나는 한 계단 한 계단 올라가는 마음으로 글쓰기 훈련을 하고 있는 작가다. 오직 보상만을 위해 글을 쓴다면 쉽게 지칠 것이다. 나는 글을 쓰면서 오로지 나의 노력에 만족하는 법을 배웠다. 그리고 살아가면서 스스로 선택할 수 있는 일이 생각보다 많다는 것을 알았다. 어떤 주제라도 좋으니 지금 책을 읽는 것을 잠시 중단하고 노트에 짧게라도 자신의 글을 써보길 바란다. 잊지 말자. 고통 없이 얻을 수 있는 진짜는 없다는 것을.

10

잘 쓰기 위해 잘 살아내기

글은 그 사람을 말해준다. 하지만 결국에는 삶이 판가름해 준다. 좋은 글을 썼지만 불명예를 안고 세상을 떠난 사람들이 있다. 그는 실패했지만 나는 그의 글에서 배움을 얻었다. 실천하지 못한 진리라고 해서 진리가 아니라고 할 수 없다. 그저 글을 쓴 사람이 실패했을 뿐이다. 글을 쓰는 순간의 진심을 지켜나가는 것, 자신이 아는 것을 스스로 실천하는 것은 결코 쉬운 일이 아니다.

태어난 환경이 우리의 인생을 결정하지 않는다. 그래서 죽는 순간까지 배움을 놓지 말아야 한다. 어떤 부류의 인간이 될지는 스스로 결정할 수 있다. 《공부의 고전》에는 이탈리아의 인문주의자이자 철학자 잠바티스타 비코가 논하는 인문학 교육의 본질과 가치에 대한 내용이 있다. 그는 사람을 네 가지 유형으로 구분한다. 어리석은 사람, 배우지는 못했으나 예리한 사람, 배우기는 했으나 현명하지 못한 사람, 그리고 지혜로운 사람으로 구분한다.

> "살아가면서 어리석은 사람은 높은 것이든 낮은 것이든 어떤 진리에도 관심이 없고, 배우지 못했으나 예리한 사람은 가장 낮은 진리는 알아차리지만 가장 높은 진리는 보지 못하며, 배웠으나 현명하지 못한 사람은 가장 높은 곳에서 가장 낮은 것을 끌어내며, 지혜로운 사람은 가장 낮은 것에서 가장 높은 진리를 끌어낸다."

배움이 절실히 필요한 순간에도 배우려 하지 않는 사람이 있다. 그 어떤 배움도 자신의 고통을 줄일 수 없다고 믿는 사람이다. 배우지 못했지만 예리한 사람을 본다. 언뜻 보면 배우지 못했음에도 똑똑해 보여 존경심이 생기다가도 깊이가 없어 이내 그런 마음이 사라진다. 많이 배웠지만 현명하지 못한 사람은 흔하다. 학벌도, 스펙도 좋지만 상스러운 말을 입에 달고 살면서 자신의 말이 옳다고 주장하는 수많은 정치인들을 보며 우리는 배웠다고 해서 그만큼 현명하지 못하다는 것을 안다. 상대를 깎아내림으로써 자신의 위치가 올라간다는 생각을 가진 이들이 판을 친다. 자신이 하는 말조차 깊이 이해하지 못하는 사람들이며, 배움을 진짜 자신의 것으로 만들지 못한 사람들이다. 배움이 끝이 있다고 생각하는 사람 또한 어리석은 사람일 것이다.

끝없이 배워도 부족함을 느낀다. 배움을 그대로 실천하지 못하고 시도 때도 없이 흔들리는 영혼이 바로 나다. 수천 년이 지나도 우리에게 배움을 주는 철학자들은 자신이 하는 말을 완벽하게 실천하지 못하는 자신을 질책했고, 그럼에도 불변의 진리를 지향하며 살아가는 삶의 가치를 강조했다. 자신이 아는 것만을 강조하지 않고 실천하는 지혜야말로 가치가 있다. 모르면서 아는 척하는 것과 실천할 의지가 없음에도 당당하게 말을 하는 것은 부끄러운 행동이다. 우리는 사람을 볼 때 그 사람이 가진 학벌과 스펙으로 섣불리 판단해서는 안 될 것이다.

나는 어리석은 실패를 반복하지만, 가장 낮은 것에서 가장 높은 진리를 끌어내는 지혜로운 사람이 되고 싶다. 잠바티스타 비코의 말처럼 '인간 행위와 사건들의 모든 모호함과 불확실에도 불구하고 영원한 진리에 시선을 굳건히 고정하고 있으며, 곧이곧대로 나아갈 수 없을 때는 언제나 우회로로 갈 수 있는' 사람이 되고 싶다.

우리는 누구나 타인의 인정을 원한다. 특히 글을 쓸 때 더 그렇다. 내가 만난 대부분의 사람들은 자신이 쓴 글을 보고 칭찬을 하면 어쩔 줄 몰라 했다. 칭찬받을 만한 글이 못 된다고 생각한다. 그리고 누군가로부터 좋지 않은 말을 들으면 너무 쉽게 좌절한다. 자신의 글도, 자신의 경험도 별 볼일 없다고 생각해버린다. 다른 일에는 자신감이 넘치는데 유독 글에서만큼은 자신감을 가지는 일이 이토록 힘든 일일까. 처음 글을 쓴 사람에게는 칭찬을 아끼지 않는다. 무조건 자신감을 높이기 위해서만은 아니다. 자신의 이야기를 꺼내어 글로 표현한 용기에 박수를 보내는 것이다.

계간지 '실천문학' 2022년 봄호를 읽어본다. 실천문학은 1980년에 창간되었고, 편집장은 소설가 이순원이다. 봄호의 권두언(책의 머리말)을 이순원 편집장이 썼는데 제목이 예사롭지 않다. '작가와 건달이 같고도 다른 점'이다. 나에게 뼈 때리는 조언을 해줄 것 같은 제목이다. 평소 문학판의 후배나 함께 글쓰기 공부를 하는 문청들에게 하는 말이 담겨 있다.

> "축구든 야구든 운동선수는 실력이 우선이고, 작가는 작품이 우선이다. 그게 작가에게는 가장 큰 힘이다. 작가와 건달이 같은 것이 하나 있는데 그건 둘 다 쪽팔리면, 그러니까 면이 안 서면 안 된다는 것이다."

그는 후배 작가들에게 충고한다. 글이 되면 글이 작가에게 저절로 힘을 준다고. 글이 저절로 힘이 되면 다양한 곳에서 알아서 찾아오지만, 이걸 위해서 작가가 글로 힘을 기르는 것은 절대 아니라고 조언한다. '어디서 무얼 하든 작가는 결국 작품으로 자기 인생을 말하는 사람'이니 글이 안 되면 더 열심히 써서 글이 되도록 해야 한다고 말한다. 과거의 성과를 내세우며 안주하지 말고 지금 무얼 쓰고 있는지, 무얼 쓰려고 하는지가 중요하다고.

소설을 쓰는 후배들에게 남긴 말이지만 글을 쓰는 모든 작가에게 맞는 말이다. 나도 책을 쓰다가 잘 써지지 않으면 괜히 딴 짓을 한다. 안 써져도 될 때까지 쓰려고 노력해야지 정신을 딴 곳에 둘수록 글쓰기는 더 힘들어진다. 글을 통해 목표하는 바가 있으면 완수할 때까지 포기하지 않고 해내야 한다. 이런 태도는 비단 글쓰기에만 해당되는 것은 아닐 것이다. 나는 글을 통해 수양하는 법을 배운다. 나의 나약함을 깨달으며 포기하지 않는 힘을 기르고 있다. 나를 다스리는 과정이 앞으로의 인생을 잘 살아내기 위해 가장 중요한 부분이며, 그런 실천으로 글을 잘 쓸 수 있을 거라 믿는다.

지금까지 책을 쓰면서 내가 살아온 시간들, 내가 하고 있는 일, 나를 둘러싼 사람들, 내가 깨달은 것들에 대해 쓴다. 그 시간 속에서 잊고 있었던 소중한 것들을 다시 떠올릴 수 있었고, 지금 살아가고 있는 내 인생을 생생하게 기록하는 기쁨을 누리고 있다. 가끔 내가 쓴 책을 읽어보면 그때의 감정에 빠져보기도 하는데, 정말 가끔은 글을 읽으며 새로운 나를 발견하기도 한다. 과거의 내 모습에서 말이다.

대단한 책을 출간했지만 정작 자신은 실천하지 못해 크게 실패하고 만 사람의 이야기를 하나쯤은 알고 있을 것이다. 아는 것과 실천하는 것을 일치시키는 것이 얼마나 힘든 것인지 이제는 알 것 같다. 글을 쓰기 전에 글을 쓸 수 있는 사람이 되는 것이 우선되어야 한다는 것을 알겠다. 에머슨은 이런 말을 했다.

"인간은 자신의 가치만큼 전달할 수 있는 것이다. 그가 어떤 사람이라는 것은 얼굴이나 태도, 행동에 그대로 나타나게 되는데, 자기 자신은 이를 보지 못하지만 다른 사람들은 읽을 수 있다. 만일 당신이 어떤 일을 하고 있다는 사실이 알려지기 싫다면 그 일을 절대로 하지 말라. 어떤 사람은 바람 부는 사막의 모래 위라고 아무런 글이나 쓸지 모르나 그 경우에도 모래 알갱이들은 그 글을 읽고 있을 것이다."

글을 쓰며 내가 있어야 할 곳이 어디인지, 나를 필요로 하는 곳이 어디인지 생각한다. 내가 할 수 있지만 해보지 못한 일은 무엇인지, 어떤 곳에서 새로운 기회를 얻을 수 있을지 고민한다. 내가 하는 일 중 가장 주도적으로 선택하고 실천할 수 있는 일이 바로 글쓰기다. 글을 통해 다양한 사람들과 인연을 맺고 새로운 일에 도전하고 성장하며 살아간다. 차마 말로 할 수 없었던 수많은 생각들을 글에 담는다. 나는 나를 키우기 위해 글을 쓰고 있다. 나를 키우고 타인을 도울 수 있는 가장 현명한 길이 글쓰기라는 것을 의심하지 않는다.

가슴에서 끓어오르는 열정의 불꽃으로 글을 쓰는 사람은 독자를 감동시킬 수 있고, 진심에서 우러나오는 메시지에 확신을 담아 말할 때 청중의 마음을 움직일 수 있다. 책 쓰기는 온 마음을 다해 하고 싶은 이야기가 있을 때 시작한다. 한 권의 책을 완성할 때까지 열정을 이어나갈 수 있을 만큼 내 안에서 강렬한 열정을 일으키는 주제에 대해 쓴다. 지금 나는 다양한 일에 도전하며 나답게 성장해 나갈 수 있었던 비결에 대해 이야기하고 있다.

무얼 쓸까 고민하다 '잘 쓰고 싶다.'는 생각이 고개를 들고, 그런 욕망 너머에 '잘 살고 싶다.'는 마음이 자리 잡을 때 우리의 삶은 눈부시게 빛이 나고 있음을 깨달을 것이다. 인생과 글은 다르지 않음을, 글을 쓰는 것과 살아가는 것이 일치할 때 타인의 삶에도 긍정적인 영향을 줄 수 있다는 것을 잊지 않으려 한다. 잘 쓰기 위해 우리는 잘 살아내야 하는 것이다.

Part 4

글쓰기로 자신의 한계를 넘어서기

01

무관심과 소외 속에서 피어나는 자존감

- 제인 오스틴 《설득》

어린 시절을 떠올리면 서러움, 질투, 낮은 자존감, 외로움 등의 감정이 떠오른다. 할머니, 할아버지, 친척들의 사랑을 듬뿍 받으며 자란 언니와 나를, 귀한 아들이었던 동생과 나를 늘 비교했다. 상대적으로 무관심의 대상이라 여겼고 소외감을 자주 느꼈다. 사소한 걸로 혼이 나면 나만 못난 것 같아 하루 종일 기분이 좋지 않았다. 눈물이 많았다. 작은 것에도 상처받았고 혼자 생각이 많은 아이였다.

제인 오스틴의 《설득》을 읽으며 어린 시절의 내 모습을 떠올렸고, 무관심과 소외 속에서 피어나는 '자존감'에 대해 생각했다. 살아가면서 결핍은 언제나 성장을 위한 동력이 되었다. 부족하기 때문에 노력은 당연하다 여겼고, 부족함을 채우며 성장하는 나를 지켜보는 것이 좋았다.

관심 속에서 자란 사람들은 무관심이 얼마나 무서운 것인지 알지 못한다. 소외당해 본 적이 없는 사람은 타인을 쉽게 소외시킨다. 인간은 원래 쉽게 무너지는 존재다. 대부분 부정적인 사고를 자주 하며, 두려움과 불안이 현재의 소중한 시간들을 갉아 먹는다. 그 속에서 자신의 모습을 찾아가는 노력을 기울이는 것이 성장이며 진짜 인생의 시작이라고 생각한다.

'설득'이라는 책 제목이 마음에 든다. 우리는 평생 살아가면서 남을 설득하고 설득당하며 살아간다. 원치 않는 설득이지만 의무감에 넘어가기도 하고, 봐야 할 것들을 보지 못해 설득당하기도 한다. 우리 역시 끊임없이 누군가를 설득하며 원하는 것을 얻으려 한다. 나이에 따라 설득의 대상도 명분도 달라진다. 곰곰이 생각해본다. 나는 설득을 잘하는 사람인가, 설득을 잘 당하는 사람인가를.

나는 설득을 잘하면서도 설득을 잘 당하는 사람이었다. 지금은 설득을 당하는 것보다 설득하는 비중이 더 높은 인생을 살고 있다. 글을 통해, 강의를 통해 나는 사람들을 설득한다. 이 책을 쓰면서도 내 글을 읽고 더 많은 사람들이 글을 썼으면 하는 바람이다. 이 책의 마지막 마침표를 바라볼 때, 글을 쓰고 싶다는 마음이 들었으면 좋겠다.

1775년 영국에서 태어난 제인 오스틴은 어려서부터 희곡을 쓰기 시작했고, 21세에 첫 장편소설을 완성했다. 출판 거절, 경제적

어려움 등에도 불구하고 생을 마감할 때까지 꾸준히 글을 썼다. 42세라는 이른 나이에 독신으로 생을 마감했다. 《설득》은 사망한 그 해에 출판된 제인 오스틴이 생전에 완성한 마지막 소설이다. 그녀의 작품은 특히 20세기에 들어서면서 높이 평가되고 있다.

이 소설에서 주인공 앤은 귀족의 둘째 딸로 사랑하는 남자와 약혼했다가 주위의 만류로 파혼한다. 두 사람이 다시 만나 끊어졌던 사랑을 이어가기까지 8년이라는 시간이 필요했다. 비록 나약한 여성으로밖에 살아갈 수 없는 현실이었지만, 자신의 자존감을 지켜내며 끝내 사랑을 되찾는 모습은 큰 감동을 준다. 앤이라는 인물을 통해 사랑하는 사람이 가질 수 있는 섬세한 감정들을 잘 표현했다.

제인 오스틴은 평생 독신으로 살았지만, 사랑했던 순간의 감정을 평생 잊지 못하며 살았던 것이 아닐까. 이 작품은 제인 오스틴의 죽기 전 마지막 작품이었으니 말이다. 그녀는 앤이라는 주인공을 통해 여성이 주도적인 삶을 살아갈 수 없었던 시대에서 그럼에도 불구하고 어떤 태도로 살아가는 것이 옳은가에 대한 많은 의견을 제시한다. 악에서 선으로 선뜻 돌아서는 능력, 자기 속에 빠지지 않도록 뭔가 몰두할 것을 찾는 능력 등의 신이 내린 재능을 앤이라는 인물에 부여했다. 자신의 부족한 부분을 채우며 나이가 들수록 더 지혜로운 사고를 하는 여성의 모습을 그려낸다. 이 작품을 읽다 보면 보석처럼 빛나는 사람이든, 악한 마음을 숨기는 사람이든 결국 진짜 모습은 드러나게 된다는 것을 깨닫게 된다. 좋은 사람의 향기는 멀리 퍼져나가며, 악한 사람의 악취 또한 감추려 해도 감출 수 없다는 것을.

고전 소설을 읽으며 공감할 수 있는 건, 시대가 변해도 어떤 사회에서든 인간으로서 살아가는 데 필요한 것들은 변하지 않기 때문이다. 제인 오스틴의 작품이 오래도록 사랑받는 이유는 시간이 지나도 변치 않는 가치를 담고 있기 때문이라 생각한다. 사랑의 가치가 흐려지는 지금의 세상에서 작은 희망을 품게 해주는 작품이다.

소설에서 주인공을 사랑했던, 그리고 다시 사랑을 찾기 위해 애쓰는 주인공 웬트워스는 더 이상 자신의 감정을 숨길 수 없어 앤에게 편지를 쓴다. 이 편지를 읽는다면 아련한 첫사랑의 기억이 떠오를지도 모른다. 단 한 번이라도 진실된 사랑을 해본 사람이라면 그의 편지를 읽으며 공감할 수 있다. 소설을 읽다 보면 뜨거운 눈물이 흐른다. 오랜만에 느껴보는 감정이다. 우리는 얼굴을 보고 차마 할 수 없는 말을 글을 통해 표현할 수 있다. 편지를 읽고 그의 진심을 알게 된 앤은 다시 행복할 수 있다는 희망과 용기를 얻고 포기할 수 없었던 사랑을 되찾는다. 이렇게 글은 사람의 마음을 움직이는 힘이 있다. 자신이 가진 것보다 더 큰 용기를 주는 매개체다.

제인 오스틴은 실제로 남자 쪽 집안의 반대로 결혼이 무산된 적이 있었다. 자신의 경험과 소설의 내용이 무관하지 않은 듯하다. 상대방에 대한 사소한 오해, 자존심 때문에 우리는 사랑을 쉽게 잃는다. 우리가 눈으로 보고서도 느낄 수 없는 것들에 대해 소설은 말해준다. 보이는 것이 전부가 아니라고. 사람의 감정은 너무나 복잡해 자신의 감정조차 알지 못하는 경우가 많다. 알 수 없는 감정에 이끌려 경솔한 판단을 하기도 해서 후회를 남긴다. 중요한 문제일수록 혼자 충분히 생각할 시간이 필요하다는 것을, 스스로 해답을 찾을 수 있다는 것을 책을 읽으며 다시 생각할 수 있었다.

어린 시절 앤은 의무감으로 사랑을 포기했지만, 현실에 충실한 삶을 살아가면서 스스로에게 자신의 삶을 선택할 자격을 부여한다. 더 이상 그 누구에게도 설득당하지 않으면서도 올바른 선택, 자신이 원하는 선택을 한다. 인생을 선택할 권리를 타인에게 양도하지 않는 한 그 누구도 박탈할 수 없다는 것을 앤을 통해 깨닫는다.

원하는 것을 얻었을 때, 그만큼의 대가를 지불해야 한다는 것을 우리는 안다. 사랑을 선택하는 것도 마찬가지다. 사랑하기 때문에 두려움도 커진다. 현재의 행복이 미래의 두려움으로 바뀔 수 있다는 것을 염두에 둘 수밖에 없다. 그렇다 해도 사랑하는 사람을 잃을까 두려워 사랑하지 않는 사람은 어리석은 사람이다. 사랑이 주는 고통과 별개로 우리는 사랑하는 마음을 통해 차마 낼 수 없었던 용기를 내며 자신을 넘어설 수 있기 때문이다.

《설득》을 읽으며 누군가를 진심으로 사랑했던 순간을 떠올려보면 어떨까. 그때와 지금의 내 모습은 무엇이 달라졌는지, 우리의 삶에서 '사랑'이 주는 의미와 가치를 생각해보면 좋겠다.

제인 오스틴처럼 내가 죽은 이후에도 내 글이 많은 사람들에게 읽힌다면 얼마나 좋을까 하는 생각을 해본다. 그만큼 책임감을 가지고 글을 써야 하며, 잘못된 생각을 독자들에게 주입해서는 안 된다는 생각이 크다. 우리가 살아가는 일상 속에서 당연하게 생각하지만, 모르는 것들에 대해, 한 번도 생각해보지 못한 것에 대해 글을 쓰고 싶다. 생각할수록 힘들고 고통스럽지만 외면할 수 없는 것들에 대해 글을 쓰며 죽는 순간까지 생각을 멈추지 않는 작가로 살아가고 싶다.

02

사회적 차별과 편견에 맞서는 글쓰기

- 조르주 상드 《모프라》

《모프라》는 조르주 상드가 1837년에 발표한 소설이다. 이 소설을 통해 '영원한 사랑'을 그렸다. 평생 동안 단 한 명의 여자를 사랑한 남자 주인공을 만들어 읽는 이로 하여금 현실에서 불가능한 사랑을 꿈꾸게 만든다. '절대적이고 영원한 사랑은 존재하는가?'라는 질문에 '그렇다.'라고 말할 수 있는 사람이 얼마나 될까. 소설을 읽으며 어쩌면 그런 사랑이 존재할지도 모른다는 기대감, 그리고 그런 사랑을 만들 수 있다는 희망을 가지게 된다.

어린 시절 끔찍한 대우를 받으며 자랐던 베르나르가 에드메를 만나면서 성장해 나가는 모습은 드라마틱하다. 어린 시절의 고난을 오히려 축복이라 여기는 베르나르의 모습에서 인간의 고귀함을 생각하게 된다.

"내가 겪은 불행은 악행과 마주할 때 무심히 지나치지 않도록 해주었고, 내가 참아낸 고통은 그것을 자행하는 자들을 미워하도록 도와주었다."

소설에 등장하는 인물들을 통해 인간은 등급을 나눌 수 없으며, 모든 인간은 동등한 대우를 받아 마땅하다는 것을 말해준다. 인간의 권리와 진정한 자유를 가르쳐주는 학교는 없으며, 우리가 어떤 생각을 할 수 있고 무엇을 생각해야 하는지 말해주는 교육이 필요함을 이야기한다. 남성의 마음속 깊이 내재되어 있는 속성을 남성의 입으로 말해주며, 여자를 지배하고 불평등을 옹호하는 것이 결코 남성을 위해서도 옳지 않다는 것을 깨닫게 해준다. 우리는 죽을 때까지 함께 살아가야 하는 존재이기에 어느 한쪽의 납득할 수 없는 희생으로는 다른 한쪽도 불행해질 수밖에 없다.

지금도 겉으로는 '모든 존재는 평등하다.'고 말하지만, 실제 보여주는 행동에서 반대의 사고를 드러내는 사람들을 자주 본다. 아직도 많은 여성들이 크고 작은 조직에서 여자라는 이유로 불이익을 당하고 있으며, 가정 내에서조차 평등한 삶을 실현하지 못해 고통을 겪는 사람들이 많다. '세상은 달라졌다.'는 말 대신 조금만 눈을 돌려 우리 가까이에 있는 사람들의 삶을 들여다보라. 아직도 세상은 바뀌지 않았다는 것을 깨닫게 될 테니.

남성 우위의 사회적 편견에 휘둘리지 않고 사랑하는 사람을 위해 자신을 기꺼이 변화시키는 주인공 베르나르는 지금 이 시대에 존재하더라도 충분히 매력적인 남성일 거라는 생각이 든다. 베르나르를 사랑하는 에드메는 평등하고 독립적인 삶을 위해 '사랑'이라는 감정에도 예외를 두지 않는다. 사랑하는 남자에게 휘둘리지 않고 상대가 스스로 성숙한 인간이 되기 위해 노력하는 시간을 기다릴 줄 안다. 지혜로운 사람만이 절대적이고 영원한 사랑을 쟁취할 자격이 있다는 것을 알기에.

엄마가 되어 자식을 사랑하니 '진정한 사랑'의 의미를 조금은 알게 된다. 대가 없는 사랑, 기꺼이 자신을 희생하는 사랑만이 숭고하다는 것을. 자신의 목숨을 버려도 아깝지 않을 사랑, 모성이라는 감정을 가지고 살아가는 사람은 행복하다는 것을.

소설을 읽으며 여느 남성과 다른 베르나르의 모습과 보통의 여성과 다른 에드메의 행동에서 진정한 사랑을 얻는다는 것은 오랜 인내가 필요하며, 누군가를 깊이 신뢰한다는 것이 얼마나 어려운 일인가를 생각하게 된다. 우리는 사랑해서 더 큰 고통을 겪으며, 사랑은 쉽게 분노로 탈바꿈한다. 사랑한다고 말하지만 인내할 줄 모르며, 믿는다고 말하지만 끊임없이 의심한다. 이런 고통도 상처도 싫어 아예 누군가를 사랑하기를 포기하는 사람들이 있다. 연애도 사랑도 포기하면 편하니 애초에 시간 낭비, 돈 낭비하고 싶지 않다고 말하는 사람들을 본다. 이렇게 외로운 세상에서 이토록 쓸쓸한 선택을 하는 것이다.

사람들은 말한다. 그저 평범하게 살아가는 것이 최고라고 말이다. 평범한 직장 생활, 평범한 가정생활, 평범한 인생이 최고라 여긴다. 평범한 일상에는 불행이 잠재되어 있다. 노력하지 않는 평범성에는 위험이 도사린다. 자신의 속성을 너무나 쉽게 받아들인 채 서로의 다름을 인정하지 않고 싸우면서 서로를 비방하고 공격하는 삶. 그렇게 싸우는 일상이 지극히 평범하다는 생각은 위험하다.

소설 속 에드메는 사랑하는 베르나르와의 행복한 삶을 꿈꾸며 평범한 일상을 쉽게 선택하지 않는다. 서로 다른 환경에서 다른 교육을 받고 살아온 남녀가 사랑이라는 한 가지 무기만을 장착한 채 남은 인생을 조화롭게 살아가는 것은 불가능하다는 것을 애초에 알고 있었다. 사랑은 곧 변질되고, 서로에게 받은 상처는 서로를 방치한 채 죽음으로 몰고갈 것이라는 것을. 무지함에서 오는 평범함은 자신을 키워준 부모까지도 불행하게 만든다는 것을 알고 있었다. 그래서 7년이라는 세월을 그가 스스로 깨닫고 성장하도록 지켜보며 기다렸고, 일시적인 영혼의 만족에 연연하지 않았다. 끈질긴 노력과 인내는 시련을 가져다주었지만, 대신에 영웅적인 사랑을 선물해 준 것이다. 베르나르는 나이가 들어 10년 전에 임종을 맞이한 에드메를 회상하며 이렇게 말한다.

"나는 그녀를 잃은 슬픔을 달래려 하지 않고 내 시련의 시간을 완수한 다음, 더 좋은 세상에서 성스러운 내 인생의 반려와 다시 만날 자격이 있는 사람이 될 수 있도록 애쓰고 있다. 그녀는 내가 사랑한 유일한 여인이었다. 다른 어떤 여인에게도 눈길 한 번 준 적이 없고, 손 한 번 잡아본 적도 없다. 나는 그런 사람이다. 내가 사랑하면 나는 그를 과거에도, 현재에도, 미래에도 영원히 사랑한다."

이 소설은 진정한 사랑의 고귀함에 대해서만 이야기하지 않는다. 태생적 운명을 믿고 노력하지 않는 사람에게는 더 나은 삶은 없다는 것을 말해준다. 자신의 비위를 맞추는 사람을 좋아할 것이 아니라 자신을 고쳐주는 사람을 좋아하라고 말한다. 자신의 운명을 누군가에게 맡기는 것이 아니라 스스로 운명을 개척해야 한다는 것을 알려준다. 모든 인간은 평등하며 교육을 통해 달라질 수 있는데, 자신에게 맞는 교육을 찾아내야 하며, 이 모든 것은 사랑으로 가능하다고 말한다.

로사 몬떼로의 《시대를 앞서간 여자들의 거짓과 비극의 역사》에는 조르주 상드에 대한 이야기가 나온다. 조르주 상드의 본명은 '오로르 뒤팽'이다. 19세기 여류작가들이 흔히 남성적인 필명으로 활동했듯이 그녀 역시 조르주 상드라는 필명으로 활동했다. 사회적 편견에 맞서 창의적 활동을 방해하는 장애물에 스스로 지지 않겠다는 의지였다. 잘못 선택한 결혼으로 우울감과 자살 충동을 느끼며 살았으나 자식 때문에 죽지 않았다. 조르주 상드는 경제적인 이유로 평생에 걸쳐 100여 편이 넘는 소설과 희곡을 썼다. 창작에 몰두하면서도 남편으로부터 빼앗겼던 저택과 양육권을 되찾기 위해 소송을 벌였고 결국 승리했다.

조르주 상드는 '글을 쓰는 일은 파괴될 수 없는 열정'이라 여겼고, 타인의 시선을 두려워하지 않는 자유로운 영혼으로 살았다. 도스토옙스키, 샬롯 브론테, 조지 엘리엇 등의 작가들이 그녀를 존경했고 찬사를 보냈다. 조르주 상드는 나이 듦을 두려워하지 않았으며, 자기희생 말고 체념하는 것이 비겁하다고 말했다. 70세의 나이에도 힘이 넘쳤고 글을 썼다. 72세에 장 폐색증이 찾아와 죽음을 맞이했다. 조르주 상드는 죽는 순간까지 충만함으로 가득한 삶을 살았다.

도스토옙스키는《작가의 일기》에서 조르주 상드의 죽음을 애도하며 그녀가 자신의 생애에 얼마나 많은 것을 선물했는지 말한다. 조르주 상드의 작품이 1830년대 중반경 처음 러시아어로 번역 출간되었을 때 큰 감명을 받았다고 한다. 당시 유럽인들은 그녀를 여성의 새로운 위치를 선전한다고 생각했지만, 도스토옙스키는 조르주 상드에 대해 이렇게 말했다.

"조르주 상드는 전체 운동에 속해 있었던 것이지 단순히 여권의 선전에 매달려 있었던 것이 아니다. 사실 그녀 자신이 여자였으므로 남자 주인공보다 여주인공을 더 즐겨 다뤘던 것이다."

그리고 도스토옙스키가 열여섯 살이 되었던 해, 처음으로 그녀의 작품을 읽은 후 사람들이 그녀에 대해 글로 쓰고 말했던 것과 자신이 받은 실제 인상 사이에 큰 괴리감이 있었다고 했다. 조르주 상드가 작품 속에서 창조한 인물은 고매한 도덕적 순수성을 지니고 있으며, 이는 작가 자신의 영혼 속에 지고의 아름다움과 자비와 인내, 정의에 대한 이해와 수용력이 없었다면 불가능했을 거라고. 그녀는 인류가 기다리는 행복한 미래를 가장 뚜렷하게 통찰했던 예언자였으며, 평생 그런 인류의 이상이 달성될 것을 관대한 가슴으로 굳게 믿었던 인물이라 말했다. 《작가의 일기》는 도스토옙스키가 독자적으로 발간한 월간지이며 당대의 주요 사건, 시사 문제에 대한 해설과 견해를 밝힌 작품이다.

《모프라》를 읽으며 '사랑'이라는 단어가 가진 무한한 가능성에 대해 생각한다. 우리가 '사랑'을 떠올릴 때 무엇을 생각할 수 있는지, 어떤 것을 생각해야 하는지 끝없는 생각들이 밀려옴을 느낀다. 조르주 상드가 소설을 통해 우리에게 전해주고 싶었던 메시지는 무엇이었는지 조금은 알 것 같다. 나는 많은 이들이 소설이든, 다른 글을 통해서든 우리가 가진 생각을 생각으로만 가두지 말고 우리 사회가 가진 편견이라는 바위를 조금씩 깨부수며 살았으면 좋겠다. 나 역시 그런 마음으로 글을 쓰며 살아갈 것이다.

03

욕망과 두려움 사이

- 샬롯 브론테 《빌레뜨》

지금의 세상은 자극적이고 즉각적인 즐거움을 주는 매체가 넘쳐나고 있다. 아무것도 생각하지 않아도 시간을 빠르게 보낼 수 있는 방법이 너무 많아 선택하기 힘들 정도다. 이런 시대에 고전 소설을 읽는다는 것은 많은 인내를 요구하는 것 같다. 《빌레뜨》는 일반적인 고전소설보다 분량이 많아 한 번 읽어내는 데도 오랜 시간이 소요된다. 자극적이지 않지만, 몰입이 되고 우리의 삶을 돌아볼 수 있는 시간을 선물해주니 충분히 가치가 있다고 생각한다. 《제인 에어》를 쓴 작가 샬럿 브론테의 마지막 소설이라서 더 마음이 가는 작품이다.

독신 여성으로 살아가는 주인공 루시 스노우의 삶을 따라가다 보면, 웃을 때 함께 웃음이 나고 슬플 때 함께 눈물이 난다. 외로움과 두려움 속에서 나약해 보이면서도 다른 여성이라면 흉내조차 낼 수 없을 만큼 강인함을 품고 살아가는 인물이다. 그녀는 말한다.

"몸이 건강하고 능력을 발휘할 수 있는 한, 특히 자유의 날개를 빌릴 수 있고 희망의 별빛의 인도를 받는 한 위험과 외로움과 불안한 미래는 우리를 짓누르는 악이기만 한 것은 아니라는 생각이 든다."

여성으로서 기대되는 삶을 살아가는 선택을 하지 않는 것만으로도 여성의 삶은 매우 고단한 방향으로 흘러간다는 것을 소설을 통해 알게 된다. 소설 속 주인공에게 투영된 샬롯 브론테의 이야기에 귀 기울이다 보면 지금의 내 고민 또한 내려놓을 수 있을 거라는 믿음이 생긴다. 지옥도, 천당도 우리의 마음에서 비롯된다는 사실을 다시금 깨닫는다. 우리는 살아가면서 앞날을 예측할 수 없지만 그럼에도 예측 가능한 삶을 원하기에 애쓰고 있다. 이유 없는 결과는 있을 수 없다는 것을 알기에. 당장 해결해야 할 일이 나를 짓누르고 있는데 잠깐이라고 아무 일도 없었던 것처럼 잊고 싶을 때가 있다. 소설 속 주인공처럼.

"내일도 불안의 구름은 여전히 짙게 끼어 있을 것이고, 더 다급하게 몸을 움직여야 하고, (궁핍의) 위험이 더 가까이 다가오고 (생존을 위한) 투쟁이 더 심해지겠지만, 당장은 다시 쉬게 된 것이 기뻤다."

외로움, 슬픔, 두려움에 맞서 싸우는 주인공의 모습에서 우리는 외로운 세상에서 고군분투하며 살아갈 수밖에 없는 존재라는 것을 깨닫는다. 욕망이 있지만 다 가질 수 없고, 기대고 싶지만 그럴 수 없음을 잘 아는 사람은 외롭다. 피할 수 없는 현실과 마주할 용기가 있는 사람은 세상을 알아갈수록 혼자 견디고 버텨내는 것만이 답이라는 것을 알게 된다.

변화를 꿈꾸기보다 세상이 원하는 대로 살아가는 것이 어쩌면 더 쉬운 선택인지도 모른다. 상황에 굴복하지 않고 자신의 의지대로 살아가려는 인간은 외로움과 고통을 감내해야 한다. 성장과 안주 사이에서 수없이 갈등하며 둘 중 어떤 선택도 쉽지 않다. 샬럿 브론테는 이 작품을 통해 우리가 '고통'이라 부르는 것을 '특권'으로 받아들일 수 있도록 만든다. 열악한 운명 속에서도 희망이 존재하며, 끝날 것 같지 않았던 고통도 결국 끝이 난다는 것을 말해준다. 원하는 것을 얻기 위한 투쟁이 때로는 부질없음을 깨우쳐 주기도 하고, 다른 그 무엇보다 자신만큼은 스스로 믿어주는 마음이 전부일 수도 있다는 것을 알게 해준다.

소설을 읽으며 주인공의 머뭇거림이 답답하게 느껴지기도 하고, 슬픔이 내 안으로 밀려오는 감정을 느끼기도 했다. 다양한 감정을 공유하며 주인공을 따라 나도 침묵하는 법을 배워야겠다는 생각이 들었다. 하고 싶은 말을 쏟아내고 하고 싶은 대로 행동했던 모든 순간들 속에서 뒤늦은 후회는 어김없이 나를 찾아왔기 때문이다.

《빌레뜨》의 주인공 루시가 살았던 시대에 비해 지금의 세상은 여성이 능력을 발휘하며 성장하기에 유리하다. 하지만 남성과 비교한다면 아직 부족하다. 여성이 나아갈 수 있는 거리는 무한한 데 비해 세상이 여성에게 주는 기회는 제한적이다.

우리는 우리의 경험에서 많은 것을 배우지만, 그 느낌을 인지하지 못할 때가 많다. 나는 특히 내면에 집중하게 만드는 소설을 좋아하는데, 책을 읽으면서 내 경험과 마주하게 되고 그때의 느낌을 소설에서 인지할 수 있기 때문이다. 당시 내 기분을 시간이 지난 지금에서야 알게 될 때가 있다. 내가 맞닥뜨리는 상황에 생각지 못한 대응책이 있다는 것도 다양한 삶의 모습에서 배울 수 있어 좋다.

어릴 때는 소설책을 잘 읽지 않았다. 하지만 지금은 다양한 장르의 책을 고루 읽는다. 소설 중에서는 세월이 지나도 배워야 할 진리를 품고 있는 작품이 좋다. 세상과 인간에 대한 편견이 없는 책이 좋다. 내가 좋아하는 작가들은 모두가 그런 마음으로 글을 쓴 사람들이다.

주제가 마음에 들어서 집어든 책이 남성 우월주의에 빠진 저자의 책이라는 것을 알게 될 때 허무함이 밀려온다. 대단한 철학자라도 여성에 대한 편견을 가진 사람이면 존경스러운 마음이 들지 않는다. 철학은 우리에게 인간의 존엄성을 가르쳐야 한다고 믿기 때문이다. 여성을 인간의 범주에 넣지 않는 사람들이 생각보다 많았다는 것을 알게 된 후 인간이 얼마나 오랫동안 어리석은 생각을 하며 살았는지도 동시에 깨닫게 되었다.

《제인 에어》를 쓴 샬롯과 《폭풍의 언덕》을 쓴 에밀리, 《아그네스 그레이》를 쓴 앤은 자매간이다. 그들의 아버지는 모든 시간과 돈을 아들의 교육비에 쏟았으며, 딸들은 자선단체에서 운영하는 보잘것없는 학교에 넣었다. 세 자매는 기아와 가난, 견딜 수 없는 고통의 현실에서 도피하기 위해 책을 읽고 글을 썼다. 여자에게 문학은 삶의 목적일 수도 없었고, 허용되지도 않았던 시대였다. 그들은 가명으로 이 세 작품을 발표할 수밖에 없었다. 그 누구도 작품을 쓴 작가가 시골 처녀들이라는 사실을 몰랐다. 브론테 자매는 짧은 생애 동안 좁은 집에서 가난하게 살았지만, 생각을 놓지 않았고 끝없이 상상했으며, 주어진 환경에 굴복하지 않는 삶을 살다 갔다. 인간은 절망적인 상황에서도 자신의 한계를 넘어설 수 있다는 것을 작품으로 증명한 것이다.

《빌레뜨》는 지금과 동떨어진 시대에 쓴 작품이지만 소설을 읽으며 나도 같은 시대에 살고 있다고 상상하며 읽는다. 인간이 가진 고민은 본질적으로 비슷하기에 환경과 방식의 차이는 있지만 공감하는 데 어려움은 없다. 지금의 나를 주인공과 같은 시대에 들여놓는다면 나는 과연 어떤 삶을 살았을까를 상상해본다.

우리는 매일 선택하는 삶을 살아간다. 주어진 환경과 상황에 어울리는 자연스러움을 거스를 때 고통이 따른다. 하지만 우리는 눈에 보이는 것에 머물지 않고 그 너머의 삶을 바라볼 수 있으며, 고통이 따르더라도 후회 없는 삶을 선택할 권리가 있다. 좋은 작품은 우리가 두려움 없는 선택을 할 수 있도록 도와준다. 그리고 좋은 글을 쓰고 싶다는 욕망을 선물한다.

04

억압과 부조리에 맞서 싸우는 용기

- 조지 엘리엇 《플로스 강의 물방앗간》

우리는 살면서 알 수 없는 감정에 사로잡힐 때가 있다. 나도 모르는 내 감정에서 헤어 나오지 못할 때 스스로 무능력함을 느끼기도 한다. 인간의 내면을 잘 표현한 소설을 읽으면 나도 몰랐던 내 마음을 알게 된다. 우리가 원하는 것은 시대를 초월해 비슷하다는 것을 깨닫는다.

《플로스 강의 물방앗간》은 1860년에 출판된 작품이다. 남녀의 사랑 못지않게 남매의 사랑과 성장을 그리고 있다는 점이 독특하다. 태어나는 과정은 같지만 자라나면서 차등을 경험하게 되면서 오빠보다 더 많은 갈등 속에서 살아가는 주인공 매기라는 인물을 통해 우리의 성장 과정을 떠올리게 된다. 지금은 매기가 살았던 시대와는 다르게 여성도 많은 교육의 기회를 가지고 있다. 하지만 기회를 동등하게 가질 수 있다는 것에서 그치는 경우가 많다. 사회생활을 하면서 지금껏 받았던 교육 역량을 충분히 발휘하지 못하기 때문이다. 여성이 가진 부수적인 조건들이 능력에 가려져 남성과 같은 자격을 갖추더라도 인정받지 못하는 경우를 쉽게 찾아볼 수 있다.

어릴 때부터 책을 좋아했던 매기는 현실의 불만을 책에서 위로 받으려 하지만, 현실을 뛰어넘을 수 없는 한계로 인해 괴로워한다. 그녀는 마음이 잘 통하지만 장애를 가진 남자와 사랑에 빠지는데, 그 또한 이루어질 수 없는 사랑이다. 아버지의 원수의 아들이기 때문에 매기의 아버지가 죽은 후에도 반대하는 오빠 톰으로 인해 사랑을 이어가는 것이 쉽지 않다.

매기는 욕망을 누르고 단념하는 삶을 선택하는 것이 모두를 위한 길임을 잘 알고 있기에 자신의 감정과 싸우고 또 싸우며 삶을 이어간다. 매기는 오빠에 대한 깊은 애정으로 부당한 대우를 받고 오해를 사는 것에 서러움을 느꼈다. 책에서 많은 위로를 얻으며 견디는 삶을 살아갔다.

"매기가 상상 속에서 그려본 새로운 세상에는 사랑이나 용서 같은 것이 존재하지 않았다. 책 속에는 늘 친절하고 온유하며 기꺼이 남을 행복하게 해주는 사람들이 많고, 남의 흉이나 보면서 친절한 척하는 사람은 없다. 책 밖의 세상은 행복한 세상이 아니라고 매기는 느꼈다. 이 세상은 자기들이 사랑하지 않는 전혀 모르는 사람에게만 깍듯하게 행동하는 곳 같았다. 만일 인생에서 사랑이 없다면, 매기에게는 도대체 뭐가 남는가? 가난과 어머니의 슬픔을 지켜보는 것밖에 없었다."

매기는 어린 나이지만 인생에 대해 고민이 많았고, 사소하게 넘길 수 있는 일에서도 의미를 찾고자 애썼다. 이 소설은 독자에게 매기의 내면세계를 들여다보게 하면서 동시에 우리에게 내재된 의문을 떠올려보라고 말을 건다. 정신적으로도, 물질적으로도 결핍을 느낄 수밖에 없는 매기는 어느 순간 부족한 것 없는 부를 가진 매력적인 남자에게 자신도 모르게 이끌린다. 타인에게 위안을 주고 싶은 마음과 상반된 다른 형태의 사랑을 느낀 매기는 그가 이미 약혼할 여자가 있다는 사실에, 그것도 자신과 친한 사람과 연결되어 있어서 쉽게 선택하지 못하고 결국 포기한다. 현실의 타오르는 욕망이 아닌 선을 위해, 자신과 관계된 사람들을 위해 감정을 억누른다. 타인의 희생으로 행복을 얻고 싶지 않기 때문이다.

우리는 종종 자신이 가진 모든 것을 버릴 만큼 가치 있다고 생각하는 것에 속아 넘어갈 때가 있다. 누군가를 미치도록 사랑하는 감정도 마찬가지다. 이 사람이 아니면 안 될 것 같다는 생각이 들지만, 시간이 지난 후 과거에 느꼈던 감정을 스스로 이해하지 못하는 경우가 있다. 주인공 매기라는 인물의 감정을 따라가다 보면, 그녀의 내면에 깊이 몰입하고 공감하게 되며 그녀의 선택에 화가 나기도 한다. 하지만 결국 그녀의 선택이 옳았음을 느끼게 된다.

달콤한 유혹은 결코 오래가지 않는다는 것을 우리는 안다. 당장의 현실에서 벗어나기 위해 깊은 고민 없이 선택한 것은 내 인생에서 큰 힘을 발휘하지 못한다는 것을 이미 알지 않는가. 한 번도 원하는 삶을 살지 못했지만, 자신의 신념을 지키기 위해 인내하고 견뎌낸 시간은 충분히 가치 있다. 긴 인생을 바라볼 때 결과가 주는 기쁨보다 과정에서 얻는 배움과 깨달음이 더 큰 의미를 가지기 때문이다.

물질적 결핍에 비해 정신적 결핍은 쉽게 채울 수 없다. 그러니 정신적으로 충만한 삶을 살아갈 수 있는 선택은 쉽지 않다. 물질적 가치를 넘어 내면의 만족과 행복을 위해 우리는 어떤 삶을 살아야 할지, 어떤 사랑을 선택해야 할지 신중해야 한다. 원치 않는 후회를 거듭하는 것은 자신의 삶에 대해 깊이 있는 고민을 하지 않은 결과다.

또 우리가 늘 행복을 갈망하면서도 행복을 느끼지 못하는 이유는 현재 가지지 못한 것에 집중하기 때문이다. 원하는 것을 얻으면 또 다른 것을 욕망하며 끝없이 움켜쥐어도 쉽게 만족하지 못한다. 이미 가진 것에 대한 감사함을 잊고 살아간다면 충분히 만족할 수 있는 상황에서도 절망을 느끼며 살아가게 된다.

주인공 매기와 오빠 톰은 오랫동안 갈등관계에 있었지만, 갑작스러운 홍수로 죽음을 눈앞에 두고서 화해한다. 어떤 고통도 죽음을 이기지는 못한다. 그래서 사람은 죽음 앞에서는 진실할 수밖에 없는 것일까. 죽음을 앞 둔 사람, 죽음을 한 번 경험한 사람은 이전과 같은 삶을 살아갈 수 없다.

작가 조지 엘리엇은 필명이며 본명은 메리 앤 에번스(Mary Anne Evans)다. 번역 출판을 하고 많은 에세이를 발표했다. 소설을 쓰기 시작하면서 필명을 썼다. 조지 엘리엇은 실제로 친오빠와 20여 년간 절교한 상태로 살았다고 한다. 소설에서 보여준 주인공 남매의 갈등관계와 죽음을 맞이하며 주인공이 화해하는 모습에서 어느 정도는 자전적인 소설임을 알 수 있다.

우리는 소설을 읽으며 작가의 사상을 알 수 있으며, 불쑥불쑥 튀어나오는 자신의 모습에 놀랄 때도 있다. 주인공의 삶을 통해 우리의 모습을 객관적으로 생각해볼 수 있고, 그동안 알 수 없었던 자신의 감정을 깨닫기도 한다. 책을 펼치고 주인공의 감정을 따라가다 보면 가끔은 내 모습을 보는 것 같아 숨이 막힐 때가 있지만, 이내 체념하는 주인공처럼 나 역시 마음의 평온을 되찾는다.

모든 인간에게는 욕망이 있다. 현실에서 안정을 찾고 싶은 마음도, 상황에 굴복하고 싶지 않은 욕심도 있다. 소중한 사람을 위해 자신을 희생하는 것만이 옳은 것인지, 무엇보다 내 삶을 살아가는 것이 우선되어야 하는지를 쉽게 판단하지 못한다. 자신의 삶을 위하는 것이 무엇인지 늘 고민하며 살아간다.

지금의 세상에서 최고의 선을 위해 살아가는 사람이 얼마나 있을까. 자신의 욕망 앞에서 '나'보다 '최고의 선'을 우선시하는 사람이 얼마나 될까. 굳게 믿었지만 그 믿음이 나를 배신할 수도 있고, 절망적인 선택이라 여겼지만 최고의 선택이었음을 깨닫게 되는 경우도 있다. 어떤 것도 지금의 선택이 최선이라 단정 지을 수 없다. 우리는 시작과 동시에 끝을 볼 수 없기 때문이다. 하지만 고통을 끌어안는 선택일지라도 죽음 앞에 후회가 없다면 그것이야말로 최고의 선택이 아닐까 하는 생각을 해본다. 오늘을 충실히 살아가면서도 죽음을 생각할 수 있다면 '최고의 선'을 위한 길을 갈 수 있지 않을까.

05

우리는 어디를 향해 달려가고 있는가

- 버지니아 울프 《3기니》

버지니아 울프를 떠올리면 많은 이들이 《자기만의 방》을 기억해 낼 것이다. 이 작품에 비해서 《3기니》는 잘 알려지지 않은 듯하다. 이 책은 전쟁을 방지하고 문화와 지적 자유를 수호하기 위한 방법을 문의한 변호사의 편지와 여자대학 재건 기금을 요청하는 편지, 여성의 전문직 진출을 지원하려는 협회의 기금 요청 편지에 대해 울프가 답변하는 편지 형식이다.

'전쟁을 방지할 방법에 대한 중년 남성 변호사의 질문'에 대해 울프는 여성이 공유하지 않은 것을 판단하기란 어려운 일이라고 말한다. 전쟁을 통해 수많은 남성들은 여성이 느끼지 못하고 누려본 적 없는 어떤 영광, 어떤 만족감이 있었으며, 전쟁은 언제나 남성의 습관이었기 때문이라고 말이다.

울프는 전쟁을 방지하기 위해 여성이 영향력을 발휘하려면 독립적인 수입이 있어야 한다고 말한다. 여성에게 개방된 유일한 직업은 오직 결혼이었던 1919년까지 여성은 남성이 만들어 낸 세상을 옹호할 수밖에 없으며, 거스르고 싶어도 그럴 힘이 없었다. 여성의 삶을 제대로 알아야 함을 강조하며, 여성이 동등한 교육을 받고 가난에서 벗어났을 때 어떤 영향을 줄 수 있는지 이 책을 통해 이야기한다. 여성의 권리를 무시하고 박탈해서 얻은 남성의 자신감은 위대하지 않다는 것을 역설한다.

울프는 판사, 경찰, 군인들처럼 아내, 어머니, 딸로 일하는 여성에게도 보수를 주어야 한다고 주장한다. 울프가 쓴 글을 읽다 보면 지금까지 이런 문제가 해소되지 않은 것이 안타깝다. 살림과 육아를 전담하는 여성은 그저 남편이 벌어온 돈으로 가정을 운영하며 알뜰하게 저축해야 마땅하다는 분위기가 여전하다. 여성의 노동에 대한 보수는 생각하지 않는다. 마땅히 정당한 보수를 떼어 자신의 여가와 성장을 위해 당당하게 투자할 수 있어야 하지만 현실은 그렇지 못하다. 스스로도 빠듯한 살림에 가당치 않은 소비라 여기는 사람도 있다. 지금의 사회는 자녀 한 명을 낳아 키우는데도 돈이 많이 필요하다. 그래서 결혼을 하더라도 아이를 낳지 않는 부부가 늘어난다. 이제는 여성이 가정을 돌보고 육아를 위해 어린 시절의 꿈을 버리는 것을 당연하다 여기지 않는다.

어머니 세대뿐만 아니라 지금도 많은 여성들이 병든 부모를 돌보며 애를 쓰고 있지만, 거기에 대한 가치를 매기려 하지 않는다. A

는 결혼 후 아픈 시어머니를 20년간 병수발을 했다. 남편이 어머니를 요양원에 보내고 싶어 하지 않았기 때문이다. 하지만 두 사람이 이혼한 후 전남편은 1년도 되지 않아 어머니를 요양원에 보냈다. 여성에게 당연시 주어지는 노동은 제대로 가치를 인정받지 못하지만, 그런 노동이 사라졌을 때 가정도, 사회도, 국가도 흔들리게 된다.

울프는 전쟁에 대해 남성과 여성이 다른 견해를 가질 수밖에 없음을 이야기한다. 지금의 세상에서도 전쟁뿐만 아니라 정치적인 크고 작은 문제에 대한 여성과 남성의 관점은 다를 수밖에 없다. 울프의 말처럼 '우리는 같은 세계를 보지만, 다른 눈으로 보고 있는 것'이다.

울프는 여성이 도움을 요청받는 곳에 기부를 하면서 여성의 자유를 억압하는 조건에 서명을 하고 단체에 가입하는 것은 정체성을 잃어버리는 결과를 낳는다고 말한다. 기꺼이 도움을 주지만 모든 사람들을 위해 단체 안이 아니라 밖에서 일함으로써 더욱 효과적으로 도울 수 있다고 이야기한다. 서로 방식은 다르지만 '모든 인간이 정의와 평등과 자유라는 위대한 원칙을 몸소 누릴 수 있는 권리를 주장하는 것'만은 동일하다고.

울프는 각각의 단체에 조건 없이 1기니씩 기부하기로 결정하면서 상대방이 정한 조건을 따르지 않고도 충분히 전쟁을 방지하기 위해 도움을 줄 수 있으며, 모두가 자유롭고 평등한 사회로 나아가기 위해 역할을 해낼 것이라 전한다.

울프의 일기를 담은 《어느 작가의 일기》를 읽다 보면 울프가 《3기니》를 집필하는 과정에 대해 이야기하는 부분들이 있다. 3주 동안 38쪽을 쓰다가 생각이 떠오르지 않아 변화를 필요로 하는 장면이 있다. 울프는 이 책을 쓰면서 일이 끊어지지 않았고, 동시에 다양한 집필 작업을 함께 해나가고 있었다. 울프는 며칠 전만 해도 이 책을 쓸 기분이 아니라고 말했지만 다른 작업을 마친 뒤에 집필에 몰입했다. 서평가들은 언제나 울프를 향해 날을 세우고 있었고, 그런 부분에 크게 연연해하지 않았다. 집필에 속도가 붙는다면 목표를 향해 달려갈 것이라는 다짐도 보인다. 울프는 《3기니》에 몰두해 있어서 좀처럼 일기를 쓸 수 없다는 글을 남겼다. 그리고 어느 날의 일기에 이런 글을 썼다.

> "책은 두들겨 맞겠지만 약간의 칭찬이 있을지 모른다. 그러나 문제는 내 자신이 그 책이 실패작인 이유를 알고 있으며, 그 실패는 그럴 만한 이유가 있었다는 점이다. 내가 작가로서, 하나의 인간으로서 나름대로의 철학을 가지고 있다는 것도 알고 있다. 작가로서 나는 평론들을 별개로 치고라도, 다른 두 권의 책(3기니와 로저)을 쓸 준비가 돼 있고, 인간으로서 현재 내가 누리고 있는 내 생활의 안일과 안전을 함부로 버리지 않을 것이다."

울프는 자신의 명성이 떨어지고 사람들이 더 이상 자신에게 열광적이지 않다는 것은 자신에게 조용히 객관적으로 관찰할 기회를 준다고 생각했다. 《3기니》를 집필하면서 압박을 느끼지만, 결국 다음 해 1월에 마지막 장을 마친다. 집필을 끝내고 찾아온 권태를 또 다른 잡업에 몰두하며 위안을 얻었다. 이 책은 출판도 되기 전에 5,300부가 팔려나갔다. 그리고 울프가 예상했듯이 세상에 나온 후 수많은 혹평에 시달려야 했다. 울프가 느끼기에 이 책은 미국에서 완전히 실패했다.

전쟁에 가담했든 그렇지 않든 전쟁에 대한 여성들의 생각은 남성들과 차이가 있다. 스베틀라나 알렉시예비치는 《전쟁은 여자의 얼굴을 하지 않았다》에서 말한다.

> "여자들의 이야기는 전혀 다른 것이고, 또 여자들은 다른 것을 이야기한다. '여자'의 전쟁에는 여자만의 색깔과 냄새, 여자만의 해석과 여자만이 느끼는 공간이 있다. 그리고 여자만의 언어가 있다. 그곳엔 영웅도, 허무맹랑한 무용담도 없으며, 다만 사람들, 때론 비인간적인 짓을 저지르고 때론 지극히 인간적인 사람들만이 있다."

스베틀라나 알렉시예비치는 전쟁에 참여했던 여성들을 만나 인터뷰를 하며 그동안 이름도 없이 사라져버린 여자들의 역사를 이야기한다. 전쟁에 대한 진실뿐만 아니라 삶과 죽음에 대한 진실을 담았다. 전쟁이 아니라 전쟁터의 사람들을 이야기하고, 전쟁의 역사가 아닌 감정의 역사를 썼다.

지금 우리가 생각해야 할 것은 전쟁이 주는 이득도, 전쟁 속 영웅담도 아니다. 전쟁이 인간의 삶을 어떻게 짓밟는지, 전쟁이 끝난 뒤 인간의 삶이 어떻게 달라지는지에 관한 것이다. 전쟁을 일으키는 자들은 경제적 이득을 취하기 위해 그 외 중요한 것들을 외면한다. 전쟁으로 소중한 것을 잃어버리고 고통을 당하는 이들의 아픔에 무관심하다. 돈과 죽음을 맞바꾸는 전쟁이 과연 누구를 위한 것인지, 어떤 의미가 있는지 생각해야 할 것이다.

나는 지금껏 여성이 겪는 어려운 문제들을 심각한 태도로 바라보고 적극적으로 고민하는 남성을 본 적이 없다. 실제 발생한 문제를 이야기했을 때 믿지 않는 남성들이 있었을 뿐이다. 여자들의 문제를 자신과 무관하다고 여기는 남성들, 관심조차 없는 남성들이 여전히 존재한다는 사실이 안타깝다. 우리의 삶은 어떤 식으로든 연결되어 있기에 여자들의 문제는 비단 여자들만의 문제가 아니기 때문이다. 우리가 살아가는 사회는 보이지 않는 힘이 작용하며, 그렇게 살아도 당연한 인생이라는 것은 어디에도 없다. 비난을 감수하더라도 자신의 신념을 글로 표현했던 울프처럼 우리는 각자의 삶에서 살아야 할 이유를 만들어 낼 수 있을 것이다.

06

나의 생애를 끌고 가는 것은 무엇인가

- 루이제 린저 《잔잔한 가슴에 파문이 일 때》

《잔잔한 가슴에 파문이 일 때》는 루이제 린저의 처녀작이다. 《생의 한가운데》를 읽고 난 뒤 이 책을 읽어보고 싶다는 생각이 들었다. 주인공의 모습을 통해 자연스럽게 나의 성장과정을 돌아보게 된다. 내가 알 수 없었던 감정들이 어디에서 온 것인지 근원을 찾고 싶다는 욕구가 생겨난다.

어린 시절의 환경과 생각들은 자라면서 알게 모르게 영향을 준다. 그 과정에서 참된 어른의 역할은 중요하다. 불우한 환경에서 자라더라도 올곧은 어른으로 성장하는 사람이 있는가 하면, 환경이 주는 비극을 넘어서지 못하는 사람도 있다. 삶에서 중요한 것이 무엇인지 알려주는 단 한 명의 어른이 있다면, 자신을 믿어주는 단 한 사람이 있다면 누구나 원하는 삶의 모습을 찾아갈 수 있다고 믿는다.

오늘부터 장마가 시작되었다. 비 오는 날과 잘 어울리는 책 같다. 비가 오면 우리는 섬세한 감성의 소유자가 된다. 떨어지는 비를 보고 있으면 상념에 쉽게 잠긴다. 주인공의 삶을 따라가면서 어린 시절의 나도 독특한 면이 많았다는 것을 기억해 냈다. 주인공 소녀는 어린 시절 수도원에서 지내며 성당을 돌보는 아주머니에게 많은 영향을 받는다. 부모에게서 얻지 못했던 위안을 얻고 자신의 어리석은 행동을 스스로 돌아보는 힘을 키운다.

아주머니는 소녀의 잘못에 대해 대놓고 화내는 법이 없다. 부드럽고 조용한 방식으로 소녀를 끌어당기며 소녀가 스스로 깨달을 만한 자격이 있다는 것을 인정하는 사람이다. 마음이 통하는 친구와 선생님을 만나 소녀의 영혼은 위로받는다. 아무런 거리낌 없이 누군가에게 자신을 열어 보이는 것은 말할 수 없는 행복을 주었다. 소녀는 자신의 불행을 원치 않지만, 발생하는 수많은 일들에 대해 거부하지 않고 받아들인다. 그저 일어나야만 하는 일은 일어나게 내버려둔다.

어쩌면 소녀는 자신처럼 불행을 안고 살아가는 사람들을 곁에서 바라보며 인간의 삶은 대부분 불행하다는 것을 자연스럽게 받아들였는지도 모른다. 수도원을 떠나고 6년 뒤 소녀는 다시 수도원으로 돌아온다. 샘물 곁에서 조그마한 돌멩이를 던져 소리 없이 물 위에 번졌다가 되돌아오면서 교차하고 무늬를 이루는 파문들을 바라본다. 그녀는 비로소 깨닫는다. 앞으로 자신의 생애를 이끌어 갈 것은 어둡고 괴로움에 찬 인간적인 격정이 아닌, 맑고도 냉엄한 정신의 법칙이라는 것을.

이 책은 잔잔한 소설이다. 읽다 보면 어린 시절이 생각나며, 지금까지의 삶에서 소중했던 사람들의 모습이 떠오른다. 인생에 대해 고민했던 순간에 나를 변화시켜 준 사람, 나를 믿어주었던 사람, 나에게 무한한 가능성을 일깨워 준 사람들까지. 나는 어떤 순간을 사랑했는지, 어떤 이야기를 좋아했는지 하나씩 생각나기 시작한다.

어릴 때부터 욕심이 많아서 뜻대로 되지 않는 현실을 원망했다. 지는 걸 싫어해서 공부도 악착같이 했으며, 친한 친구 한 명만 있으면 충분히 위안이 되었다. 나를 괴롭히는 남학생 때문에 학교에 가기 싫은 날이 많았고, 나를 못살게 구는 여학생 때문에 마음이 힘든 적도 있었다. 어쨌든 초등학교 시절은 나름 외향적인 성향으로 살았던 것 같은데, 여중과 여고를 다니면서 자연스럽게 내성적인 아이가 되었다. 학년이 올라갈수록 말수가 줄었다. 그저 열심히 공부하는 것이 내 인생을 위해 최선이라는 것을 일찍 깨달았다. 고등학교를 졸업할 때까지 한눈 한 번 팔지 않고, 말썽 한 번 부리지 않고 졸업했고 대학생이 되었다. 대학생이 되어서 유일한 걱정은 취업이었고, 내게 꿈은 졸업하고 독립을 하는 것이었다.

나는 어릴 때부터 상상력이 풍부했고 자기애가 강했다. 부족한 현실은 내가 열심히 살아야하는 이유를 만들어 주었고, 어린 시절부터 마음속 깊은 곳에 존재하던 열정은 식을 줄 몰랐다. 나의 열정은 상황에 따라 공부, 사랑, 직업적 성취, 모성애, 자아실현 등의 다양한 형태로 변화했다. 언제나 품고 있는 희망이 있었고 노력한 만큼 얻지 못할 때에도 크게 좌절하지 않았다. 내 생애를 끌고 가는 것은 순간적인 열정이 아닌 희망을 품고 살아가는 지속적인 열정이었다.

생각해보면 나를 힘들게 만드는 사람도 많았지만, 나의 정신세계에 영향을 준 몇 명의 어른이 있었기에 열정적인 삶을 살아갈 수 있었던 것 같다. 나는 언제나 나를 이끌어 줄 사람을 찾았는데, 결국 깨달은 것은 스스로에게 그런 존재가 되어야 한다는 것이었다. 외부에서 누군가 나를 다독여주고, 가르쳐주고, 깨닫게 해주는 것이 아니라 스스로가 감시관이 되어 잘못을 반성하며 더 나은 삶을 위한 방향을 잡고 앞으로 나아갈 수 있도록 동기부여해 주는 존재가 되는 것이다. 스스로 충만한 상태가 되었을 때 타인에게도 좋은 영향을 끼칠 수 있다는 것을 깨달았다.

인생은 행복도 불행도 아니다. 그저 자신으로 존재하면서 스스로가 믿는 가치를 따라 살아가는 것이다. 나는 사람들에게 자주 말한다. 과거는 과거일 뿐이며 현재를 뒤흔들 만큼 힘이 없다고. 하지만 잊지 말아야 할 것은 과거에 내가 가졌던 모습에서 잃어버린 것은 무엇인지를 아는 것, 자신의 삶에 긍정적인 영향을 준 사람들에게 감사하는 마음을 잊지 않는 것이다. 간절했던 순간에 자신이 원했던 것이 무엇이었는지 떠올려보는 것이다. 또 원하는 것을 얻었을 때 간절했던 시절에 하고 싶었던 일들을 실천하는 것이다.

원하는 삶을 얻었지만 정체성의 혼란을 겪는 사람도 있고, 남들이 부러워할 만큼 성공했지만 끝없는 외로움에 병들어가는 사람들도 있다. 얼마 전 TV 프로그램 〈집사부일체〉에 조수미 성악가가 출연했다. 화려한 겉모습과 달리 검소하고 소박한 모습에서 많은 생각을 할 수 있었다. 공연을 위해 집을 떠나 호텔에서 머무는 날이 많은 그녀는 사람들이 궁금해하는 여행 가방을 방송에서 공개했다. 오래되어 사용이 불편해진 여행 가방 속에는 수많은 악보들이 들어있는 낡은 악보가방, 소박한 옷가지들, 지금은 찾아보기도 힘든 예전 핸드폰, 큰 거울 등이 있었다. 공연장에서 보이는 화려한 모습과는 상반된 소박한 소지품에 놀랐다.

그녀는 호텔에 머물 때 큰 거울을 보면서 자신을 응원한다고 말한다. '잘하고 있다.'고 스스로에게 메시지를 전하고, 표정 관리도 신경 쓴다고 한다. 숙지해야 할 악보가 많아 틈틈이 암기하며, 아직 배울 게 많다는 말에 숙연해진다. 일에 대한 사랑과 팬들을 위하는 마음이 전해졌다. 그녀가 지치지 않고 끊임없이 성장할 수 있었던 것은 간절했던 시절의 마음을 잊지 않아서가 아닐까 하는 생각이 든다. 힘든 시절을 함께 보낸 물건들을 버릴 수 없다는 것이 모든 것을 말해주는 것 같았다. 그리고 정상에 오르더라도 자만하지 않고 부족한 부분을 채우기 위해 노력하는 자세로 살아가기에, 지치지 않고 자신의 일을 해나갈 수 있지 않을까. 누구나 원하는 삶의 모습이 있겠지만, 무엇을 하든 자신의 목표로 돌아와야 한다는 말이 가슴에 남는다.

목표를 향해 달려가더라도 뜻대로 되지 않으면 포기하고 좌절하며 무엇을 위해 시작했는지조차 잊어버리기 쉽다. 목표 없이 흘러가는 인생은 허무하다. 자신이 진정으로 원하는 것이 무엇인지 내 마음을 들여다보는 연습이 필요하다. 성장을 방해하는 수많은 요소들에 무너지지 않을 만큼 강인한 정신 또한 필요할 것이다. 자신이 노력한 것에만 기대하고, 자신의 부족한 부분을 알고 채우기 위해 끊임없이 노력하는 사람은 자신의 삶이 어디로 향하는지 알고 있는 사람이다.

07

빛을 잃지 않는 희망

- 시몬 베유 《시몬 베유 노동일지》

1909년 2월 3일 파리에서 태어난 시몬 베유는 프랑스의 철학자이자 사상가, 노동운동가였다. 그 이름을 하나로 정의하기 힘들 정도로 한곳에 머무르지 않는 불꽃 같은 삶을 살다 서른넷에 영국에서 죽었다. 시몬 베유의 모든 작품은 모두 그녀가 사망한 후에 출간되었다. 살아 있는 동안에는 단 한 권의 저서도 빛을 보지 못했는데, 사망 이후에 흩어져 있던 글들이 발표되었다. 시몬 베유는 어떤 사람들의 사악과 탐욕에 억압되어 있는 사람들, 현대사회의 무명의 폭력에 억압되어 있는 사람들을 위한 투사였고 인간의 영혼에 집중했다.

《시몬 베유 노동일지》는 시몬 베유의 작품과 함께 시몬 베유의 편지들이 실려 있다. 서문에서 T.S. 엘리엇과 체슬라브 밀로즈가 시몬 베유의 삶과 작품에 대해 설명하고 있어서 그녀의 작품을 읽기 전에 이해를 돕고 있다.

시몬 베유는 사회주의 및 노동운동에 많은 관심을 가졌으며, 노동의 뜻을 몸소 느끼고 배웠다. 시몬 베유는 공장에서 매일 아홉 시간을 1분의 여유도 없이 기계처럼 일하면서 부당한 대우를 받는 것에 대해 아무런 분노도 표출하지 않는 여공들에게 당혹함을 느꼈다. 그들에게는 마음속에 감추고 있는 분노조차 느껴지지 않았기 때문이다. 누군가에겐 피눈물을 흘려야 할 상황이 또 다른 누군가에게는 당연하게 받아들여야 하는 숙명으로 다가온다. 생각하지 않는 자는 그저 현실에 만족하고 웃을 수 있지만, 생각하는 자는 견딜 수 없는 고통을 느낀다. 시몬 베유는 말한다.

"타인이 우리에게 더 이상 해를 끼칠 수 없는 경지에 이르렀을 때, 비로소 타인에게 해를 끼치는 일이 끔찍해진다. 그때 사람들은 과거의 자기 자신을 사랑하듯, 타인을 극도로 사랑할 수 있다."

자신을 지키는 능력과 타인을 대하는 태도의 연관성에 대해 생각하는 사람이 얼마나 될까.

타인에 대한 배려는 결국 자신에 대한 배려라는 것을 우리는 종종 잊으며 살아가는 것은 아닐까. 시몬 베유는 고통을 받는 순간에는 고통이 없어지거나 고통이 작아지기를 바라지 말고 오히려 고통에 의해 변하지 않기를 바라야 한다고 말한다. 고통을 받고도 변하지 않는 순수함을 가지며 살아갈 수 있다면 얼마나 좋을까. 고통을 그저 고통으로만 받아들일 수 있는 사람으로 살아갈 수 있다면 얼마나 행복할까. 상처 입고 절망하더라도 자신이 가진 귀한 것들을 잃지 않고 살아가는 삶은 얼마나 아름다운가.

우리는 우리의 탓이 아닌 일로 고통을 당할 때, 마치 자신의 잘못인 것처럼 여기고 자책하면서 스스로를 벌주며 억지로 바뀌려고 애쓸 때가 있다. 자신이 어리석어서, 못나서, 나약해서 이런 일을 당하는 거라고 생각하며 모든 문제의 근원이 '나'에게 있다고 결론짓는다. 타인에 대한 원망을 자신에 대한 원망으로 바꾸고 스스로의 삶을 무너뜨린다.

나 역시 한때는 사람들에게 이용당하고 상처받기가 싫어서 내가 가진 좋은 부분마저 버려야 한다고 판단했던 적이 있다. 하지만 곧 깨달을 수 있었다. 나를 힘들게 만든 사람으로 인해 나를 버린다면 나는 더 큰 것을 잃어버린 채 살아가야 한다는 것을 말이다. 이런 생각이 명확하게 자리 잡자 사람들에게 휘둘리고 상처받는 일이 줄어들었다.

시몬 베유처럼 당연한 것을 당연하게 받아들이지 않는 것, 하고 싶은 말을 하고 행동하는 용기는 우리가 배워야 할 부분이다. 현재 우리 사회에서도 노동의 현장에서 많은 여성들이 불이익을 당하고 있다. 부당한 대우에 분노하고 표출하는 여성이 있는가 하면, 반면에 어찌하지 못하는 현실을 숙명으로 받아들이는 여성도 있을 것이다. 같은 시간을 일해도 남성과 동등한 임금을 받지 못하는 현실, 끊임없는 성추행으로 고통받는 여성들. 이곳을 떠나도 마찬가지일 거라는 생각으로 견디며 일을 하는 사람도 있다. 부당한 대우를 받으며 일하는 존재는 여성뿐 아니라 외국인 노동자, 미성년자, 장애인 등 수없이 존재할 것이다.

아이가 자라면서 직장을 잃었던 엄마들이 사회로 나오고 있다. 이전과 같은 대우를 받을 수 없고, 일을 하고 싶어도 기회가 쉽게 주어지지 않는다. 결혼 전에는 조직에서 인정받으며 일을 했던 여성들이 다시 일을 하려 할 때 비로소 사회에서의 자신의 위치를 깨닫게 된다. 아이와 가정을 위해 자신의 욕망과 꿈을 버린 엄마들이 다시 꿈을 꿀 수 있는 기회를 사회가 주지 않는다면 대한민국에 희망이 있을까. 더 이상 여자들은 결혼도 출산도 하지 않을 것이고, 국가 소멸의 위기까지 올 수도 있다. 내가 말도 안되는 걱정을 하는 거라고 생각하는 사람들이 있겠지만, 사실 나는 이 부분이 가장 걱정된다.

우리는 희망을 안고 살아간다. 희망은 자기 자신으로 인해 사라질 수도, 타인에 의해 무너질 수도 있다. 결국 빛을 잃어버리는 희망은 희망이 아니다. 그 누구에 의해서도 빛을 잃지 않는 희망이 진짜 희망이다. 이곳에서 희망을 지킬 수 없다면 다른 곳으로 가서 지켜내면 된다. 부당한 사회라고 해서 무조건 굴복하지 않았으면 한다. 어떠한 상황에서도 자신의 길을 가는 사람은 늘 존재했으니까.

나는 예전에 큰 비전을 품고 일했던 곳이 있었다. 어떤 좌절과 고통이 와도 희망 하나로 버텼는데 결국엔 그 희망을 지켜낼 수 없다는 생각이 들자 박차고 나왔다. 돈만을 생각하며 살아가는 사람이 되고 싶지 않았다. 돈보다 중요한 것이 너무나 많다는 것을 희망이 무너지는 순간에 깨달았다. 우리는 영혼의 부서짐, 불의에 저항하지 못하고 받아들이는 것, 사라지는 열정과 같은 것에 두려움을 느껴야 한다.

우리는 가끔 자신의 삶을 가장 힘들게 만들었던 것들에게서 스스로 벗어나지 못할 때가 있다. 지금까지 쏟았던 노력과 시간이 아깝기 때문이기도 하고, 스스로 그럴 능력을 키우지 못해서이기도 하다. 내 삶에 기준이 없다면 타인의 말에 쉽게 휘둘리고 이용당하며 스스로 선택할 수 없는 삶에서 헤어 나오지 못하게 된다. 결국 내 믿음이 틀렸다는 것을 확인하고 나서야 매 순간 깨어있는 정신으로 살아가야 한다는 것을 절실히 깨닫는다.

사람은 나이를 먹는다고 해서 그만큼 현명해지지 않는다. 다양한 경험을 하면서 좌절도, 실패도 해봐야 한다. 아무것도 하지 않으면 아무 일도 일어나지 않지만 그렇다고 안정적인 삶이 기다리는 것도 아니다. 우리의 삶은 원하든 원치 않든 다양한 상황에 놓일 수밖에 없다. 단, 결과에 상관없이 내가 선택한 삶에서 훨씬 더 많은 것을 얻을 수 있다. 그러니 주어진 대로 살아가기보다는 주도적으로 선택하는 삶을 살아야 한다.

시몬 베유의 글을 읽으며 반드시 위대한 인물이 되는 것만이 큰 성공이 아니라는 생각이 든다. 스스로 부끄럽지 않은 존재로 자신이 뜻하는 길을 묵묵히 걸어갈 수 있다면 그 자체로 빛이 나는 인생이다. 무엇이 평등이며 무엇이 합당한 대우인지 스스로가 알지 못하는 상태에서 세상이 바뀔 리 없다. 자신의 삶과 무관하다 하더라도 모든 인간이 성별을 떠나 그 가치가 다르게 정의되어서는 안 된다는 생각을 모두가 가졌으면 한다. 그러기 위해 나는 계속해서 경험하고 글을 쓸 것이다. 사유를 멈추지 않기 위해서, 그리고 희망을 잃지 않고 살아가기 위해서 말이다.

08

고독을 외면하지 않는 삶

- 캐럴라인 냅 《명랑한 은둔자》

현재 글을 쓰고 있는 내 모습은 책의 제목처럼 '명랑한 은둔자' 같다. 혼자 하는 활동에 가장 많은 시간을 투자하지만 결코 외롭거나 우울한 마음이 지배적이지 않은 상태다. 가끔 외로움이 한꺼번에 밀려오는 기분이 들 때는 믿을 만한 사람에게 전화를 건다. 그리고 짧지만 친근한 만남을 가진다. 나와 비슷한 일을 하는 사람, 나와 생각이 비슷한 사람이 몇 있다. 우리는 서로의 일상을 침범하지 않으면서 그렇다고 그렇게 가깝지도 않으면서 관계를 이어가는 중이다. 서로에게 도움이 되는 일이 있다면 기꺼이 도움을 주면서 말이다.

살아가면서 스스로에게 하는 질문들은 혼자 있는 시간 속에서 생겨난다. 나는 어떤 삶을 살아가길 원하는지, 어떤 사람이 될 수 있는지, 어떤 목표를 향해 나아가야 하는지 생각한다. 글을 쓰지 않았다면 그저 흘려보냈을 수많은 생각들이 내 안에서 맴돌고 답을 찾으려 애쓴다.

캐럴라인 냅은 이 책에서 자신이 알코올 중독과 섭식장애를 겪은 이야기, 또 거기서 탈출한 이야기를 들려준다. 혼자 살면서 느끼는 다양한 감정을 공유하며 고독을 외면하지 않는 모습에서 인간에게 고독은 어떤 의미인지, 고독을 기꺼이 받아들이는 삶은 어떤 의미가 있는지 생각하게 된다.

나는 지금껏 살아오면서 혼자만의 공간에서 끝없는 평온을 느꼈던 때가 있었다. 일어나고 싶을 때 일어나고, 먹고 싶을 때 먹으며, 자고 싶을 때 누울 수 있는 평범해 보이지만 특별했던 그때의 삶이 얼마나 그리운지 모른다. 당시에도 나는 그 순간의 소중함을 뼈저리게 느끼고 있었다. 우리에게 사적인 공간은 반드시 필요하다. 그리고 준비가 되어 있지 않은 상태에서의 완전한 고립은 위험하며 어느 정도 사람들과의 교류가 있어야 우리는 안전하다 느낀다. 고독하지 않을 정도로 삶을 유지하기란 여간 어려운 일이 아니다.

집필을 할 때는 하루 종일 앉아 글을 쓰기를 마다하지 않고, 나를 찾는 곳이 있으면 최선을 다해 준비를 하고 업무를 완수하려 애쓴다. 집필을 할 때와 하지 않을 때의 내 삶은 차이가 있다. 한 권의 책을 완성하기 위해 고독한 일상을 적극적으로 받아들인다. 내 안에서 충분히 만들어 낸 동기가 있기 때문에 우울해하지 않고 시간을 보낼 수 있다. 하지만 뚜렷한 목표 없이 일상을 보내는 것은 괴롭다. 주어진 일에만 열정을 쏟고 언제 어떤 일이 생길 지 막연하게 기다리는 삶은 전혀 주도적이지 않다. 내 삶을 타인에게 모두 내맡긴 채 근거 없는 기대감으로 일상을 보내기가 싫다. 그래서 나는 지금 당장 해야 할 일을 하면서도 꾸준히 책을 쓰는 것이다. 내 인생 최고의 목표는 글 쓰는 작가로서의 삶을 제대로 해내는 것이다. 내 글이 가까운 사람들에게 닿고 나아가 수많은 사람들에게 영향을 주는 그런 삶을 원하고 기대한다.

캐럴라인 냅은《명랑한 은둔자》에서 이런 말을 한다.

> "나는 나이가 들수록 우정에 좀 더 냉정해졌고, 더 이상 작동하지 않는 친구 관계를 좀 더 쉽게 끊게 되었고, 좋은 우정과 그저 그런 우정을, 기능하는 우정과 망가진 우정을 좀 더 빨리 구별하게 되었다."

어쩌면 내가 글을 쓰는 것에 몰입하고 사람들과의 교류를 줄여나간 이유가 친근한 관계에서 오는 좌절과 상처 때문일지도 모른다. 가깝기 때문에 쉽게 상처를 주고, 오래 알았기 때문에 그럴 자격이 충분하다 여기는 관계는 나를 힘들게 했다. 내가 애쓴 만큼 돌려받고 싶다는 고약한 생각도 지겨워졌고, 소중한 관계를 이어가기 위해 화가 나도 참고 진심 없이 먼저 사과하기도 싫었다. 지칠 만큼 지치고 나서야 나는 나를 바꿀 수 있었다. 나에게는 의존했던 관계를 대체할 무언가가 필요했다. 적절한 수단으로 독서와 글쓰기를 선택했고, 내가 선택한 무기는 생각보다 강력했다.

우리는 늘 사랑을 갈망하면서 자신이 원하는 사랑을 과연 스스로 얻을 자격이 있는지를 의심한다. 캐럴라인 냅은 우리가 그저 사랑받기만을 원한다는 것은 사실 내적으로 사랑을 느끼지 못하는 것, 혼자서도 충분히 귀한 존재라고 느끼지 못한다는 것, 그 느낌을 바깥의 다른 사람으로부터 얻어야 하는 상태라는 것을 뜻할 때가 많다고 말한다. 그것도 지나치게 많은 양을 말이다. 내 안에 존재하지 않기 때문에 외부에서 얻기를 끊임없이 갈망하는 것이다. 나 역시 내가 지금껏 원했던 것들은 모두 나에게 부재한 것들이었다는 것을 안다. 결핍이 커질수록 더 간절히 원했고, 특히 현실에서 불가능해 보이는 사랑을 그토록 원했던 것도 충만한 사랑을 느껴보지 못했기 때문이라는 것을 안다. 글을 쓰면서 내가 가진 부족함을 외부에서 얻고자 하는 마음이 줄어들었다. 나를 채우지 못하면 다른 어떤 것에서도 만족을 얻을 수 없다는 것을 깨달았으니까.

캐럴라인 냅은 알코올 중독에서 헤매다 빠져나온 경험을 이야기하면서 술과 멀어지기 위해 노력하는 중에 느꼈던 낯설고 무서운 느낌은 결국 익숙해지며, 이보다 어려운 부분은 '살아가는' 부분이라고 말한다. 취하지 않은 상태로 자신이 어떤 사람인지, 어떤 삶을 살 수 있는 사람인지 등의 자아에 관련된 질문을 떠올리고 스스로

답하는 일이 훨씬 어렵다고 말한다. 중독으로 인한 회피가 아닌, 똑바로 마주하는 일은 언제나 용기를 필요로 한다.

이 책을 읽다 보면 혼자 살아가는 것이 그렇게 외롭고 고통스러운 삶은 아니라는 생각이 든다. 때가 되면 결혼을 하는 것이 유일한 선택지, 최선의 선택지라고 생각하는 사람도 있지만, 혼자 살아가면서 그게 정답이 아니라는 것을 스스로 증명하며 살아가는 사람들이 있을 것이다. 내 경험에 비추어 보면 어떤 결정도 '유일한 선택지'가 아니었다. 내가 그렇게 믿고 싶었기 때문에 하나만 생각했을 뿐이다. 혼자 살든, 누군가와 함께 살든 그건 크게 중요하지 않다. 우리는 함께 있어도 외로움을 느낄 수 있고, 혼자여도 충분히 만족하며 살아갈 수 있는 존재니까. 어떤 선택이든 내면에서 우러나오는 자신의 진심을 외면하지 않고 마주하면서 외부에 선택의 주도권을 넘겨주지 않는다면 괜찮을 것이다. 결국엔 '지금 내 모습은 내가 진짜로 원했던 삶이었나?'라는 질문을 할 수밖에 없을 테니까. 최선의 선택지는 원치 않은 결과까지 끌어안을 수 있을 때 존재하는 것이다.

나는 혼자 있는 시간이 좋다. 책을 읽는 시간이 즐겁고, 감동을 주는 영화나 드라마를 볼 때면 멋진 선물을 받는 기분이다. 혼자 생각하는 것을 좋아하고, 가끔 그리운 사람에게 전화해서 보고 싶다 말하는 순간도 행복이다. 이렇게 고독한 시간을 견뎌내며 책을 쓰는 시간과 나만의 목표를 향해 건강하게 하루하루 나아갈 수 있다는 것에 감사하다. 힘들고 지칠 때 잠시 쉬어가더라도 나의 목표를 잊지 않는다. 목표 없는 삶은 허망하다. 나는 글로써 스스로를 치유하는 사람으로 살아가고 싶고, 내 글을 통해 그런 삶이 가능하다는 것을 많은 사람들에게 알리고 싶다. 글을 쓰는 삶과 쓰지 않는 삶은 분명 다르다는 것을 말해주고 싶다. 술에 의존하지 않아도, 어디론가 훌연히 떠나버리고 싶은 충동에 응답하지 않더라도 충분히 만족할 수 있는 삶이 가능하다고. 내가 바로 그 증거니까.

어젯밤에는 동네 공원을 몇 바퀴 걸었다. 최근 손목 결절종으로 인해 꾸준히 해오던 필라테스를 중단했기 때문이다. 운동하지 않고 하루 종일 책상에 앉아 글을 쓴다는 것은 체력적으로 버거운 일이다. 늦은 시간이었지만 걷거나 뛰는 사람들이 많았다. 우리는 모두 다른 존재이지만 같은 방향을 보고 걸었고 나도 모르게 동지의식이 생겼다. 나름의 목표를 가지고 그 일을 해내기 위한 체력을 유지하기 위해 귀찮지만 집 밖에 나와 기꺼이 시간을 투자하는 사람들이라는 생각이 들었다. 늦은 시간이었지만 그들 속에 내가 있다는 것이 안전하게 느껴졌다.

안타깝게도 캐럴라인 냅은 마흔 둘이라는 이른 나이에 세상을 떠났다. 자신의 삶을 솔직하게 담아낸 에세이 《명랑한 은둔자》를 읽을 때는 마치 내 마음을 읽는 것 같았다. 누구에게나 어두운 면이 존재하며 입 밖으로 차마 꺼내지 못하는 속사정을 안고 살아간다. 이렇게 자신의 이야기를 거리낌 없이 할 수 있는 그녀가 부러웠다. '캐럴라인 냅이 글을 쓰지 않았다면 고독한 삶에서 과연 명랑한 은둔자로 살아갈 수 있었을까?' 하는 생각을 해본다. 글을 쓰는 사람에게 고독은 가장 친해지기 쉬운 벗이니까. 우리는 죽기 전에 끝없는 고독의 시간을 보내야만 한다. 젊을 때일수록 미리 자기 자신과 사이좋게 지내는 연습을 해보는 건 어떨까.

09

두려움을 넘어 무감각을 떨쳐내는 힘

- 수전 손택 《타인의 고통》

수전 손택이 《타인의 고통》에서 말하고자 하는 것은 제목 그대로다. 우리는 '타인의 고통'에 얼마나 무감각해졌는지 생각해야 한다고 말한다. 뉴스에서 발생하는 사건 사고들, 우리와 다른 세상에서 벌어지고 있는 끔찍한 장면들을 자주 보며 살아가고 있지만 우리는 집중하지 못한다. 영상이나 사진을 볼 때를 제외하곤 아무렇지 않게 우리의 일상을 살아가고 있다. 타인의 고통을 안타까워하지만, 자신의 이익에 반할 때는 지긋지긋함을 느끼기도 한다. 막상 자신이 당사자가 되었을 때만 그 고통을 실감하는 경우가 대부분이다.

《타인의 고통》에서는 전쟁의 잔혹함을 알 수 있는 끔찍한 사진들을 보여준다. 실상은 이보다 더 잔혹하다고, 고작 몇 부분을 파악하고선 전부를 안다고 착각해서는 안 된다고 말한다. 우리는 뉴스를 통해 전 세계에서 벌어지는 일을 모두 알고 있다고 믿지만, 우리에게 보여주는 것은 일부분일 뿐이며, 단지 일시적으로 우리의 의식을 움직일 뿐이다.

사람들은 과거에 어떤 일이 일어났는지 사진을 통해 기억하지만, 사진만을 통해 기억하게 되면 다른 형태의 이해와 기억이 퇴색된다. 문제는 시간이 흐를수록 기억한다는 것이 '어떤 이야기를 떠올리는 것'이 아닌, '어떤 사진을 불러낼 수 있다는 것'이 되어버린 것이라고 수전 손택은 말한다. 결코 사진으로 전체를 알 수 없고, 아무리 끔찍한 사진도 처음의 충격이 지속되지는 않는다. 담뱃갑에 붙은 끔찍한 사진들이 처음에는 금연을 독촉할지 모르지만, 시간이 지나면 자신과 아무런 상관이 없다고 여겨지는 것처럼.

전쟁을 경험하지도, 목격하지도 않은 우리는 전쟁의 아픔을 공감하기 힘들다. 방송을 보고, 기사를 읽고, 영화를 감상하는 동안 느끼는 일시적인 분노와 슬픔 역시 오래가지 않는다. 하지만 우리는 아픔의 역사를 알아야 할 의무가 있고 잊지 않고 살아야 할 책임이 있다. 고통의 역사는 얼마든지 되풀이될 수 있기에 당장 우리의 삶과 상관없어 보인다 해도 기억에서조차 떠나보내선 안 된다. 나는 수전 손택의 《타인의 고통》을 읽는 동안 살아오면서 보고 듣고 느꼈던 악행들을 떠올렸다. 우리가 알아야 할 것은 무엇이며, 버려야 할 사고와 태도는 무엇인지 생각하기를 멈춰서는 안된다는 것을 깨달았다. 6.25 전쟁의 실상이 어땠는지 지금 당장 생생하게 그려지지 않지만, 우리 가까이에 전쟁을 겪은 사람이 있고, 그들의 입에서 나오는 이야기에 귀 기울여 보면 믿어지지 않을 정도의 끔찍한 장면을 떠올릴 수 있다. 내 아이를 오랫동안 돌봐주셨던, 지금은 돌아가신 아주머니는 6.25 전쟁 때 피난길에 동생이 죽어 길에다 묻고 홀로 둔 채 떠날 수밖에 없었다는 이야기를 했다. 북쪽에 동생을 묻었으니 죽을 때까지 가지도 못한다고 아쉬워했는데, 그때의 말처럼 동생에게 가보지도 못하고 가슴에 묻은 채로 돌아가셨다.

2001년 9월 11일 세계무역센터가 공격당했을 때 나는 아시아나항공 신입 승무원으로 국제선 교육을 받고 있었다. 당시 아시아나항공 노조의 파업으로 우리는 국제선 교육을 받고 곧바로 국제선 비행에 투입되었다. 나는 가까운 노선에 배정되었지만, 동기 중 몇 명은 뉴욕행 노선에 투입되었기에 호텔에 묶여 있을 수밖에 없었고, 우리 모두 불안에 떨었던 기억이 난다. '내가 만약 뉴욕에 있었다면 어떤 마음이었을까?' 하는 생각만으로도 끔찍했던 그날의 기억이 생생하다.

우리는 일상에서 늘 자극적인 것에 끌리는 것이 습관이 되어 이제는 어떤 사진과 영상을 보더라도 크게 놀라지 않는다. 어쩌면 자신도 모르게 감각이 무뎌지는 것이 아닌가 하는 생각이 든다. 자극적이지 않은 것에는 눈길이 가지 않고 흥미조차 생기지 않는다는 것이 안타깝다.

예전에 한 언론사 기자와 인터뷰를 할 때 자극적인 문구를 뽑아내기 위한 질문만을 하고, 내가 말한 답변 또한 자극적으로 해석해서 기록하는 모습을 보고 속상했던 기억이 난다. 나는 나의 진정성 있는 스토리를 들려주고 싶었던 건데, 이미 정해진 틀 안에 맞추듯 질문하고 기록하는 모습은 너무나 기계적이었다. 사람들이 자극적인 기사만을 좋아해서 언론인들 또한 그렇게 될 수밖에 없는 건지, 언론인들의 그러한 태도로 인해 우리가 자극적인 뉴스만 보게 된 것인지 잘 모르겠지만, 어느 한쪽의 탓이라고 말할 수 없다. 하지만 어떤 상황에서도 자신의 신념으로 일을 하는 사람은 분명 다른 태도를 취할 것이다.

수전 손택은 이 책에서 '작가'라는 존재를 이렇게 설명한다.

> "작가는 이 세계에 눈길을 주는 존재입니다. 그러니까 인간이 어떤 사악함을 저지를 수 있는지 이해하고 살펴보며 연상해 보려고 노력하는 존재, 그렇지만 뭔가 깨달음을 얻었다고 해서 냉소적이 되거나, 천박해지거나 타락하지는 않는 존재라는 말입니다."

문학은 이 세계가 어떠한지 우리에게 말해줄 수 있으며, 우리가 아닌 다른 사람들이나 우리의 문제가 아닌 다른 문제들을 위해 눈물을 흘릴 줄 아는 능력을 길러주고, 발휘하도록 해줄 수 있다고 말한다. 수전 손택은 인간이란 무엇인가에 대해 깊이 생각하게 해주는 사람이다. 인간은 끊임없이 배워야 하며 타인을 용서할 줄 알아야 하고, 아주 잠깐만이라도 자신을 잊고 다른 존재를 생각할 줄도 알아야 한다고 말한다.

인생을 조금은 알 것 같다고 느낄 수 있었던 것은 이렇게 할 말을 하는 작가들을 통해서였다. 인생을 깨닫게 해주는 수많은 고전 작품과 철학자들을 통해서도 여전히 배우고 있다. 자유로울 수 없는 상황에서 자유를 느낄 수 있었던 것도, 두려움 속에서 더 넓은 세상으로 걸어갈 용기를 얻을 수 있었던 것도 모두 책을 통해서였다. 수전 손택은 책을 통해 우리에게 말한다. 재현된 현실이 실제 현실과 동일하다고 섣불리 믿지 말라고, 살아있는 한 생각하는 인간으로 살아가자고 말이다.

우리는 일상에서 타인의 고통에 무감각한 삶을 살아가며 자신도 같은 존재가 되는 것을 두려워하면서도 스스로 무감각한 인간이 되기를 자초한다. 우리에겐 쉽게 잊히는 고통이 있으며, 평생 안고 살아가야 할 고통도 있다. 특히 자식을 잃은 부모의 고통은 죽어서도 잊히지 않을 것이다. 상처를 안고 살아가는 사람의 마음을 알지 못하면서 고통의 유효기간을 함부로 정해서는 안 된다.

자신의 고통도 해결하지 못하는데 어떻게 다른 사람의 고통까지 신경 쓰냐는 말을 할 사람도 있을 것이다. 그렇다. 자신의 삶을 이끌고 살아가기도 힘든 세상이다. 그래도 타인의 고통에 상처 주는 말은 하지 않았으면 한다. 나만 아니면 된다는 식의 마음으로 차가운 심장을 안고 살지 않았으면. 이해할 수 없는 행동을 하는 사람들을 만나더라도 먼저 비난하기보다는 그럴 수밖에 없는 이유가 있는지를 살펴보았으면 한다. 작게는 가족에 대한 관심으로 시작해서 바깥세상을 향해 마음을 열 수 있는 삶을 살아간다면, 우리가 불의의 사고로 절망에 빠지더라도 외롭지만은 않을 거라 믿는다.

가까운 사람이고 믿었던 사람인데 처음 보는 사람처럼 낯설게 느껴질 때가 있다. 가깝다고 해서 상대방의 고통을 다 알 수는 없다. 현실에서 겪는 당혹감은 책을 읽으면서 자연스럽게 해소가 되고, 세상에는 다양한 사람들이 존재한다는 것을 인정하게 된다. 타인의 고통을 외면하지 않는 따뜻한 사람들이 많다는 것을 안다. 우리도 그런 존재이기를 바란다.

10

읽고 싶은데 아직 쓰인 게 없다면

- 토니 모리슨《보이지 않는 잉크》

《보이지 않는 잉크》에는 토니 모리슨의 연설, 강연, 에세이들이 담겨 있다. 토니 모리슨은 마흔에 소설가로 데뷔했고 그 후 꾸준히 작품을 썼으며 영문학자, 비평가로도 활동했다. 2019년 88세로 생을 마감했다. 1993년 흑인 여성 최초로 노벨문학상을 수상한 작가다. 책을 읽다 보면 우리 사회가 가진 문제와 인종 간의 갈등에 대해, 우리가 스스로에게 던졌던 질문에 대해 생각을 멈출 수 없는 자신을 발견하게 된다.

토니 모리슨은 작품을 쓰면서 편안한 사람보다는 궁지에 몰린 사람, 결단을 내리지 못하는 사람들을 그려 긍정적이지 못한 이미지에 대한 비난에 노출되기도 했다. 그럼에도 불구하고 우울한 인물을 만들어 냈던 이유는 단단하고, 진실되고, 영원한 것을 드러내기 위해서였다. 우리가 외면하지 말아야 할 것들에 대해 이야기하면서 동시에 글 쓰는 사람이 가져야 할 태도를 말해준다.

대부분의 사람들에게 독서는 현재의 어려움을 이겨내기 위한 수단 중 하나일 수 있다. 나는 책을 통해서 나와 세상을 이해할 수 있었고, 즐거울 때보다 슬플 때 읽었던 책들이 기억에 남았다. 책에서 위로를 얻었고, 나도 알지 못했던 나를 다시 만날 기회를 얻었다. 글을 쓸 때면 나의 아픔, 나의 실패, 힘들지만 이겨낸 경험들이 독자들에게 도움이 될 거라는 믿음이 있다. 우리가 살면서 잊지 말아야 할 것들에 대해, 우리가 지켜야 할 것들에 대해 자꾸 이야기하고 싶다. 글을 쓰며 눈물이 날 때, 그 마음이 독자들에게 닿을 것만 같다. 나의 진심이, 나의 노력이 전해지지 않을까 하는 마음에서 계속 글을 쓴다.

토니 모리슨의 글을 읽고 있으면 페이지가 쉽게 넘어가지 않는다. 내가 생각해보지 않았던 물음, 잊고 지냈던 물음을 던지기 때문에 페이지에 오래 머물고 생각하게 된다. 이 책과 함께 시간을 보내면서 점차 글 속으로 빠져들 수 있었다. 토니 모리슨은 우리 사회에 만연한 문제들을, 알면서 모른 체하는 일들을 끄집어내어 이야기한다. 인종차별주의를 아무렇지 않게 지향했던 사람들을, 어리석은 사회 구성원들을 질타한다. 암울한 현실이지만 우리에게 희망이 있으니 꿈을 꾸라고 말한다.

"우리의 과거는 황량하다. 미래는 암울하다. 하지만 나는 합리적이지 못하다. 합리적인 사람은 환경에 적응한다. 비합리적인 사람은 적응하지 않는다. 따라서 모든 진보는 비합리적인 사람에게 달려 있다. 나는 나의 환경에 적응하지 않는 편을 선호한다. 나는 '나'라는 감옥을 거부하고, '우리'라는 열린 공간을 선택한다."

인간적인 사회에서 인간적인 의사결정은 교육자들의 주된 목표여야 하고, 목표는 더 구체화되는 상상을 통해 실현된다고 말한다. 우리의 정신과 영혼이 구속당하지 않도록 하며 함께 사는 이들의 의지까지 지킬 수 있도록 해야 함을 강조한다. '인간은 무엇이며 인간답게 사는 것은 무엇인지'를 끊임없이 생각하게 만든다.

우리는 타국에서 인종차별을 겪는 한국인을 보며 분노하지만, 지금 우리 사회에서 역으로 차별을 당하는 사람들에 대해서는 눈을 감는다. 그들의 권리를 짓밟고 함부로 대해도 대수롭지 않게 여긴다. 피부색이 우리와 다르다고 학교에서부터 차별을 당하며 자라는 사람들이 여전히 존재한다. 우리에게 인간적인 행동이 타민족에게도 적용되지 않는다면 무슨 의미가 있을까. 인간사회에서 그 어떤 차별도 허용되어서는 안 되며 차별의 행태를 방관해서도 안 될 것이다.

토니 모리슨은 작가로서의 정체성과 차별 없는 사회를 위해 치열하게 고민했다. 지금은 세상을 떠나고 없지만, 미래는 희망적이라는 토니 모리슨의 말처럼 희망적인 미래를 상상하고 꿈꾸며 살아가야 할 책임이 우리에게 있다는 생각이 들었다. 이 책의 마지막 장을 덮었을 때 비로소 토니 모리슨이 우리를 향해 무슨 말을 하려고 했는지, 어떤 마음으로 글을 쓰며 살았는지 알 수 있었고, 가슴에서 뜨거운 무언가가 나를 가득 채우는 느낌을 받았다.

최근 한 칼럼을 쓴 유명 작가의 글에 달린 댓글을 읽은 적이 있다. 글이 너무 어려워 이해하기 힘들다고 말하는 글과 네 생각은 틀렸다고 꼬집어서 말하는 글이 있었다. 정치적인 글이어서 그런지 다양한 의견이 있었고, 그중에는 언제나 깨달음을 주는 작가라는 칭찬도 있었다. 어려운 글은 이전에 우리가 생각해보지 않은 것이기에 어렵다 느낄 수 있다. 한 번도 사유해본 적이 없어서 이해하기 힘들어 낯설게 느껴지는 것이다. 나는 토니 모리슨의 글처럼 질문을 쏟아내는 글, 생각을 끌어오게 만드는 글이 좋다. 내 생각의 한계를 넘어서게 해주는 글은 나를 성장시켜 주기 때문이다.

토니 모리슨은 젊은 지성이 글쓰기에 매력을 느끼지 못하고 있는 것에 안타까움을 표현한다. 어떤 시대도 글쓰기에 적합한 시기는 아니었으며, 글을 쓰는 일보다 더 시급한 일이 있다고 하더라도 글쓰기는 지속되어야 함을 이 책에서 말한다.

"작가가 하는 일은 기억하는 것이다. 이 세상을 기억한다는 것은 창조한다는 것이다. 작가의 책임은 (시대가 어떻든) 세상을 바꾸는 일, 자신의 시대를 더 낫게 만드는 일이다. 그게 너무 야심에 차 보인다면, 세상에 대한 이해를 돕는 일이라고 할 수도 있다. 이해하는 방법이 있다는 사실을 발견하기 위한 일이다."

나는 사람들을 만나면 글을 쓰라고 말한다. 하지만 대부분의 사람들은 글을 쓸 시간이 없다고 대답하며, 그렇지 않더라도 글쓰기는 자신 없다고 말한다. 토니 모리슨의 말처럼 글쓰기에 적합한 시기는 없다. 억지로 시간을 내지 않으면 결코 우선순위가 될 수 없다. 서점에는 매일 새로운 책들이 쏟아지고 있지만, 주위를 둘러보면 한 달에 책 한 권 읽지 않는 사람들을 쉽게 본다. 그러니 글을 쓸 시간은 더더욱 없을 것이다.

얼마 전 인터뷰했던 유튜브 채널 구독자의 댓글을 보았다. 대부분의 사람들은 독서만을 강조하지만, 나는 글쓰기에 더 무게를 두어 이야기를 하고 있어서 좋았다고 했다. 조금씩 글을 쓰고 있지만 어려움을 느끼고 있고, 그럼에도 불구하고 글을 지속적으로 써야겠다는 마음을 가지고 있기 때문에 공감이 된다고 한다. 독서만 하는 사람이 독서와 글쓰기를 함께하는 이보다 많기 때문에 독서만을 강조하는 사람이 훨씬 많은 것이 아닐까 싶다. 글을 꾸준히 쓰고 있지 않다면 글쓰기가 우리 삶에 어떤 도움을 주는지 알지 못할 것이다.

토니 모리슨은 '글쓰기는 일종의 신념에 기반한 행위'라 생각했다. 주위를 둘러보면 글을 쓰다가도 돈이 되지 않아 글쓰기를 그만둔 사람들을 본다. 신념과 소명의식 없이 계속해서 글을 쓰는 것은 쉽지 않다는 생각이다. 알베르 카뮈와 도스토옙스키, 버지니아 울프와 같은 작가들은 소명으로 글을 썼던 사람이라고 믿고 있다. 그들의 글에서 설명할 수 없는 어떤 책임감과 확고한 신념을 발견할 수 있었으니까. 이들의 책을 가까이 두고 읽으며 나는 글을 쓸 수밖에 없는 사람이 되고자 한다.

살아가면서 단 한 가지, 나를 나로서 존재하게 해주는 활동은 필요하다. 어떤 상황에서도 그것이 살아갈 버팀목이 될 것이기 때문이다. 흘러가는 세월을 느끼고 붙잡을 수 없는 시간 속에서 내가 어디로 가는지 모른 채 살아간다는 것은 끔찍하다. 내 의식이 어떤 방향을 잡고 내 삶을 조정하는지 인식하지 못한다는 것도 슬프다.

토니 모리슨은 스스로 외롭고 불행하다 느낄 때 이야기를 쓰기 시작했다. 아이들이 어려 아이들을 재우고 글을 썼다. 글쓰기에 대해 생각하는 것이 좋았고, 글을 쓰기 시작하자 글쓰기가 세상에서 가장 주요한 일처럼 느껴졌다고 한다. 첫 책은 5년이 걸렸고, 세 번째 책을 쓴 뒤에야 이 일이 자신이 해야 하는 유일한 일인지도 모른다고 생각했다. 작가라면 진심으로 자신에게 성취를 허락하려고 애써야 한다는 말을 했다. 나는 지금 일곱 번째 책을 쓰면서 스스로 작가라는 것을 명확하게 인식하려 애쓴다. 죽는 순간까지 불리고 싶은 이름은 작가다. 당당하게 작가라고 말하려면 글쓰기를 놓지 않고 살아가야겠다는 생각을 매일 한다. 책임감과 나만의 소명의식을 갖고서 말이다.

토니 모리슨은 독자들이 '보이지 않는 잉크에 민감한 사람'이 되기를 원했다. 보이는 대로 믿고 보이는 것만을 생각하는 삶은 위험하다고. 또 작가의 삶과 글쓰기는 인류에게 주어진 선물이 아니라 인류에게 없으면 안 되는 것이라 말한다.

세상을 향해 하고 싶은 이야기를 쓰는 모든 사람이 작가다. 글을 쓰는 작업의 매력은 아마도 새로운 이야기를 쓰기 시작하면서 자신의 생각을 어떻게 표현할지 연구하는 과정의 즐거움이라고 생각한다. 원고를 끝까지 써내고, 수정하고, 다듬고, 마무리하는 과정은 고통스럽지만, 원고에 마침표를 찍는 순간 그것이 끝이 아니라 새로운 시작이라는 것을 깨닫게 된다. 우리가 쓰는 글이 에세이든, 소설이든 그것은 중요하지 않다. 내 안에서 깊은 사유를 끌어와 읽는 사람에게 인간적인 메시지를 전해줄 수 있다면 충분하지 않을까. 토니 모리슨의 말처럼 읽고 싶은데 아직 쓰인 게 없다면 우리가 쓰면 된다. 쓰지 않고는 도저히 견딜 수 없는 단 하나의 메시지를 말이다.